JULIA LONDON

EL DUQUE Y EL
Destino

Editado por Harlequin Ibérica.
Una división de HarperCollins Ibérica, S. A.
Avenida de Burgos, 8B - Planta 18
28036 Madrid
www.harlequiniberica.com

© 2022, Dinah Dinwiddie
© 2025 Harlequin Ibérica, una división de HarperCollins Ibérica, S. A.
El duque y el destino, n.º 315 - abril 2025
Título original: The Duke Not Taken
Publicada originalmente por HQN™ Books
© De la traducción: María Perea Peña

ISBN: 979-13-7000-510-8
Depósito legal: M-2980-2025
Impreso en España por: BLACK PRINT
Fecha impresión Argentina: 20.10.25
Distribuidor exclusivo para España: LOGISTA
Distribuidor para México: Distibuidora Intermex, S.A. de C.V.
Distribuidores para Argentina: Interior, DGP, S.A. Alvarado 2118.
Cap. Fed./Buenos Aires y Gran Buenos Aires, VACCARO HNOS.

MIXTO
Papel
FSC   FSC® C159065

—Nunca te amaré.
—No querría su amor aunque lo tuviera.
—Entonces, faltaría más, casémonos.
William Goldman, *La princesa prometida*.

A quien quiera que sea el director de la Escuela Ide-desleigh para Niñas Indisciplinadas, si es que existe tal persona, ya que parece que son las alumnas las que están a cargo, escribo esta carta como preocupado residente en Devonshire. Su escuela se ha convertido en una presencia disruptiva en lo que antaño fue un valle tranquilo. Por favor, no interprete esto como una queja contra la educación de las niñas, porque no se trata de eso en absoluto. Todos los niños deberían recibir una educación esmerada. Sin embargo, no se pueden tolerar gritos, llantos y cánticos que, en un día despejado, sin duda se oyen hasta el mar. Le ruego, con todos mis respetos, que les inculque algo parecido a la disciplina a sus alumnas para que la paz pueda reinar de nuevo. Gracias.

Un preocupado residente de Devonshire.

A un preocupado residente de Devonshire.
Señor Preocupado:
Gracias por su reciente misiva. Estamos de acuerdo en que el nivel de ruido que se eleva desde nuestra escuela cada día es ¡inconcebiblemente horrible! Es un verdadero misterio que las personas lleguen a la hora del té sin un fuerte dolor de cabeza. No hace falta decir que

nuestras estudiantes son incorregibles y, aunque sea incomprensible, a veces están más preocupadas por quién está sentado al lado de quién que de sus propias figuras. No obstante, tenga la certeza de que en la Escuela Iddesleigh estamos trabajando con diligencia para inculcar a las alumnas algo parecido a la disciplina.

Les envío un cordial saludo a usted y a los suyos,

Escuela Iddesleigh para Niñas Excepcionales.

Al aspirante a director de la Escuela Iddesleigh para Niñas Ordinarias:

Esta mañana, las niñas no estaban en aula, donde es de suponer que les estarían proporcionando una educación adecuada. No, estaban cerca del río, riéndose y persiguiendo a los gansos por orilla, lo cual, y esto no debería tener que explicárselo a ningún adulto, ya representa un peligro en sí mismo. Lo que de otro modo habría sido la escena perfecta para el pincel de un pintor se estropeó con todos los gritos y graznidos. Sus pupilas deberían estar en sus escritorios. No me entra en la cabeza cómo puede estar impartiéndose educación alguna.

Un preocupado residente de Devonshire.

A un preocupado residente de Devonshire:

¡Gracias por escribir otra carta! Realmente, es desconcertante preguntarse cómo podría entrar algo útil en los cerebros de estas niñas, porque, simplemente, no dejan de hablar. Sin embargo, perseveramos y nos esforzamos por hacer las cosas lo mejor que podamos. Creemos que una educación integral incluye matemáticas, escritura, geografía y humanidades, lo cual, naturalmente, requiere una inmersión en la naturaleza en su forma más pura. Como pintor, debe de apreciar usted la importancia de eso. Por desgracia, hemos llegado a entender que, cuando un montón de niñas están al aire libre, a veces persiguen gansos y gritan mientras lo hacen. Sin embargo, estamos de acuerdo con usted en que esa actividad es de verdad un peligro y hemos sido muy severos en nuestras advertencias y avisos de que no les gustará nada que les piquen si continúan con estas prácticas.

Reciba un cordial saludo,

Escuela Iddesleigh para Niñas Excepcionales.

Capítulo 1

Marzo de 1858, San Edys, capital del estado de Wes-loria.

Decían que la princesa Amelia se había enamorado de un lacayo.

—¿Otro? —preguntó su hermana, con consternación.

En realidad, Amelia no se había enamorado de él, pero, aunque así fuera, ¿quién podría reprochárselo? El invierno wesloriano había sido amargamente frío y largo. ¿Qué iba a hacer, atrapada en el palacio de Rohalan sin ninguna ocupación, en días en los que solo había unas pocas horas de sol? Mientras aullaba el viento y llovía a cántaros, se había pasado días y días frente a grandes chimeneas encendidas, ya que hacía demasiado frío como para alejarse de ellas. Y, esos días, cuando no era capaz de leer una página más ni mantener otra conversación terriblemente aburrida, buscaba juegos a los que jugar. Pero ¿quién estaba allí para acompañarla, salvo una dama de compañía y uno o dos lacayos?

Y, de todos modos... ¿qué importaba? Habían enviado al último lacayo al castillo de Astasia y la primavera estaba a punto de llegar. Todo estaba brillante, verde e inundado de rayos de sol.

Sin embargo, su hermana, Justine, la reina de Wesloria, movió la cabeza de lado a lado.

—No puedo mirarte ahora mismo. Besando lacayos... —dijo, como si la desconcertara, como si las dos no hubieran pasado una buena parte de su adolescencia fantaseando con eso mismo.

Cuando su dama de compañía, Lordonna, le susurró que el lacayo se lo había confesado al mayordomo real, quien, a su vez, lo había puesto en conocimiento del príncipe consorte, ella se esperaba preguntas del tipo «¿Cómo has podido?», sermones como «No deberías» y exigencias como «Prométeme, Amelia, que no...», y estaba completamente dispuesta a prometerlo. Se aferró a la esperanza de que, cuando se disculpara y jurara que no iba a volver a suceder, todos cambiarían de tema a algo mucho más divertido: la próxima temporada social. Habría bailes y galas, y ella estaba deseando que llegara algo nuevo y diferente, algo más que habitaciones oscuras y frías. Necesitaba la luz, el aire libre y el calor del sol. Necesitaba risas, atención, vida. Se estaba marchitando.

Con gran expectación, fue a la habitación privada de su hermana, pero su esperanza se desvaneció al ver a todos los que estaban allí reunidos.

Justine estaba sentada con las manos apretadas en el regazo. Esa era una señal segura de que su hermana estaba nerviosa. Para ser justos, el nerviosismo de su hermana había mejorado mucho desde que había asumido el trono, pero todavía podía atormentarla. Ella nunca había sufrido de los nervios, afortunadamente; su cruz era el aburrimiento. Era demasiado inquieta, tenía una necesidad imperiosa de buscar aventuras. Todo el mundo hablaba de los nervios de Justine y de cómo se angustiaba ante las multitudes, pero nadie hablaba de lo agobiante que podía ser para ella que no hubiera nada que hacer.

Detrás de su hermana estaba su apuesto marido, el príncipe consorte y traidor con sus cuñadas, William Douglas de Escocia. Se estremeció con pesar al verla, y ella no tomó aquello como el mejor de los presagios.

—Amelia, querida, ¿qué has hecho?

Aquel tono de irritación pertenecía a su madre, la reina viuda Agnes. Estaba sentada delante de un caballete junto a un joven que llevaba bata de pintor. Su madre no pintaba, pero hacía gestos hacia el lienzo y hablaba en voz baja con el artista sobre lo que había que añadir a la escena. Su madre tenía el talento peculiar de pintar por poderes. Si uno no tenía talento para el arte, ¿podía apropiarse del talento de otra persona? Ella diría que no, pero nadie le hacía caso.

Su madre la estaba mirando con enfado. Otro mal presagio.

Otra de las personas presentes en la habitación era Dante Robuchard, el primer ministro. Estaba de pie, junto a la ventana, fingiendo que observaba los jardines del palacio de Rohalan. Había estado a punto de perder su cargo en una votación convocada el otoño anterior. Desde entonces, siempre estaba alrededor de Justine. Parecía que creía que, si salía de la habitación, alguien iba a convocar elecciones rápidamente. Si ella supiera hacer ese tipo de cosas, lo haría.

Aquellas cuatro personas, en conjunto, ya eran suficiente como para que ella deseara un tónico. Sin embargo, fue la quinta persona que había en la habitación la que le produjo el mareo más fuerte.

Estaba frente a la chimenea, calentándose las manos al fuego. Y, cuando se dio la vuelta, le lanzó una sonrisa y gorjeó:

—¡Su alteza real! ¡Cuánto me alegro de verla después de todo este tiempo!

La dama le hizo una reverencia muy marcada, aunque algo torcida.

—No —susurró ella.

Era *lady* Lila Aleksander. La casamentera. La misma mujer a quien habían contratado para que le buscara marido a Justine hacía tres años y había supervisado un desastre de proporciones épicas. Ella no tenía ni la más mínima queja sobre William, aparte de que le contara absolutamente todo a Justine, pero sí había tenido problemas con varios de los candidatos que la casamentera le había presentado a Justine antes de que su hermana se diera cuenta de que había tenido delante todo el tiempo al verdadero amor de su vida. Sin embargo, ninguno de los otros aspirantes había sido adecuado para una futura reina.

—¿Cuánto tiempo ha pasado? —preguntó *lady* Aleksander con gran alegría.

—Han pasado tres años desde la coronación de Justine —dijo su madre.

—Y ha pasado un año y medio desde que Amelia tuvo la aventura con el soldado —añadió Justine.

—No fue una aventura —dijo Amelia, alzando la barbilla. Aunque, en realidad, sí había sido una aventura.

Justine le hizo caso omiso y continuó:

—Y seis meses desde que flirteó por primera vez con un lacayo, ¡pero solo tres semanas desde que flirteó con el segundo! Ese es todo el tiempo que ha pasado.

—De acuerdo —dijo Amelia, y se puso las manos

en la cintura—. Creo que todos entendemos lo que quieres decir, Jussie.

—Veo que ha estado ocupada, su alteza real —dijo *lady* Aleksander, alegremente—. Y, en todo este tiempo, ¿no ha habido pretendientes adecuados para usted?

—¿Adecuados? —preguntó ella. ¿Qué significaba eso, exactamente? ¿Adecuados según Robuchard, o según su propio juicio? —. A mí me agradaban uno o dos de todos ellos.

—Por desgracia, sus alianzas no eran adecuadas para la monarquía —dijo Robuchard. Su tono de voz daba a entender que el fracaso a la hora de concertar un matrimonio para ella había sido lo peor que le había pasado a Wesloria—. Algunas cosas, sencillamente, no se pueden pasar por alto —añadió, como si los caballeros en cuestión hubieran sido unos asesinos o unos traidores.

—En otras palabras —dijo William—, los intentos de celebrar un matrimonio adecuado para Amelia no han prosperado debido a la política y, bueno, a su fuerte aversión por la mayoría de los nobles weslorianos —explicó, y la miró como si la estuviera desafiando a que mostrara desacuerdo con sus palabras.

—¿Qué ocurre? ¿Acaso debo encadenarme a cada pretencioso noble wesloriano que entre a palacio? ¿Es eso lo que queréis?

—Ah. Creo que veo cuál es el problema —dijo *lady* Aleksander, y asintió mirando a William.

—¡No hay ningún problema! —exclamó ella.

Aunque sí lo había.

Lógicamente, ellos pensaban que el problema estaba en ella. Pensaban que era una coqueta incorregible que no podía mantener las manos apartadas de los lacayos. Sin embargo, el verdadero problema era que nadie la entendía. Justine sí la entendía antes de ser reina, pero, desde que se había implicado totalmente en los asuntos reales, tenía muy poco tiempo para su hermana.

En su opinión, la estaban protegiendo demasiado. Ya había cumplido veintiséis años y tenía necesidades, ambiciones y deseos. Allí no hacía nada y le irritaba sentirse inútil para cualquier cosa que no fuera cortar una cita aquí o patrocinar una organización benéfica allá. La única responsabilidad que tenía, como heredera de repuesto, era la de esperar a la alargada sombra de su hermana hasta que la necesitaran. Si alguna vez la necesitaban.

—¿Quieren saber lo que pienso? —preguntó *lady* Aleksander.

—No —respondió ella, en el mismo instante en que su hermana respondía que sí, por favor—. Creo, alteza real, que se merece usted a alguien que esté a la altura de su espíritu aventurero.

—Espíritu aventurero —dijo la reina viuda, lentamente—. Es una forma única de describirlo.

—Un momento...

Estaba muy claro lo que iba a suceder y ella, frenéticamente, trató de pensar en una forma de evitarlo.

—No es posible que esté aquí por mí, *lady* Aleksander. Estoy segura de que no, porque alguien me lo habría mencionado —dijo, y miró a su hermana, acusándola en silencio.

—Por el amor de Dios, Amelia. No es que venga a escoltarte al patíbulo, precisamente —le dijo su madre, con enojo.

—Todavía —murmuró Justine.

—Y, de verdad, querida —prosiguió la reina Agnes—, tú eres la única culpable. ¿Qué sugieres que hagamos contigo?

—¡No tenéis que hacer nada conmigo, madre! Soy una persona adulta y conozco bien mis sentimientos y mis deseos. Podrías preguntarme qué me gustaría hacer. Me gustaría hacer algo útil. Con todos mis respetos, *lady* Aleksander, no necesito sus servicios.

—Lo entiendo —dijo *lady* Aleksander, y ella estuvo a punto de desmayarse del alivio—. Las personas nunca piensan que me necesitan. ¿Esto son pastas de té?

—Sí —dijo Justine—. No sé por qué, pero pensé que podríamos sentarnos como personas civilizadas y tomar un té. Debo de haberme vuelto loca. Amelia, querida, Lila ha venido a ayudarte. No porque tú la necesites, sino porque nuestros intentos de encontrar una pareja adecuada para ti han sido inútiles. Y, a propósito, sí tienes cosas útiles que hacer. ¡Acabo de nombrarte patrona real de la nueva Biblioteca Rey Maksim!

Ella apretó los puños para contenerse y no dar un grito. En la inauguración de la biblioteca, que ella había presidido a petición de su hermana, era la única persona menor de cincuenta años. Habían tomado té con pastas, pero nadie había tocado una melodía animada ni había habido ningún baile.

—No me refiero a ese tipo de ocupación.

Justine suspiró. Miró a su alrededor por la habitación.

—¿Nos disculpáis un momento?

—Tómense todo el tiempo que necesiten —dijo *lady* Aleksander—. ¿Puedo probar una de las pastas de té?

Justine se puso en pie, la tomó del codo y se la llevó al otro extremo de la habitación, donde nadie pudiera oírlas.

—Te estás comportando como una malcriada

—le susurró con vehemencia, mirando a los demás por encima de su hombro—. ¿De verdad te ha sorprendido tanto? Tienes veintiséis años, Amelia, y andas por ahí besándote con los lacayos. ¿Vas a seguir así hasta que hagas algo tan imperdonable que te impida casarte?

Amelia se quedó boquiabierta.

—¿Y tu solución es venderme al mejor postor?

—*Mein Gott* —dijo Justine en alemán, la lengua materna de su madre. Tanto su hermana como ella lo hablaban perfectamente y soltaban palabrotas con fluidez—. Mi solución es ayudarte a encontrar la felicidad. Alguien que pueda estar a tu lado en esta vida con tus condiciones. Alguien que sea agradable para quienes te aman y que se adapte a tu posición de miembro de la familia real. Además, tú siempre has querido estar casada y tener una familia numerosa. Pero te metes en aventuras sin sentido.

A ella se le escapó un jadeo.

—Eso no es justo, Justine. Aquí no tengo libertad, y tú lo sabes.

—Piénselo de esta manera, su alteza real.

Las dos hermanas dieron un respingo. No habían oído acercarse a *lady* Aleksander.

—Va a disfrutar de la temporada social de Inglaterra.

Amelia estaba dispuesta a discutir, pero aquella última frase captó toda su atención. Inglaterra y, específicamente, Londres, era algo diferente que tener a una casamentera arrastrando a un puñado de pretendientes al palacio de Rohalan en San Edys.

—¿Londres?

—Una hermosa casa de campo —dijo *lady* Aleksander, entre mordisquitos—. Muy cerca de Londres.

—¿Una casa de campo?

Eso no sonaba parecido a una temporada social. Sonaba parecido a un castigo.

—Estará rodeada de amigos. Habría fiestas y bailes. Todas las cosas de moda. ¿Recuerda a *lord* Iddesleigh? —preguntó *lady* Aleksander.

¡Iddesleigh! Beckett Hawke, el conde de Iddesleigh. Lo recordaba, por supuesto, pero... era demasiado mayor para ella.

—Está casado...

—Oh, claro que sí, y felizmente. Su esposa y él se han instalado en su casa de campo con sus encantadoras niñas. No sé si ha tenido el placer de visitar la campiña inglesa en primavera y verano, pero es tan...

—¿Qué tienen que ver Iddesleigh y su encantadora familia conmigo?

—¡La han invitado a pasar allí el verano!

Amelia miró a Justine con irritación.

—¿Me han invitado?

—¡La idea les pareció tan buena! —exclamó lady Aleksander, corrigiéndose ligeramente—. Y *lord* Iddesleigh me ha asegurado que habrá bailes y todo eso.

—¡Todo eso! —repitió Amelia.

—¡Todo eso, Amelia! —exclamó su madre, con severidad—. ¡Deja de repetir todo lo que dice la dama!

Justine le puso la mano en el brazo.

—Amelia, escúchame. Vas a tener todas las oportunidades que quieras para relacionarte y, en caso de que haya un soltero adecuado que te llame la atención, todo puede suceder con calma y sin que los periódicos de Wesloria relaten hasta la última de las miradas y hasta la última de las sonrisas.

Bien, eso era muy interesante. La prensa wesloriana había formado un gran alboroto con todos los chismes que circulaban sobre ella, informando de que tenía una moral relajada, lo cual, probablemente, era cierto, y de que tenía un carácter infantil, lo cual no era cierto. También habían publicado que era desagradable. Ella admitió que podía ser cierto, pero Justine le había dicho que eso era una tontería.

De todos modos, no le estaban agradando demasiado aquellos planes de enviarla fuera del país.

—¿No os preocupa que no haya nadie vigilándome? ¿Habéis olvidado que ninguno de vosotros confiáis en mí?

—Confío en Lordonna y en mi amiga Lila Aleksander para que te vigilen de cerca.

Ella miró a la dama. Lady Aleksander se quitó una miga del labio y dijo, alegremente:

—¡Yo voy con usted! Me encargaré de que la instalen en Iddesleigh y de que todo vaya como la seda.

—Y, naturalmente, no van a ir solas, su alteza real —dijo Robuchard—. Wesloria estará bien representada por su séquito.

A ella le daba vueltas la cabeza. Todos habían estado hablando de aquello a sus espaldas. Obviamente, no solo era idea de Justine. Los miró a todos.

—¿Me vais a... a desterrar?

—¡No! —contestaron todos, al unísono.

Salvo Justine, que dijo.

—No, desterrada, no.

Amelia miró con incredulidad a su hermana, que tenía cara de sentirse avergonzada.

—De veras, pensé que te ibas a poner muy contenta, porque te encanta Inglaterra.

—Me encanta Londres.

—Vas a estar muy cerca —dijo Justine, y le pasó un brazo por los hombros—. Y allí tendrás más cosas que hacer —añadió. Inclinó la cabeza y le susurró al oído—: Y ten en cuenta que nuestra madre no estará allí para dar frecuentemente su opinión.

—¿Qué dices? —preguntó su madre, en el momento justo.

—¿Recuerdas lo contentos que estaban todos en Inglaterra por tener cerca un par de princesas?

Por supuesto que lo recordaba. ¿Cómo olvidarlo? Las dos atraían a la multitud allí donde fueran, y a ella le había encantado. Se había emocionado con tanta atención.

—Solo que, esta vez, todos te prestarán atención a ti.

Justine la conocía bien. Sabía con cuánta frecuencia había sido ignorada y descartada a favor de Justine, la heredera al trono.

—¿Y si te tomas tantas molestias y después nadie me conviene? —le susurró Amelia—. Sabes lo fácilmente que me enamoro y me desenamoro.

—No, cariño, no creo que nunca te hayas enamorado de verdad. Y, si no encuentras a nadie conveniente, volverás a San Edys a tiempo para la pequeña temporada de otoño. Piensa en esto como un cambio de aires.

Ella puso los ojos en blanco. Sin embargo, la idea de hacer algo diferente la atraía. Algo aventurero, completamente sola, sin Justine, sin su madre, sin nadie más. Y quería conocer a un caballero que pudiera ser suyo.

—Está bien —dijo—. Iré.

Capítulo 2

Marzo de 1858.
Devonshire, Inglaterra.

Por la mañana, las ventanas estaban abiertas de par en par, pero no corría la más mínima brisa y el calor era inusual para aquella época del año. Llevaba semanas sin llover y toda la finca de Hollyfield lo acusaba.

Joshua Parker, el duque de Marley, estaba en la cama. Había tirado la sábana al suelo y el camisón, al otro lado del dormitorio. Tenía el pelo húmedo. No estaba dormido, sino, más bien, acostado, inmóvil, con los ojos cerrados, deseando que lloviera.

Pero, entonces, oyó cantar a alguien a lo lejos. Al principio, pensó que eran ángeles. Afortunadamente, por fin habían ido a buscarlo. O, tal vez, estaban celebrando una misa cantada por su alma perdida mientras bajaba hacia Hades.

Ciertamente, hacía suficiente calor como para pensar en el infierno.

El cántico de los ángeles fue acercándose y, entonces, empezó a parecerse menos al sonido de los ángeles y más al de los niños.

¿Niños?

¿Qué iban a hacer unos niños en Hollyfield? Allí no había nadie más que él, aparte de su mayordomo, el señor Butler. Y el señor Martin, su ayuda de cámara. Y la señora Chumley, la cocinera. Y la señorita Halsey, el ama de llaves, que tenía un rostro algo aterrador y a quien él prefería dirigirse solo por su apellido para ahorrar tiempo. Al igual que él, Haley no perdía el tiempo con palabras de más.

Y, por último, también estaba una solitaria doncella a la que veía pasar, de vez en cuando, de habitación en habitación con un plumero.

Pero, decididamente, no había niños.

Cuando se casó, Hollyfield estaba abarrotado de personal. No se podía dar un paso sin chocarse con un lacayo, una camarera o un mozo de cuadra. Sin embargo, había dejado marchar a la mayoría de ellos después de morir la duquesa, porque, ¿qué sentido tenían todos aquellos criados entonces?

El canto se acercaba. Le resultaba molesto. Para empezar, los niños desafinaban. Para continuar, parecía que estaban sollozando. Y, para terminar, uno de los niños cantaba más retrasado que los demás. ¿Qué entonaban, un himno? ¿Quién demonios había puesto a unos niños a cantar un himno por la maldita mañana?

Se incorporó y se apartó un mechón de pelo húmedo del ojo. El perro, Merlín, que estaba a los pies de la cama, alzó la cabeza y lo miró. Bethan, el otro perro, estaba en el suelo, tendido de costado, con la lengua colgando y tratando de refrescarse. Y Artemis, el gato, estaba en el alféizar de la ventana, de espaldas al paisaje, observándolo silenciosamente.

Se levantó de la cama y pasó por encima de Bethan para acercarse a la ventana. Artemis saltó con gracia al suelo y caminó sobre el perro como si fuera una prenda de ropa. Tal vez Artemis pensara que lo era; había mucha ropa suya por todas partes. El día anterior no había permitido al señor Martin que entrara en su habitación.

El cántico cesó. También el llanto. Estiró el cuello para ver el camino que discurría en paralelo al río. No vio a nadie y se rascó la barbilla mientras se alejaba de la ventana. En cuanto lo hizo, comenzó de nuevo una canción.

«Todas las criaturas de Dios y del rey», cantaban. «Alza tu voz y canta con nosotros. Aleluya».

Bethan comenzó a rascarse vigorosamente una picazón que tenía en el costado.

Él cerró la ventana de golpe. Artemis se metió debajo de la cama y Merlín dio un ronquido.

—¿Excelencia?

Él miró a su alrededor con los ojos vidriosos. Su mayordomo estaba en el umbral de la puerta. Parpadeó y fijó la mirada en el techo.

«Oh, tú, sol ardiente de brillo dorado», cantaron los niños. Las voces se filtraron por las rendijas de la ventana.

—¿De quién son esos niños? —gruñó él, con las manos en las caderas.

—¿Niños? —le preguntó Butler al techo.

—¿Es que no los oye? —preguntó él.

—Ah, sí. Los oigo.

Se fijó en que Butler le había llevado un sobre de color crema en una bandeja.

—¿Qué es eso?

—Ha llegado de Iddesleigh, excelencia.

Otra vez, no. Beckett Hawke estaba resultando ser un vecino muy molesto.

—¿Es que nadie respeta ya una mañana tranquila del prójimo? ¿El cántico de los himnos y la entrega del correo deben hacerse por las mañanas?

Buther apartó la mirada del techo con cautela,

pero solo un instante. Después, la fijó en la repisa de la chimenea. ¿Qué le pasaba? Él se dio cuenta de que estaba desnudo. Se acercó al final de la cama, sacó la bata de debajo del cuerpo de Merlín y se la puso.

—Está bien. Dame el sobre, por favor —dijo, y extendió la mano.

Butler se arriesgó a echar un vistazo y, después, se acercó con suma precaución. Él tomó el sobre de la bandeja justo cuando el canto comenzaba de nuevo.

—¿Qué diablos?

Fue a la ventana y la abrió de nuevo.

Allí estaban. Había una docena de niños, niñas, en realidad, vestidas con colores rosa, amarillo y azul pastel. Iban en parejas, tomadas de la mano, siguiendo a un caballero que vestía un abrigo largo y negro y un sombrero negro de ala ancha.

—¿Qué significa esto? —preguntó él, señalando a las niñas con indignación.

El caballero que las guiaba hizo que dejaran de cantar, se agachó y señaló algo. Las niñas lo rodearon para echar un vistazo.

Bethan se derpertó y metió el hocico bajo su mano. Él le rascó la cabeza distraídamente mientras Butler se acercaba despacio para echar un vistazo.

—Ah —dijo—. *Lord* Iddesleigh ha fundado una escuela para niñas en la antigua cabaña del guardabosques.

—¿Una escuela? —repitió él—. ¿Para niñas?

—Sí, excelencia. Me parece que lord Iddesleigh tiene una o dos hijas.

Tenía cinco. Por el amor de Dios, en algún momento, un hombre tenía que asumir que no iba a tener un hijo varón y dejar en paz a su esposa.

—Su mujer y él han fundado un colegio para ellas y para las otras niñas de la zona y han traído a un buen director.

—¿En la cabaña de un guardabosques?

—Creo que solo es una ubicación temporal, excelencia.

Bajo ellos, una de las niñas tomó del pelo a otra, de repente, y tiró con fuerza. La otra niña agarró el vestido de su agresora. Las dos comenzaron a forcejear como borrachos en un pub.

—¿Va a tomar el té? —preguntó Butler, ajeno a la pelea que estaba teniendo lugar abajo.

Joshua vio que el caballero vestido de negro se colocaba entre las chicas para separarlas. Las dos niñas, cuyas cintas del pelo habían quedado colgando de las puntas de su cabello o estaban pisoteadas en el suelo, expusieron el caso ante el caballero simultáneamente. Para él estaba claro que la agresora era la más alta. Se preguntó si debía gritárselo al caballero. Se pasó los dedos por el pelo y se apartó de la ventana para mirar la hora en el reloj de la repisa de la chimenea. Eran las tres y media.

Las tres y media, Dios Santo. Debería sentir vergüenza por levantarse a aquellas horas, pero no la sentía. De hecho, se dejó caer de espaldas al lado de Merlín, que, inmediatamente, apoyó la cabeza en su pecho.

—No quiero té, Butler. Gracias.

Rompió el lacre de la carta y la leyó. Era otra invitación para una cena, tan entusiasta como las que la habían precedido, con la insistencia de que la autora no aceptaría un no como respuesta.

Joshua le entregó la invitación a Butler.

—No —dijo.

No tenía tiempo ni paciencia para los asuntos sociales. Ya tenía suficientes cosas en las que pensar y cosas que hacer, sobre todo, ahora que la escuela para niñas estaba en marcha. Por supuesto, debía pensar estratégicamente. Era el duque de Marley y no podía permitir que lo vieran como alguien opuesto a la educación femenina. Sin embargo, tampoco quería ser el duque que tuviera que sufrir-las.

No, después de todo lo que le había ocurrido.

No, después de lo que había hecho.

Tendría que comunicar sus sentimientos de una manera más sutil.

Capítulo 3

Abril de 1858.
Inglaterra.

A su majestad la reina Justine:

Querida hermana, rezo porque al recibir esta carta te encuentres con buena salud y buen ánimo, porque, sinceramente, espero que una de nosotras esté bien. Tengo mucho que contarte, y debo empezar por el hecho de que venir a Devonshire ha sido un gran error. Aunque te culpo por haberme enviado aquí, no estoy enfadada contigo. En realidad, estoy decepcionada conmigo misma por haber permitido que me convencieras de que esto era una especie de solución. ¿No podríamos haber supuesto que Iddesleigh House era tan aburrida como el palacio de Rohalan, o peor aún, ya que está a miles y miles de kilómetros de la sociedad? No está cerca de Londres, sino a un día de camino contando con los caballos más veloces. Está en el interior del país, tan interior, que he tenido poquísimas visitas desde que estoy aquí, y todos los visitantes eran bastante mayores.

¡Te echo de menos horriblemente! No tengo con quién hablar. Como sabes, Lordonna es muy tranquila y se reserva sus opiniones. Eso me deja solo a Lila. Pero, en este momento, ella está en Londres, reuniéndose con caballeros a los que posiblemente pueda convencer de que vengan hasta aquí para asistir al baile que van a organizar lord y lady Iddesleigh en mi honor. Parece que están muy decididos a hacerlo y a mí me encanta la perspectiva de tener un baile, pero no me encanta tanto que solo vengan personas mayores. ¿Con quién voy a bailar?

Me imaginé que Iddesleigh sería una gran casa de campo inglesa, y culpo a Lila de ello, porque me la describió como una gran mansión campestre. Ella tiene tendencia a usar siempre los términos más optimistas. De hecho, la campiña que atravesamos de camino hasta aquí era bastante hermosa, con colinas onduladas que el sol del atardecer teñía de colores dorados y rosados. Pasamos cerca de algunas casas grandes de estilo georgiano. ¿Te acuerdas de nuestro tutor, monsieur Klopec, y de su amor por la arquitectura? Debí de prestarle más atención de la que pensaba, porque reconocí el estilo de inmediato.

Tenía todos los motivos para creer que Iddesleigh sería tan grandiosa como las casas que dejábamos atrás. Me imaginé grandes jardines, un salón de baile con cuatro arañas, una casa de campo digna no solo de la visita de una princesa, sino de la propia reina Victoria.

Sentí entusiasmo hasta casi el final del largo viaje hasta Iddesleigh, cuando tuve el presentimiento de que las cosas no serían como me las había imaginado. No me vas a creer cuando leas esto, pero ¡estuvo a punto de llevarme la Parca a menos de ocho kilómetros de Iddesleigh! De la nada, apareció un jinete cabalgando imprudentemente junto a los carruajes. Iba vestido de negro y montaba un caballo negro prodigioso. Iba tan cerca, en un tramo estrecho de la carretera, que temí que chocara con el carruaje y nos matara a todos.

Sin embargo, en el último momento, dirigió al

caballo para evitar una colisión, nos pasó a toda velocidad y desapareció por la carretera. El cochero le gritó
cosas terribles, pero el jinete no le hizo caso. Sin embargo, durante los pocos segundos que había durado todo a
mí se me había subido el corazón a la garganta y no
podía respirar. Miré a Lordonna, que estaba tan asustada como yo, y le pregunté que quién creía que podía
ser. Ella me respondió que, quizá, fuese lord Iddesleigh.
Yo no lo creí, porque recordaba a lord Iddesleigh como
un caballero muy amigable y sin tendencia a apresurar-
se para ir a ningún lado.

El jinete, por el contrario, pasó tan rápidamente, y
era tan oscuro y amenazador, que me recordó a la Parca. Se parecía a la que describió Hortensia. ¿Te acuerdas
de Hortensia? Fue niñera nuestra solo unas semanas.
Una vez oí a mamá decir que había tenido pan que le
había durado más. Pero Hortensia estuvo allí el tiempo
suficiente como para impartir algo de sabiduría. «Cuidado con la Parca», una de sus enseñanzas. Y, otra, «El
diablo está siempre observando y ahora te ve».

En fin, unos kilómetros después de nuestro encuentro con la Parca, llegamos a la casa de los Iddesleigh, que
me sorprendió mucho, y no favorablemente. Es poco
impresionante en todo, salvo en el tamaño. Hay partes
que tienen andamios, lo que, supongo, indica que están
en fase de arreglo o, peor aún, de desmantelamiento. La
mitad de la casa parece los restos de un castillo medieval, y la otra mitad, una serie de ampliaciones añadidas
a lo largo de los años con una mezcla de estilos arquitec-
tónicos que apenaría terriblemente a monsieur Klopec.

La finca es muy sencilla, solo césped bien cuidado y
una cancha de bolos. Pero no hay laberinto, ni jardín,
ni flores. ¡Ni siquiera una fuente o una estatua que pudiera darle interés!

Mis habitaciones están bastante bien, supongo. Tengo un dormitorio, una sala de estar, un vestidor y un

baño, y una habitación contigua para Lordonna. *El alojamiento está perfectamente bien, aunque no tan bien como mis habitaciones de Rohalan. La primera noche hubo una tormenta que causó goteras y el agua caía sobre el diván. Durante los siguientes días tuve que soportar a una horda de obreros que trabajaban a toda velocidad para reparar el tejado.*

La casa es tan grande que lady Iddesleigh *necesitó dos tardes para enseñármela entera.*

—Es muy grande —comentó, innecesariamente, más de una vez.

No quiero ser malintencionada, pero esta señora tiene tendencia a repetirse. También dijo que la casa no era especialmente funcional para una familia numerosa, y yo le dije que no veía por qué no, que tenía un ala para todos los que la quisieran. Y, entonces, Blythe... Ah, debo llamarla Blythe y a su esposo, Beck, porque se empeñan en que los traten como si fueran de la familia. Blythe dijo que estaban construyendo un ala nueva para su pequeña prole.

Yo me eché a reír, cosa que supongo que no debería haber hecho, y ella me miró con curiosidad. Le expliqué que su prole no era pequeña, sino bastante grande, y que nunca había oído hablar de nadie que tuviera tantas hijas. Creo que se sintió ofendida. No pensé que hubiese dicho nada malo, pero le pedí perdón y le aseguré que solo quería decir que cinco hijas eran muchas. Ella me dijo que pensaba que era la cantidad perfecta. Supongo que cinco hijas es la cantidad perfecta si una tiene la intención de organizar su propio ejército y derrocar a la reina, pero no veo ningún motivo para que, de otro modo, lo sea.

En realidad, Jussie, las hijas son lo más interesante de Iddesleigh. Tienen entre ocho y dos años. Mathilda, a quien las niñas llaman Tilly, es la mayor. Es bastante escéptica con todo lo que dicen sus padres y un poco tirana con sus hermanas. Las gobierna de la misma forma que nos gobierna mamá a ti y a mí, siempre diciéndonos lo que tenemos que hacer. Te ruego que no le leas esta frase cuando se empeñe en que le leas la carta completa.

Maren, la siguiente, tiene siete años y es la más callada de todas. Su padre dijo que esperaba que eso significase que era estudiosa, pero como sus hermanas nunca le permitían hablar, no estaba seguro de que fuera así. Maisie tiene seis, pero afirma que tiene siete, para consternación de Mathilda, que no puede soportar una falsedad tan demostrable. Margaret, a quien sus hermanas llaman Meg Pata de Palo, aunque tiene dos piernas que funcionan perfectamente, tiene cuatro años, y la última, la pequeña Birdie, solo tiene dos.

«¿Birdie?», le pregunté a Beck. «¿No Miranda y Mariah?».

Dijo que la letra eme se había vuelto aburrida y que habían cambiado a otra letra del alfabeto. La be era la opción más popular y, si se tienen más hijos, hay muchos nombres con be para elegir. Dios Santo, Jussie, ¿más hijos? ¡Creo que están locos!

Ah, y casi me olvido de Alice, un perrito blanco que sigue a las niñas allá donde van. Pero Alice es claramente un macho y ¿sabes? Supuse que la explicación de por qué tiene un nombre femenino iba a ser tan absurda que me abstuve de preguntar por qué se lo habían puesto.

A las niñas les gustan mis cosas, les encanta probarse mis joyas y accesorios. Sus preguntas y teorías sobre la vida real son muy entretenidas. Les permito que piensen lo que quieran, porque, la verdad, no hay mucho que admirar en la vida de una heredera de repuesto.

Su padre me parece entretenido, a su manera, pero creo que he empezado con mal pie con su madre. Sinceramente, no sé por qué, porque he tratado de ayudar en todo lo que he podido. No es culpa mía que haya una pelea todas las mañanas, cuando llega la hora de que las niñas mayores se vayan a la escuela y las dos más pequeñas, a la guardería. Es tan ruidoso y estridente que, una mañana, me ofrecí a acompañar a las mayores al colegio para ponerle fin a todo eso. Lord y lady Iddesleigh son terriblemente desorganizados.

Lila vino de Londres el fin de semana pasado para hablarme de este caballero y de aquel otro. Me preguntó de nuevo qué me gustaría en un marido. Está muy entusiasmada porque haya tantos caballeros deseando conocerme. Sin embargo, también me preguntó si podía darme un consejo. Naturalmente, yo le rogué que continuara; me dijo que no debía darles mi opinión a los Iddesleigh a menos que me lo pidieran. Yo me eché a reír, Jussie. ¡No había hecho tal cosa!

Ella me dijo que a algunos padres no les gustaba que les instruyeran sobre cómo debían criar a sus hijos. Dijo que sospechaba que yo, siendo una princesa, cuya opinión sobre muchas cosas es muy solicitada, seguramente pensaba que también se me solicitaba en ese sentido. Le pregunté de qué demonios estaba hablando y me dijo que no debía haber sugerido una hora de acostarse más adecuada para las niñas. ¿Y por qué no, pregunto? En realidad, si las niñas se acostaran hay una hora decente, las mañanas serían soportables. No es culpa mía que los Iddesleigh lleguen tarde a todo: al desayuno, a la cena, a la iglesia. Le expliqué a Lila que solo quería ayudarles.

Lila estuvo de acuerdo conmigo en que, por supuesto, yo ayudaba, pero que a veces parecía un poco oficioso. No sé qué significa eso, exactamente, pero me parece que quería decir que soy demasiado atrevida. Sea lo que sea, no fue elogioso.

Dijo que era bastante natural que una princesa quisiera ayudar allí donde viese una necesidad, pero que, en esta ocasión, tal vez debería concentrar mi atención en otra cosa. Le pregunté a Lila en qué otra cosa, ya que no hay ninguna ocupación en absoluto.

Bueno, no importa, yo misma he resuelto mi problema. Ahora me encargo de acompañar a las niñas a la escuela todos los días. Es un paisaje precioso y he descubierto que disfruto mucho caminando.

No creerás lo que pasó hace dos días. ¡Vi otra vez a la Parca! No lo habría visto si no me hubiera encargado de acompañar a las niñas al colegio. Y, si no lo hubiera visto, no habría regresado a la escuela, donde, por casualidad, encontré un trabajo por mi cuenta, lejos de Iddesleigh. Pero debo guardar esa noticia para más adelante. Ahora oigo que Blythe me está llamando. ¡Espero que sea una visita! Me encantaría tener una visita. Una visita joven.

Te escribiré pronto.

Con cariño, tu hermana Amelia.

Capítulo 4

Había hecho muy buen tiempo desde que Amelia había llegado a Iddesleigh, pero aquella mañana estaba muy nublado y caía una llovizna fina. Las niñas y ella se pusieron abrigo y gorro para ir al colegio.

—¿Está segura, su alteza real? —preguntó Blythe, mirando hacia la puerta principal—. Haré que Garrett traiga un carruaje.

—No, no es necesario. Para cuando hayan enganchado el tiro, nosotras ya estaremos en el colegio.

—Pero... no me gustaría que usted se enfriara.

Para que ella enfermara hacía falta algo más que una llovizna.

—¡Voy a estar perfectamente! —insistió—. Me gusta el paseo. A todas nos gusta, ¿verdad? —les preguntó a las niñas.

—¡Sí! —gritó Maisie, y lo demostró saliendo a todo correr por la puerta y metiéndose en el primer charco que encontró.

—¡Maisie! —gritó su madre.

Pero ya era demasiado tarde. Su hija se había puesto a saltar en el charco y se había salpicado todo el abrigo.

—¿Lo ve? Vamos a estar bien —dijo Amelia, con confianza.

Blythe no estaba tan convencida. Pero no sirvió de nada, porque Mathilda y Maren ya habían salido, ajenas también a la humedad. Amelia las siguió y las reunió para echar a andar por el sendero.

Cuando llegaron al pequeño vestíbulo del colegio, Mathilde dijo que a Maisie se le había estropeado el bajo del vestido.

—Mamá se va a enfadar —añadió.

—No, no se va a enfadar —dijo Maisie.

—Sí, se va a enfadar.

—No se va a enfadar.

—Se va a enfadar.

Maren colgó su sombrero en el perchero y caminó entre sus hermanas hacia el aula sin decir una palabra. Beck tenía razón: era la más inteligente de todas.

—Está bien —dijo Amelia, mediando en la pelea—. Como a Maisie se le habrá secado el bajo del vestido cuando vuestra madre lo vea, solo podemos esperar a ver si se enfada o no.

—¿Lo ves? —preguntó Maisie, y arrojó la capota a su espalda, sin preocuparse de dónde caía, antes de entrar dando saltos al aula.

Mathilda suspiró ruidosamente, la recogió y se la entregó a ella.

—Nadie me cree nunca. Mamá se va a enfadar mucho.

Le dio su capota a Amelia también y entró en la clase. Ella miró las dos capotas. Se había convertido en doncella. Había hecho un larguísimo viaje para acabar siendo una doncella.

Colgó las capotas en los ganchos de la pared y se dio la vuelta para irse, pero casi chocó con el señor Roberts, el director.

—¡Oh! Señorita Ivanosen, buenos días.

—Buenos días, señor Roberts.

El primer día que había acompañado a las niñas, el amable director se había quedado desconcertado. Ella se había presentado como la señorita Ivanosen en broma, pensando que, seguramente, él sabía quién era.

Pero el pobre hombre no lo sabía. Francamente, parecía que le causaban confusión un gran número de cosas y todos los días estaba en medio de una búsqueda frenética de todas sus cosas: los anteojos, la llave de la puerta...

Aquella mañana tenía el pelo de punta.

—¿Está bien, señor? —le preguntó ella.

—Oh, por supuesto que sí, señora, gracias. Lo único que ocurre es que no encuentro la campana de la escuela. Necesito una buena campana para la escuela.

—Sí, es cierto —dijo ella—. ¿Quiere que le ayude a buscarla?

La expresión del director se volvió de alivio.

—¿Sería usted tan amable? —preguntó, y miró más allá de su hombro.

Había dos niñas que acababan de llegar y estaban consternadas porque no quedaban perchas para sus sombreros. Ella se hizo cortésmente a un lado.

Bien, ¿dónde pondría alguien la campana de la escuela? En el vestíbulo, no, puesto que era demasiado pequeño. Echó un vistazo por el aula, donde las chicas estaban en grupos de dos y de tres, hablando todas a la vez. Allí, tampoco, porque alguien la estaría tocando, con toda seguridad. Probablemente, Maisie.

Fue a una habitación mucho más pequeña que hacía las veces de oficina. Era asombroso que alguien pudiera entrar allí. Estaba en el más absoluto desorden. Había papeles apilados por todo el escritorio y libros y pizarras en una silla, colocados allí al azar. En el suelo había varias capas, botas y aparejos de pesca. En un rincón, bastones de distintos tamaños. Delante de la ventana había colgadas dos jaulas de pájaros vacías. Las estanterías estaban repletas de libros y un gato de peluche al que le faltaba un ojo la estaba observando desde una cómoda.

Pero allí, a la vista, sobre una de las pilas de papeles, estaba la campana de la escuela. Pasó por encima de un cubo para recogerla. Miró, por casualidad, el papel que había justo debajo de la campana. Era una carta que estaba abierta, como si el señor Roberts hubiera tenido intención de leerla pero otra cosa hubiera requerido su atención y hubiera dejado allí la campana para acordarse.

Ella ladeó la cabeza y pasó la vista por la misiva. Era una petición de un caballero para que aceptasen a su hija en la escuela. No sabía dónde iban a poder meterla, porque el colegio ya estaba abarrotado. Se encogió de hombros y volvió al aula. Alzó la campana para que el señor Roberts, desde su posición privilegiada en la clase, pudiera ver que la había encontrado. La colocó con cuidado en el alféizar de la ventana y él le hizo un gesto de agradecimiento con la mano.

Al salir de la escuela, oyó su voz, clara y fuerte.

—Muy bien, señoritas, ¡es hora de comenzar con nuestras tareas escolares!

Ella tomó el sendero. La llovizna había cesado y el día se había aclarado un poco, y ella se alegró, porque podía caminar un poco más. ¿Quién hubiera pensado que iba a disfrutar de dar largos paseos? En Wesloria nunca había tenido la oportunidad de caminar mucho. Siempre había carruajes, caballos y guardias por todos lados. Sin embargo, le gustaba tanto que le había pedido a Lordonna que le consiguiera unas botas fuertes para caminar. Su dama de compañía le había dicho que lo haría de inmediato, pero se había quedado preocupada, como si pensara que no era decoroso que las princesas deambularan por el campo.

Probablemente, lo era.

Lo que a ella le encantaba de sus paseos era que, además de tener algo que hacer, nadie la molestaba. No parecía que nadie se fijara en ella. Incluso sus dos guardias weslorianos, que formaban parte de su comitiva para ocuparse de su seguridad, habían concluido que no había ningún peligro en que caminara por allí, y se quedaban sentados a la salida del establo con los mozos ingleses a hacer apuestas mientras ella paseaba.

Se ponía siempre un sencillo traje de color marrón para sus paseos. Era el único de su amplio guardarropa que soportaba ver sucio o húmedo. Llevaba un chal y un abrigo corto igualmente sencillos. Le encantaba la idea de parecer una muchacha de granja que iba camino al mercado. Tal vez algún día caminase hasta el pueblo y volviera con un pollo. ¡Qué divertido sería! ¿Se fijaría alguien en ella?

Le gustaba su nuevo anonimato. Nunca había tenido la libertad de vagar sola por el mundo y, cuando se lo había consultado a Beck, él se había reído y le había dicho:

—Está en Devonshire, alteza. Aquí no pasa gran cosa.

La mayor parte de los días deambulaba por la carretera, como aquella mañana, deteniéndose de vez en cuando para apoyarse en la valla de piedra y mirar a las ovejas. La entrada de la escuela estaba marcada con un antiguo arco de piedra justo en el punto donde el sendero se cruzaba con la carretera principal que atravesaba este valle. Ella salió a la carretera y se giró para admirar los querubines que había tallados en la piedra. No podía imaginarse por qué el propietario de una finca tan modesta pensaría en instalar un arco tan celestial.

Estaba estudiando a los querubines en busca de alguna pista y no se dio cuenta de que se acercaba un jinete a gran velocidad por una curva de la carretera. Cuando se dio la vuelta, al oírlo, el caballo estaba casi encima de ella. Dio un grito y saltó a una zanja poco profunda que estaba junto al cercado de piedra, sujetándose la capota para que no se la arrancara el remolino de viento que dejaba el caballo a su paso. Se le subió el corazón a la garganta al darse cuenta de que era la Parca, que pasaba rugiendo y echándole barro al vestido y a la cara. El mismo ser que había estado a punto de chocar con su carruaje.

Ella gritó de la sorpresa y del miedo, y el jinete se alejó a varios metros de ella. Hizo girar a su montura y trotó unos metros para mirarla más de cerca.

Era un hombre grande, de hombros muy anchos. Llevaba una capa negra y un sombrero calado hasta la frente. Tenía una barba oscura, sin recortar. Y no se bajó del caballo para ayudarla. Cuando quedó claro que no iba a hacerlo, ella salió por sus propios medios de la zanja. Por un momento, pensó que el jinete ni siquiera iba a dignarse a hablarle, pero él dijo:

—Perdón.

Ella se quedó boquiabierta.

—¿Perdón? ¿Eso es lo único que tiene que decir? Podía haberme matado. Mi cuerpo podía haber estado en esta zanja durante días hasta que alguien me encontrara.

—Cualquier paseante habría visto con claridad un cadáver en esa zanja.

—¡Ha estado a punto de arrollarme!

—Quizá se lo haya parecido, pero le aseguro que no me acerqué a usted. En cuanto la vi, me desvié hacia la izquierda. ¿Está herida?

—¡No! —exclamó ella, y se puso a sacudirse las salpicaduras de la parte delantera del vestido—. Pero estoy llena de barro, por mucho que usted haya girado a la izquierda.

—Me disculpo de nuevo —dijo él, y la señaló con un dedo enguantado, haciendo un movimiento circular—. Tiene algo en la mejilla.

Ella se llevó la mano a la cara para quitarse el barro.

—No, en la otra.

Ella se frotó con enojo la mejilla.

—Debería tener más cuidado.

—Estoy de acuerdo. Debería tener más cuidado con muchas cosas. Y usted no debería quedarse parada en medio de la carretera.

Lo dijo como si la culpa de lo ocurrido fuera completamente suya.

—No estaba parada en medio de la carretera, estaba caminando. Me había detenido.

—Lo cual forma parte de estar parada.

Ella no daba crédito.

—Puede estar seguro, señor, de que si hubiera sabido que la Parca estaba a la vuelta de la esquina, no me habría detenido.

—La Parca —repitió él, y dio un resoplido.

Se sacó un reloj del bolsillo, lo miró y volvió a guardarlo.

—Me disculpo de nuevo por haberla asustado. Si está sana y salva, señora, la dejaré para que siga paseando y deteniéndose.

Y, sin más, se tocó el ala del sombrero y espoleó a su caballo, y salieron al galope levantando una lluvia de barro y agua.

Ella no lo podía creer. Se miró el vestido lleno de barro. Y, para colmo de males, empezó a llover. Estaba mucho más cerca de la escuela que de la casa de los Iddesleigh, así que retrocedió.

Unos minutos después, entró en el vestíbulo del edificio e, inmediatamente, se quitó el gorro y el abrigo, que estaban empapados. El señor Roberts salió del aula y se quedó asombrado al verla.

—No se preocupe por mí, señor Roberts. Ha estado a punto de atropellarme un jinete en la carretera.

—¿Cómo? ¿Se encuentra bien?

—Sí, estoy bien. Solo un poco mojada y embarrada. ¿Puedo sentarme en su despacho hasta que deje de llover?

—Sí, por supuesto. Debería tomar un poco de té para entrar en calor. Venga, por favor —dijo él, haciéndole un gesto para que lo siguiera al despacho.

Se acercó a la pequeña chimenea de la sala y tomó una tetera que había en el hogar.

—Por favor, no se moleste, señor Roberts. Tiene que ocuparse de sus estudiantes.

—Las chicas están haciendo ejercicios en sus pizarras. Voy a calentar un poco de agua para el té.

—No es necesario. En cuanto escampe me iré.

Él dejó la tetera. Se acercó a la única silla que había en el despacho y la vació para que ella pudiera sentarse.

—Le pido disculpas por el desorden del despacho. Estoy un poco abrumado por el número de estudiantes. Tenemos seis más de las que pensábamos y me temo que me he retrasado un poco con el papeleo.

Oyeron risas desde el aula.

—Hay bastantes papeles, sí —comentó Amelia.

Él suspiró.

—Son cartas de padres interesados, la mayoría. Quieren que sus hijas vengan a la escuela. Yo quiero anotarlas a todas y llevárselas a su señoría para que él disponga. Pero no podemos aceptarlas sin tener más espacio y más profesores. Ya hay muchas niñas.

—¡Eso no puedes hacerlo, Tilly!

El señor Roberts asomó la cabeza por la puerta del despacho.

—¡Los ojos en sus pizarras, jovencitas! Las veo a todas muy claramente —dijo él. Después, se volvió hacia Amelia—. Le pido perdón, pero...

—Quizá yo pudiera serle útil —dijo ella, de repente, sin saber lo que hacía. No era propio de ella. Sin embargo, le gustaba caminar, le gustaban las niñas y le caía muy bien el señor Roberts—. Tengo una excelente escritura y sé varios idiomas. Yo podría hacer la lista.

El señor Roberts se quedó desconcertado.

—Pero... usted es la invitada de lord Iddesleigh.

—Durante todo el verano. Y no tengo nada con lo que ocuparme. Por favor, señor Roberts. Me gustaría ayudar, si puedo.

—¡Se lo voy a decir al señor Roberts! —gritó una de las niñas.

El profesor se tambaleó de repente hacia el escritorio.

—Sería un viejo tonto si rechazara cualquier oferta de ayuda —dijo, y tomó las cartas—. Si pudiera revisarlas y contabilizar cuántas niñas solicitan la admisión, anotar de qué pueblos son y cómo se llaman, le estaría más que agradecido.

Rebuscó y encontró papel y lápiz.

—Ya está. Con esto tengo todo lo que necesito —dijo Amelia—. Vaya con las estudiantes, señor Roberts.

—Gracias, señorita Ivanosen. Se lo agradezco —dijo él.

La dejó y fue al aula. Ella lo oyó reprender suavemente a una estudiante que se había levantado de su sitio.

Se acomodó en la silla y recogió la pila de cartas. Las dos primeras eran simples solicitudes de información sobre la escuela. Uno de los padres escribía que, aunque su hija sí había recibido educación, sus estudios se habían limitado a las tareas domésticas, y que se había enterado de que en la Escuela Iddesleigh para Niñas enseñaban ciencias a sus pupilas. Quería que su hija tuviera la oportunidad de entender la ciencia.

Aquello la sorprendió. Ella había recibido la misma educación que los niños: ciencias, idiomas, aritmética, astronomía...

Otra carta siguió a la primera, todas en la misma línea. Pero, entonces, se encontró con una carta que tuvo que leer dos veces. La primera, con confusión y, la segunda, con deleite y fascinación. El remitente era un vecino anónimo que se quejaba del ruido de la escuela. Ella se echó a reír sin poder evitarlo. Ciertamente, las niñas eran muy ruidosas. El tono de la carta le recordaba a su abuela austriaca que, hasta el momento de su muerte, no había encontrado nada que la complaciera. Todo lo recibía con quejas. Su abuela tenía tal espíritu de contradicción que Justine y ella se divertían mostrándose de acuerdo con todo lo que decía la anciana. Sí, los sirvientes eran horribles. Sí, los soldados que desfilaban hacían mucho ruido. Sorprendentemente, a su abuela le encantaba que la escucharan.

—¿Lo ves? —le decía a su hija, la reina Agnes, dándole un golpecito en el brazo—. Hacen demasiado ruido.

Cuando el señor Roberts entró a verla, una hora después, ella había ordenado las cartas por montones. Uno era el de la correspondencia general. Otro, el de las cartas en las que se solicitaba plaza para una estudiante, con una lista ordenada de nombres que había dejado encima de la pila.

Mientras se ajustaba la capota húmeda en la cabeza, dijo:

—Hay otra carta. Es anónima y es una queja, lamento decirlo.

—Ah, sí —dijo él, asintiendo—. Recibimos esas cartas con regularidad —añadió, y señaló unas cuantas misivas que había en una repisa, a su espalda—. El autor las deja clavadas en la puerta por las noches.

—¿Clavadas en la puerta? —preguntó ella. Qué comportamiento tan raro—. ¿Y quién es?

—No tengo la menor idea.

Ella pensó que se trataba de algún anciano cascarrabias que vivía por la zona. Se ató las cintas de la capota por debajo de la barbilla.

—¿Paso mañana para ayudar un poco más? —preguntó.

El señor Roberts parecía un poco ansioso, pero dijo:

—No quisiera que fuese una molestia.

—No es una molestia si me ofrezco voluntariamente. Podría responder a algunas de esas cartas, si lo desea.

—¿De veras lo haría? Le estoy muy agradecido, señorita Ivanosen. Aprecio mucho su ayuda. Gracias.

Y ella apreciaba mucho tener alguna ocupación. Así quedó decidido.

Capítulo 5

Joshua tenía la malísima costumbre de vagar por el campo a altas horas de la noche, siguiendo un sendero iluminado por la luna sin preocuparse de su propia persona. ¿Por qué iba a preocuparse? Allí nunca pasaba nada. Y él no hubiera pensado en su falta de preocupación si su abogado, el señor Darren, no se hubiera horrorizado tanto cuando él se lo mencionó. Dijo que un duque que caminaba solo por la noche era especialmente vulnerable para los ladrones y asesinos.

Hollyfield estaba demasiado lejos como para interesarles a los maleantes. Sería el colmo de la incomodidad tener que ir hasta allí, robarle a un hombre y luego tener que volver a la civilización. Tal vez prefirieran los objetos de oro de Hollyfield, que eran pesados y que habría que llevar a un mercado negro. Estaba convencido de que los buenos ladrones se lo pensarían dos veces y reservarían sus viles actos para llevarlos a cabo en otras partes del país.

Lástima, porque a él no le importaría encontrarse con un ladrón o un asesino. Le vendría bien dar un puñetazo en una o dos narices.

No tuvo la suerte de encontrarse con un asesino ni un ladrón, pero sucedió algo interesante durante uno de sus paseos a la luz de la luna de aquella semana: recibió una respuesta a una de las muchas cartas anónimas que le había escrito al director de la Escuela Iddesleigh para Niñas.

Fue algo completamente inesperado. Llevaba un mes dejando cartas en la puerta de la escuela sin obtener una sola respuesta. Había dejado la última misiva dos noches antes y, aquella noche, cuando fue a dejar la siguiente, se quedó atónito, porque encontró una carta dirigida «A un preocupado residente de Devonshire».

Era una forma extraña de dirigirse a él, pero no dudó en aceptarla. Sospechaba que había más residentes de Devonshire que también sentían preocupación, pero estaba seguro de que no dejaban cartas en el mismo lugar que él. Reemplazó una carta con la otra y, rápidamente, fue a casa, encendió una vela y se preparó para leer.

Esperaba una reprimenda por sus quejas hacia la escuela. Esperaba que le echaran un sermón y que le recomendaran tener paciencia con los niños en general. En su última carta se quejaba de que les enseñaran botánica a las niñas al aire libre y, en concreto, en el jardín del señor Puddlestone. Eso era casi un delito, porque el Consejo de Jardinería de Devon, un hueso duro de roer, había otorgado un premio al señor Puddlestone por sus esfuerzos. Él había escrito al director diciéndole que los libros de texto existían por esa razón, y que no creía que hubiera ningún motivo para que las niñas tuvieran que estar fuera, haciéndose guirnaldas de flores para el pelo, por el amor de Dios, a costa del jardín del señor Puddlestone.

Él lo había visto por casualidad. Pasaba por allí galopando, otro hábito peculiar suyo, cabalgar a toda velocidad cuando lo perseguían los demonios, y había visto a las niñas recogiendo flores. Detuvo al caballo y se dio la vuelta para ver mejor la escena. Una niña mayor estaba instruyendo a las más pequeñas en el elevado arte de retorcer enredaderas para hacer un círculo y, después, ante sus ojos, les enseñó a arrancar flores de un arbusto de Puddlestone y a tejerlas en la corona. Era una abominación.

Reconocía que no todo el mundo compartía la visión del mundo que tenía en aquella etapa de su vida y, por lo tanto, no esperaba que nadie estuviera de acuerdo con él. Pero, maravilla de las maravillas, parecía que el director sí coincidía con sus puntos de vista... aunque también parecía que estaba un poco perdido en cuanto a qué hacer al respecto. Seguramente, aquel pobre hombre sufría la persecución de los padres de las niñas, que le instaban a que les permitiera hacer lo que querían.

Volvió a leer la carta.

A un preocupado residente de Devonshire:

Hemos recibido su última carta y hemos llegado a la conclusión de que tiene usted toda la razón. Cualquiera puede imaginarse la decepción de un autor que ha dedicado tanto tiempo a escribir un libro sobre botánica solo para verlo descartado porque toda la clase ha sido enviada al aire libre para mirar las plantas. ¿No es ese el motivo por el que existen los libros, para que la asignatura se lleve a los niños, y no al revés?

Por desgracia, durante las últimas lluvias el tejado se estropeó un poco y cayó una gotera sobre nuestro libro de botánica, que resultó dañado. Las niñas han tenido que salir al campo para recibir la lección. No querrá usted que se queden retrasadas en el temario, seguramente.

Y, como no hay jardines en la actual ubicación de la

escuela, *algo que esperamos remediar algún día, las lle- varon a poca distancia del colegio para ver un hermoso jardín gracias a la gentil invitación del señor Puddles- tone. Las niñas hicieron unas coronas que resultaron ser bastante hermosas. El propio señor Puddlestone se puso una para tomar el té con ellas. Causa admiración un hombre que usa una corona de flores en su cabeza calva.*

¿Quizá estas explicaciones sirvan para que pueda absolver a las estudiantes de su crimen?

Con mis más cordiales saludos,

Escuela Iddesleigh para Niñas Artísticas.

Él se quedó mirando fijamente la carta. No, no iba a absolver a las estudiantes de su crimen. Casual- mente, él sabía que el señor Puddlestone estaba muy orgulloso de su jardín y, con toda seguridad, no tenía la intención de permitir que las flores se malgasta- ran en algo tan frívolo. Sin embargo, el señor Pudd- lestone era todo un caballero y, sin duda, no había dejado traslucir sus verdaderos sentimientos. ¿No era eso lo que hacían los caballeros? Reprimían sus verdaderos sentimientos y permitían que las muje- res de todo el mundo se explayaran con los suyos.

Leyó la carta por tercera vez y se pasó los dedos por el pelo despeinado.

¿El director de la escuela estaba de acuerdo con él, o había escrito la carta en broma? No estaba se- guro. Por un lado, su queja podía parecerle pueril a un lector que no conociera de primera mano la si- tuación. Por otro lado, tal vez el director también fuera un caballero sufrido.

Pensó en la carta que había dejado aquella no- che, en la que se quejaba del ruido. Esperaría y vería la respuesta a aquella misiva.

Resultó que casi no podía esperar la carta.

A la una y media de la madrugada del día siguiente, se puso las botas y fue a la escuela con otra carta. Lo había pensado bien y había decidido que, si el director se estaba riendo de él, no iba a permitir que lo disuadiera. Y, si de verdad estaba de acuerdo con sus pensamientos, entonces debería conocerlos todos.

Cuando entró en el pequeño patio de la escuela, vio un pergamino blanco clavado en la puerta. Otra carta dirigida «A un preocupado residente de Devonshire». Se le aceleró el corazón. ¡Otra carta en la que le daba la razón! El director decía que eran demasiado ruidosas y que eran incorregibles y que, seguramente, todos los habitantes de los alrededores tenían jaqueca por culpa de los chillidos.

Sin embargo, su satisfacción se convirtió muy pronto en consternación. ¿Qué iba a hacer con aquella carta? Debería estar pensando en formas de ayudar al director y no limitarse a enviar quejas.

Lo estaba haciendo todo mal, pero... ¿cómo podía hacerse bien?

Una de aquellas tardes estaba sentado en su escritorio, dándole vueltas al asunto, cuando Butler entró en la habitación con una carta en una bandeja de plata. Los perros, que estaban durmiendo a sus pies, se levantaron para olisquear al mayordomo. Artemis se quedó acurrucado encima del libro de contabilidad, sobre el escritorio.

—¿Qué es eso? —preguntó él, sin apenas mirarlo.

—Ha llegado de Iddesleigh House, excelencia, entregada por el propio conde de Iddesleigh. Preguntó si podía quedarse a esperar su respuesta.

—¿Y qué le has dicho?

—Le he sugerido que sería más eficiente que le enviaran la respuesta a Iddesleigh.

—Bien hecho, Butler. Y puedes responder de la misma forma que a las demás.

—¿No quiere leerla, excelencia?

—No es necesario.

—Si me lo permite, se va a celebrar un baile...

—No —dijo él, y se puso en pie. Tenía un hambre canina. ¿Cuándo había comido como Dios manda por última vez?

—Para presentar a su alteza real la princesa Amelia de Wesloria.

—No —repitió él, en voz más alta.

Aquel era un nuevo acontecimiento que se veía obligado a controlar. Una princesa europea había venido a visitar a los Iddesleigh, y él estaba un poco resentido por ello.

Hacía quince días, se había hecho notar por todo el valle la llegada de una caravana de tres carruajes, nada menos. Uno, para llevar a la propia princesa. Otro, para llevar su equipaje. Y otro, en el que viajaban amontonados todos sus sirvientes y cuidadores.

Él había pasado junto a los carruajes, que avanzaban con dificultad por el camino desde Hollyfield a Iddesleigh, y los habría confundido con un cortejo fúnebre si los penachos de plumas de las carrozas no fuesen de color rosa. Plumas rosas, nada más y nada menos.

Y, por si eso no fuera suficiente, había oído hablar de ella en el pueblo. El señor Darren había contado con orgullo que una princesa había elegido su pequeña parte del mundo para pasar el verano. Dijo que era una mujer encantadora y bella. Dijo también que había tenido la suerte de conocerla durante una visita al conde. Siguió diciendo que estaba deseando asistir al baile que había organizado Iddesleigh en honor a su invitada real.

Él no quería saber nada de ninguna mujer encantadora y bella. No quería conocer a nadie ni hacer nada y, en aquel momento, incluso tenía problemas para pensar en lo que sí quería hacer. Lo único que sabía a ciencia cierta era que no quería tener cerca a niñas ni a princesas.

Además, no sabía qué hacer al respecto.

Capítulo 6

Una mañana, enviaron a una de las mozas de la cocina a la escuela junto a Amelia y a las niñas. El cocinero había hecho una hornada de pastas de té que no consideraba a la altura del té para los condes, pero sí apropiadas para una docena de niñas.

La señorita Collins era una muchacha menuda de unos diecisiete o dieciocho años. A ella le hizo dos reverencias y, después, una tercera a modo de disculpa cuando Mathilda le informó de que solo era necesaria una.

—Sí, sí, *milady* —le dijo a Mathilda. Con una reverencia.

Pobrecita.

Por el camino, las niñas fueron delante, corriendo, saltando y hablando unas con otras, todas a la vez. Amablemente, ella intentó entretener a la joven. Le preguntó si había oído algo sobre el baile. La señorita Collins le dijo que sí, pero no hizo ningún comentario ni ninguna pregunta. Ella le preguntó qué le parecía el trabajo en la cocina. La muchacha dijo que era un buen trabajo. Ella le preguntó si cocinaba algo.

—Yo lavo, su alteza real. Y seco.

Bueno, ese no era un tema del que ella supiera

nada, así que probó con otro diferente. Comentó que hacía un día muy agradable y que el camino estaba allanado a pesar de las recientes lluvias, y que los árboles eran muy espesos... Con todo lo cual, la señorita Collins estuvo muy agradablemente de acuerdo.

En cierto modo, fue parecido a pasear con un fantasma.

Al regresar de la escuela, pasaron bajo el arco de la entrada de la finca y pasaron por el camino en el que ella había conocido a la Parca.

—Tenga cuidado cuando camine por aquí, señorita Collins —le dijo a la muchacha—. He visto jinetes que podrían atropellarla.

—Sí, señora.

Ella giró la cabeza para suspirar disimuladamente a causa del tedio de aquel paseo y su mirada se posó en la mansión oscura de la colina. Había pensado que estaba abandonada, aunque le parecía extraño teniendo en cuenta lo grande que era. Más grande, incluso, que Iddesleigh House. Sin embargo, en aquel momento le pareció lo contrario. La casa era de piedra gris opaca; en algunos lugares, incluso, negra. Las ventanas no tenían brillo y parecían fauces abiertas. Había, como mínimo, una docena de chimeneas, pero ella solo había visto salir humo de un par de ellas.

—¿Qué es esa casa de ahí? ¿Un asilo?

La joven miró hacia la colina.

—No, su alteza real, es Hollyfield. El duque de Marley reside allí algunas temporadas.

Era una casa. Sinceramente, esperaba que hubiera sido más atrayente en alguna ocasión. ¿Qué le habría sucedido a la mansión? «Algunas temporadas», había dicho la señorita Collins. Eso podía significar nada en absoluto. Era como el Castillo de Astasia, una de las propiedades reales de Wesloria.

Estaba en lo más alto de las montañas y nadie de la familia real iba por allí salvo cuando había problemas con los barones del carbón.

Ella no recordaba cuándo había sido la última vez que había sucedido algo así. En realidad, no estaba segura de si seguía habiendo barones del carbón cerca del Castillo de Astasia.

—Bueno, por lo menos, eso explica por qué se ve tan desierto y sombrío.

—Sí, señora, ha tenido ese aspecto desde la tragedia.

Al instante, ella se animó. No había nada como una buena tragedia para animar las cosas en un paseo tan aburrido. Con suerte, el asesinato de un amante o un duelo de borrachos, algo con una buena historia detrás.

—¿Qué tragedia?

—El duque perdió a su esposa y a su primogénito en el parto. Dicen que nunca se recuperó. Se fue de Hollyfield y creo que solo viene de vez en cuando.

Esa tragedia era terrible y, por desgracia, demasiado común y desgarradora.

—Qué triste y horrible.

—Sí, señora.

Entendía perfectamente qué pasaba con aquella casa. Seguramente, estaba cerrada, pero habitada por un cuidador. La Parca debía de salir de allí.

La idea le provocó un escalofrío por toda la espina dorsal.

Lila iba a volver el sábado, gracias a Dios, por el bien de todos. El baile se celebraría el jueves siguiente y todavía había mucho que hacer, al menos, según Blythe, que aprovechaba todas las oportunidades para quejarse ante su marido.

Maren, Maisie y Meg Pata de Palo estaban jugando al otro extremo de la habitación, Beck estaba tirando de una pequeña carretilla en la que transportaba a Birdie por toda la estancia y Mathilda estaba con Alice en brazos junto a las estanterías de los libros, escuchando atentamente a sus padres con sus orejas de ocho años bien abiertas.

—¿A qué te refieres, querida? Dímelo y yo me ocuparé de que lo hagan —dijo Beck, con seguridad, cuando Blythe volvió a referirse a la pesada tarea de preparar un baile.

—¿Que a qué me refiero? —repitió ella, y se echó a reír en voz alta—. ¿De verdad que no lo sabes, cariño? Hoy he repasado la lista durante la comida.

—¿Ah, sí? —preguntó Beck. Se detuvo y miró al techo como si estuviera tratando de acordarse.

—¡Papá, tira! —le gritó Birdie.

—Sí —respondió Blythe, secamente—. Dime, querido, ¿es que tal vez hablo demasiado bajo?

Beck se echó a reír jovialmente.

—No, es evidente que no.

—Ah, ya veo. Crees, entonces, que soy una arpía.

—¿Una arpía?

—Claramente, has querido decir algo así.

—Lo que yo quería decir es que...

Beck se agachó y tomó en brazos a Birdie. Alice empezó a ladrar y Mathilda lo dejó en el suelo. El perro corrió hacia Beck y Birdie y la niña se inclinó tanto hacia el animal que estuvo a punto de caérsele de los brazos a su padre.

—Nada. No quería decir nada, cariño.

—¡Dentro de diez días vamos a ser los anfitriones de trescientos invitados para un baile en honor a una princesa! ¿No te preocupan lo más mínimo los preparativos?

—No estoy preocupado...

—¡Porque esperas que lo haga yo todo!

—¡Claro que no! —exclamó Beck, alzando un poco la voz—. Pero no sé si te acuerdas de que, cuando di mi opinión sobre el menú, me informaste de que no me la habías pedido, y yo entendí que mi opinión no era necesaria a menos que se me solicitara expresamente.

Blythe lo miró con fijeza.

—Te pedí que no dieras tu opinión sobre el menú, Beck. ¿Por qué iba a necesitar tu opinión sobre el menú cuando tengo al señor Banbridge para cocinar? ¡Pero, por supuesto, deseo que me des tu opinión sobre la mayoría de las otras cosas!

—¡Ajá! ¿Lo ves? —preguntó Beck, señalándola con un dedo—. Ahí está el quid de la cuestión. La mayoría de las otras cosas. ¿Cómo voy a saber qué otras cosas?

Amelia miró a Mathilda. La niña se acercaba poco a poco, cautivada por la discusión que se estaba desarrollando entre sus padres.

Beck dejó a Birdie en el suelo y ella, al instante, agarró a Alice por una oreja.

—Pero, si quieres que te dé mi opinión, creo que todo avanza bastante bien.

A Blythe se le escapó un jadeo.

—¡La casa no está preparada! ¿Cómo puedes pensar que esta casa está preparada?

Ella vio la oportunidad de apoyar a Blythe y recuperar su buena opinión.

—Tiene toda la razón, señora —dijo.

Lord y lady Iddesleigh, además de Mathilda, la miraron con sorpresa.

—No quiero interferir, pero he asistido a más de cien bailes y estoy de acuerdo en que hay cosas que deberían hacerse.

—¿Por ejemplo? —preguntó Blythe.

—Bueno... Debería retirarse el andamio de la entrada. Es feo, y sé que les gustaría tener una entrada inmaculada.

Nadie dijo nada. Ella no entendía su silencio. ¿Acaso se equivocaba?

—Es un poco molesto... ¿no les parece?

Blythe se giró lentamente para mirarla.

—Gracias por su sugerencia, alteza. Sin embargo, no creo que uno pueda quitar un andamio así por las buenas...

—Tiene toda la razón, alteza —dijo Beck. Tomó a Birdie del suelo otra vez y se la puso a su madre en los brazos. Después, se colocó entre Blythe y ella—. Por eso hemos decidido que nuestros invitados entren por la terraza. Pero le preguntaré al constructor qué piensa de su idea. Por otro lado, Donovan llega esta tarde...

—¡Donovan! Gracias a Dios que viene Donovan —dijo Blythe, con un alivio evidente, y puso a Birdie en la carretilla.

—¡Tira, mamá! —ordenó la niña.

—Pídeselo a tu padre —dijo Blythe.

—¿Lo ves? —dijo Beck, también con alivio, mientras tomaba el asa de la carretilla—. Donovan se va a ocupar de todo, no tengo ninguna duda.

—Sí, Donovan nos salvará una vez más —dijo Blythe.

A Beck se le apagó la sonrisa.

—¿Qué quieres decir con eso?

—¡Espléndido! —exclamó ella, antes de que Blythe pudiera responder—. Ahora que lo hemos resuelto, creo que iré a dar un paseo. Tilly, ¿te gustaría acompañarme?

Parecía que Mathilda prefería quedarse por si la discusión daba un giro, ya que, claramente, la situación conyugal no estaba resuelta en absoluto, pero la niña tomó a Alice en brazos y fue a su lado. Ella le puso un brazo alrededor de los hombros para que caminaran juntas. Al salir de la estancia, oyó que Blythe le espetaba a su marido:

—¿Y te importaría, por favor, dejar de arrastrar esa cosa por todo el salón? Mira lo que le has hecho a la alfombra.

Como estaba nublado y hacía fresco, Mathilda y ella se pusieron sus capas. Mathilda dejó a Alice en el suelo cuando salieron, y el perrito bajó los escalones de la terraza y se puso a corretear por el césped.

—¿Vamos hasta el río? —le preguntó a la niña.

—Me gustaría que pudiéramos pescar —dijo Mathilda—. El señor Roberts dijo que nos iba a llevar un día. Dijo que todo el mundo debería tener la capacidad de conseguir su propia comida. ¿Usted consigue su propia comida? —le preguntó, mirándola.

—Claro. Se la pido a una doncella todos los días.

A Mathilda se le escapó una risita.

Atravesaron la pradera y entraron al bosque. Alice iba corriendo por delante de ellas y se manchó de barro el estómago y las patas. Mathilda le contó algo terrible que había dicho Ann Simpson, algo que había herido los sentimientos de Mary Carlisle, y siguió hablando mientras ella la escuchaba a medias, porque la historia se desarrollaba sin rumbo.

Salieron del bosque a un sendero que discurría entre Iddesleigh y Hollyfield. El parloteo constante de Mathilda solo se interrumpió una o dos veces porque había algo que merecía ser señalado, como un pájaro rojo y un grupo de hongos que las dos querían examinar.

Llegaron a un cruce. Uno de los ramales conducía a Iddesleigh y el otro, a Hollyfield. Ella se detuvo en la proverbial bifurcación del camino y lamentó que sus opciones no fueran un poco más emocionantes.

—¿Echamos un vistazo a Hollyfield?

—Yo ya lo he visto —dijo la niña.

—¿Ah, sí?

—¡Sí! Se ve desde el camino a la escuela. Y cuando vuelves a casa, también.

—¿Habías estado alguna vez tan cerca?

Mathilda negó con la cabeza. Entrecerró los ojos al mirar el monolito de la cima de la colina.

—Da miedo —dijo.

—Piensa que es una exploración. ¿Qué dijo el señor Roberts sobre la exploración?

—Que las cosas más maravillosas del mundo se descubrieron solo porque la gente se aventuró a salir de su casa para explorar.

—¿Vamos a echar un vistazo? —le preguntó ella.

Mathilda asintió. Ella llamó a Alice y los tres se pusieron en camino hacia Hollyfield.

En la parte más alta de la colina había un muro de piedra que separaba la casa del camino. La estructura se alzaba como una montaña detrás del muro. Parecía que la casa las estaba mirando fijamente por culpa de las ventanas tan oscuras.

—¿Crees que hay fantasmas ahí dentro? —susurró Mathilda.

—Me sentiría muy decepcionada si no los hubiera —respondió ella, también en voz baja.

Justo en aquel momento, vieron pasar a alguien por una ventana del piso superior. Las dos jadearon y se agarraron del brazo.

—¿Era un fantasma? —preguntó Mathilda.

Ella era demasiado pragmática como para creer en los espíritus.

—Creo que era el vigilante —dijo, en tono razonable, y la niña se relajó.

Caminaron hasta acercarse a una verja de hierro forjado que había hacia la mitad del muro. Alice la había visto y asomó la cabecita para echar un vistazo entre los barrotes. Mathilda y ella se acercaron por detrás de Alice para mirar también, pero, de repente, un perro se abalanzó sobre ellas desde el otro lado de la verja, ladrando ferozmente. Alice se dio la vuelta y salió corriendo hacia el río, ladrando sin parar. Mathilda y ella dieron un grito del susto. Ella agarró a la niña de la mano y, juntas, salieron corriendo detrás de Alice hacia el bosque, bajando por una ladera empinada hasta el sendero del río.

Cuando llegaron, estaban jadeantes. Ella se apretó el pecho con una mano para que no se le escapara el corazón.

—¿Dónde está Alice? —preguntó Mathilda, con pánico.

Ella estaba segura de que el perro se había perdido, de que el encargado de la casa iba a perseguirlas, de que tendrían que tirarse al río para poder escapar y se ahogarían, y nadie encontraría sus cuerpos hasta muchos días después y, cuando las encontraran, su madre le diría a Justine: «Te lo dije».

Sin embargo, Alice regresó trotando y olisqueando el suelo. El perro más grande no las había perseguido y, de hecho, ella podía ver la mitad superior de su cuerpo a través de la verja, y en esa mitad superior había una cola erguida que se movía de un lado a otro.

—Qué susto me he llevado —dijo Mathilda.

—Yo, también —dijo ella.

Se dio la vuelta, pensando que seguirían por el río, pero justo en medio del camino había un hombre.

Ella agarró a Mathilda y la rodeó con un brazo para protegerla.

El hombre estaba a unos seis metros de ellas, erguido y con las piernas tan separadas que era imposible pasar de largo. Iba en mangas de camisa y llevaba unos pantalones ceñidos. Llevaba un sombrero calado hasta la frente y tenía una barba oscura y espesa que ocultaba su expresión. Tenía un manojo de peces prendidos del extremo de la caña que llevaba al hombro.

—¡Identifíquese! —le exigió ella.

—¿Qué está haciendo aquí? —inquirió él, a su vez.

—Yo podría preguntarle lo mismo, señor.

Empujó a Mathilda y la colocó a su espalda para que no resultara herida si iba a tener que luchar. Alice, por su parte, no tenía miedo, y fue trotando hacia delante para olisquear al hombre.

—¡Alice! ¡Ven!

Alice no obedeció. El hombre miró al perro.

—Ven aquí inmediatamente, Alice —le ordenó ella.

—No puede estar en este camino. Nadie debe estar en este camino. Está en la finca de Hollyfield. Silbe.

—¿Eh? ¿Qué dice?

—Que silbe para llamar al perro.

A ella se le cruzaron tantos pensamientos por la mente que no pudo formular una rápida respuesta. ¿Cómo se atrevía a decirle que silbara? ¿Quién era aquel hombre y por qué le enojaba tanto verlas allí? ¿Era realmente aquel camino parte de la finca Hollyfield? Miró a su alrededor y volvió a mirarlo a él.

—¿Está seguro?

—Generalmente, los perros responden a los ruidos agudos, tales como los silbidos, así que sí, estoy seguro.

—No, eso no. ¿Está seguro de que esto pertenece a Hollyfield?

—¿Que si estoy seguro de...? —preguntó él, pero su voz fue apagándose, como si se hubiera quedado desconcertado—. Por supuesto que sí —dijo, finalmente, con rigidez.

Alice dejó de inspeccionarlo y regresó hacia ellas.

—Entonces, le rogamos que nos disculpe —dijo Amelia.

El hombre asintió brevemente.

—Pero parece que es un camino público —protestó ella.

Él se quedó inmóvil y la atravesó con la mirada. Al fijarse bien, Amelia se dio cuenta de que era el mismo hombre que había estado a punto de arrollarla con el caballo. ¿El encargado de la finca Hollyfield?

—A pesar de lo que pueda parecer, señora, no es público. Con toda seguridad, es una propiedad privada.

—¿De veras? Pero está fuera de los muros de Hollyfield. Sería lógico que un camino que discurre junto a un río esté libre para cualquiera que lo necesite. Como usted acaba de necesitarlo para pescar, por ejemplo. No me entra en la cabeza que le pertenezca a nadie.

Él la observaba como si no fuera capaz de entenderla y, por un momento, Amelia se preguntó si había hablado en wesloriano sin darse cuenta. Pero, no, había hablado en un perfecto inglés.

—¿Es usted experta en leyes de la propiedad?

Ella se rio.

—Es una teoría, y creo que es bastante razonable. También creo que quizá usted debería asegurarse de ello antes de afirmar que es así.

Él ladeó la cabeza y movió el peso del cuerpo de un pie al otro.

—No tengo tiempo ni ganas de explicarle por qué es errónea su teoría. Ni las complejidades de la propiedad privada, en las cuales estoy muy versado. Ahora, si no le importa, aléjese de esta finca.

Con su manojo de pescados, el hombre hizo un gesto hacia el camino por el que acababan de bajar. Quería que deshicieran sus pasos. De ese modo, él quedaría detrás de ellas, donde Amelia no podría vigilarlo, y eso no le parecía prudente. Miró a Mathilda, que se había asomado desde su espalda y estaba mirando al hombre con el ceño fruncido. Si le obedecían, él tendría a su favor el elemento sorpresa.

¿Intentaría secuestrarlas? Ciertamente, no sería la primera princesa a la que secuestraban. Por otra parte, no parecía que él conociera su identidad. Y, seguramente, no querría meterse en el lío de secuestrar a una niña.

—¿Qué piensas tú? —le preguntó a Mathilda.

—Quiero irme a casa.

—Entonces, faltaría más. Váyanse a casa ahora mismo —gruñó el hombre, y señaló el camino de nuevo con todo su pescado.

Aquel era, precisamente, el tipo de cosas sobre el que le había advertido Justine. «Eres demasiado impulsiva, Amelia», le había dicho su hermana. Pero era un hecho que a ella no le gustaba que le dijeran lo que tenía que hacer, lo cual, obviamente, era resultado de ser una princesa, circunstancia que impedía que nadie se lo dijera. Y, sin embargo, por algún motivo, siempre había alguien que le decía lo que podía o no podía hacer.

Fuera como fuera, tenía tendencia a enfadarse cuando alguien le daba órdenes. Y, sí, tal vez, era un poco impulsiva.

—Váyase usted.

—¿Qué?

—Que se vaya usted por el sendero. Nosotras iremos por nuestro camino.

—Pero ¿qué le pasa a usted? —preguntó el hombre.

—¿Por qué? ¿Qué he dicho?

Mathilda le agarró la parte trasera de la falda del vestido y tiró de ella hacia el sendero.

—Por su expresión —prosiguió ella— me doy cuenta de que está enfadado, y no tengo intención de ofenderlo. Pero nosotras solo queremos caminar. No nos negará usted ese pequeño placer. Tenga por seguro que dejaremos intacta esta tierra sagrada suya y encontraremos un camino público, pero, mientras, me temo que no puedo permitirle que nos dé órdenes.

—¿Qué demonios...? —murmuró él. Después, suspiró—. Bien —dijo, y dio un paso hacia delante. Aunque a ella no le pareció amenazante, tomó a Mathilda de la mano y se dio la vuelta. Salió corriendo en dirección opuesta al hombre, alejándose, por el camino del río—. ¡Alice, ven! ¡Alice! —gritó, por encima del hombro.

Cuando habían recorrido seis o siete metros, se dio la vuelta y vio a Alice trotando detrás de ellas, sin prisa. El hombre había desaparecido, seguramente, por el sendero que conducía a la casa.

Ella se apretó las mejillas con los dedos.

—¿Quién era? —preguntó Mathilda.

—Ese, querida, era la Parca en persona.

A Mathilda se le escapó un jadeo.

Amelia miró la ruta que subía hacia la casa.

—¿Vamos a ver?

Mathilda abrió unos ojos como platos.

—Sí —susurró.

Así que subieron por la ladera hasta el camino

que había junto al muro de piedra de la casa. No tenían nada que temer. Aquel hombre no era un fantasma ni un ladrón de almas, sino un cuidador muy grosero que les había dicho que no podían estar en un camino que, con toda seguridad, era público.

Ella informaría a Beck de lo ocurrido y se encargaría de que se convirtiera en un camino público. Además, ¿no era de buena educación dirigirse con amabilidad a los extraños? ¿Cómo podía estar él seguro de que ella no era una princesa?

Regresaron a la puerta y se agarraron a los barrotes para ver el interior. Por desgracia, no había mucho que ver, tan solo un jardín descuidado.

—No solo es una amenaza, sino que es un encargado de finca horrible, ¿verdad?

—Está muy feo —dijo Mathilda, asintiendo.

Ella estiró el cuello para intentar ver algo de interés, pero no había nada.

—Bueno, ¿vamos? —preguntó, y buscó la mano de la niña.

Volvieron a Iddesleigh House con Alice corriendo delante de ellas.

Por lo menos, tenía algo que contarle a Justine.

Joshua estaba dentro de los muros de la casa, con la espalda apoyada en la piedra, junto a la verja. Merlín, que había estado esperando pacientemente a que volviera su amo, se había colocado delante de él, mirando fijamente el pescado. En otras palabras, era inútil como perro guardián, porque no le importaba en absoluto que hubiera problemas al otro lado de la puerta y no guardaba absolutamente nada más que el pescado que quería.

Él ladeó la cabeza y oyó que la mujer y su hija se

alejaban. No estaba seguro de qué les había impedido entrar con la teoría de que la casa también era
pública. Tampoco tenía del todo claro por qué se
estaba escondiendo.

¿Quién era ella? ¿Una niñera? ¿Una granjera?
¿De dónde habían salido? Le resultaba vagamente
familiar. ¿Era la mujer que estaba parada como una
boba en medio de la carretera hacía unos días? Eso
sería una explicación. Iba a preguntarle a Butler si
conocía a una loca que vagaba por el campo sin destino y...

Y, Dios Santo, eso lo describía a él.

Salvo que él no estaba loco.

Estaba... hundido.

Capítulo 7

Hasta aquel día, Lila siempre había visto alegre a *lady* Iddesleigh. La última vez que había estado con ella, la dama estaba sonriente y feliz por tener a una huésped tan estimada como la princesa y le había dicho a ella que se tomara su tiempo en Londres.

Hoy, sin embargo, parecía que estaba agobiada. Tenía unas arrugas tenues en la frente.

Mientras tomaban el té, repasaron los planes para el baile. La lista de invitados era muy larga; ella estaba utilizando con la princesa Amelia una táctica distinta a la que había utilizado con su hermana Justine. Justine detestaba las multitudes, mientras que Amelia se desenvolvía a la perfección en ellas.

Claramente, Blythe estaba distraída. La dama se levantó, fue hacia la ventana y le hizo un gesto para que se uniera a ella. Abajo, en la pradera, la princesa Amelia tenía a Birdie apoyada en una cadera y, con la mano libre, estaba indicando a Maisie y a Maren que se pusieran espalda con espalda. Observando la escena con fascinación, Lila vio que las dos niñas comenzaban a alejarse la una de la otra a zancadas y, cuando hubieron dado diez pasos siguiendo la cuenta de la princesa, se giraron de repente y se señalaron con el dedo, haciendo sonidos de disparos, y cayeron al suelo. Estaban jugando a los duelos. Aquello era un duelo, y ella miró a Blythe por el rabillo del ojo. La dama estaba mirando a sus hijas.

—Una hermosa tarde para estar al sol —dijo Lila, con cautela.

Blythe respiró profundamente, como cuando una tenía que decir algo terrible. Lila supuso que no consideraba adecuado que nadie enseñara a sus hijas a batirse en duelo.

—Hay algunas cosas que creo que deberías saber —dijo Blythe, con gravedad.

Lila se imaginaba lo que estaba a punto de oír, porque sabía que Amelia, a veces, se comportaba como una reina. Sin embargo, también entendía que la princesa tenía a una reina por madre y a otra reina por hermana, y que ella misma era una princesa heredera. A veces, las órdenes salían de su boca con un poco más de libertad de lo que debieran. Además, Amelia tenía una encantadora tendencia a hablar libremente y, algunas veces, no se daba cuenta de cómo iban a recibir los demás sus palabras.

Blythe se apartó de la ventana para mirarla.

—Lila... nunca diría nada en contra de nuestra invitada.

—Lo sé.

—Pero es que es propensa a interferir.

—¿Ah, sí? —preguntó ella. Aunque su tono era despreocupado, esperaba sinceramente que Amelia no hubiera hecho nada como para que la enviaran a su casa en el siguiente tren. «Por favor, que no sea nada acerca de un lacayo».

—Es maravillosa con las niñas. Maravillosa. Pero... —dijo Blythe, y suspiró con cansancio—. Una tarde me encontré con mi decoradora y con ella. Ella había sugerido un papel pintado para la pared distinto al que yo había elegido, y mi decoradora lo estaba sopesando.

—Oh, vaya —murmuró Lila. Esperaba que aquello fuera lo peor de todo.

—Y sus sugerencias no eran de mi gusto —añadió Blythe.

—Imperdonable.

—No se gana el afecto de los demás, Lila. Justo ayer por la tarde, durante el té, antes de llegaras, nos dijo a mi marido y a mí que, en su opinión, deberíamos permitir que Maisie llevara pantalones si quería, e insistió en que no había nada de malo en ello.

Lila hizo una mueca.

—Ah. Bueno. Ya sabes cómo son estas princesas.

—Sí, Lila, has dicho que las educan para que crean que todo el mundo quiere conocer su opinión. También dijiste que habías hablado con ella.

—Lo hice, Blythe. Y volveré a hacerlo.

Blythe la tomó del codo y la apartó de la ventana.

—Es nuestra invitada de honor y, naturalmente, estamos encantados de ayudarla en su causa, lo sabes, pero mi marido y yo hemos hablado y...

La dama hizo una pausa.

Oh, no. Habían hablado. Eso no era buena señal.

—Hemos hablado y estamos completamente de acuerdo en que parece inquieta. Hace dos días salió a montar a caballo y convenció a uno de los mozos del establo para que la acompañara ¡sin guardias! ¡Estuvieron fuera más de dos horas! No tengo que decirte lo que puede parecerle a algunos.

—No, por supuesto que no.

Dios Santo, esperaba fervientemente que la noticia de lo que había pasado en Wesloria no hubiera llegado a Devonshire... todavía. Tenía que interceptar y bloquear un movimiento de ajedrez inminente.

—Tienes toda la razón, parece inquieta y, cuanto antes se decida por un pretendiente, antes tendrá lo que necesita para ocupar su tiempo y sus pensamientos. Estamos tan cerca, Blythe...

—Sí, pero, hasta ese día tan feliz, mi marido y yo hemos tenido una idea.

Ella se preparó para oír la peor de las ideas.

—Por supuesto, no queremos insultarla.

—Por supuesto —dijo Lila.

—Parece que les tiene mucho cariño a las niñas.

—Las adora.

—¿Crees que le gustaría pasar una temporada en Bibury, con la hermana de Beck?

No, no, no. No podía permitir que ocurriera tal cosa.

—¿Dónde dices que quieres enviarla?

—A Bibury.

—Oh, querida, eso está lejísimos. ¿Puedo sugerir una alternativa?

—No sé, Lila. Es que...

—Su alteza real va a recibir algunas visitas esta semana. Y el baile es la semana que viene. Después, conocerá gente y los caballeros vendrán a cortejarla. Sospecho que estará demasiado ocupada como para dar más consejos. Además, eso no es todo. Su alteza real me informó de que ha estado ayudando al director de su escuela con cierta correspondencia estos días.

Blythe frunció aún más el ceño.

—Una o dos veces, creo, pero...

—Pero ¿y si ofreciera su ayuda de manera más constante? ¿Quizá, todos los días, cuando no esté ocupada en otra cosa?

Blythe estaba dudosa. Volvió a su silla y tomó su taza de té.

—No quiero parecer poco hospitalaria.

—No lo eres —le aseguró ella, al instante. También volvió a su asiento y se inclinó hacia delante—. Blythe, la princesa Amelia tiene buena intención. Lo que necesita es tener un poco de experiencia propia, aprender quién es. Como puedes imaginar, siempre ha estado muy protegida. Puede que esta sea la primera vez que ve el mundo por sí misma.

Lila le había dicho lo mismo a la reina Justine: que la princesa Amelia nunca había tenido un verdadero propósito. Lo necesitaba urgentemente.

—Recuerdas la primera vez que estuviste en Londres, ¿no?

—Nunca estuve sola —dijo Blythe—. Fui de casa de mi padre a casa de mi marido.

—Exacto. Puede que Amelia sea una princesa, pero sigue siendo una mujer joven que está aquí sola.

Blythe suspiró.

—Voy a mencionarle de nuevo la necesidad de guardarse sus pensamientos para sí misma.

Blythe la miró de reojo.

—¿Crees que se sentirá insultada?

—Por supuesto que no —respondió ella, aparentando más seguridad de la que sentía—. ¿Te gustaría ver la lista de nombres que he preparado para ella? Estaba pensando en organizar un pícnic para esta semana, porque algunos pretendientes son de la zona.

Los ojos de Blythe se posaron en el diario que ella había dejado al borde de la mesa.

—¿Quiénes?

Lila tomó el diario y lo abrió.

—¿Conoces al señor Charles Highsmith?

Al instante, la expresión de Blythe cambió.

—¡Es más rico que Creso! —exclamó—. Tengo entendido que su padre hizo inversiones en el acero, en América. ¿Quién más?

Ella repasó toda la lista con Blythe, con la

impresión de que había conseguido evitar el desastre. Por el momento.

Lordonna le dijo a Lila que a la princesa le gustaba pasear por la tarde.

—¿Hacia dónde?

—Hacia ningún sitio en particular, *milady*. Creo
que solo pasea.

¿Ah, sí?

Estaba esperando a Amelia cuando bajó las escaleras, vestida con un vestido marrón muy sencillo
y una capa corta de color gris. Llevaba un moño
apretado en la nuca. Parecía una de las mozas de la
cocina de camino al mercado.

—¿Lila? —dijo la princesa, al ver su atuendo de
paseo.

—¿Quieres compañía? He pensado en salir a pasear contigo hoy. Anoche llegué tan tarde que no
tuve ocasión de informarte sobre tus posibles parejas.

La princesa miró sus botas. Ella deslizó un pie
hacia delante para que pudiera verla mejor. Adoraba caminar y, cuando estaba en su casa de Dinamarca, recorría varios kilómetros todos los días.

—Creo que andar es muy importante para estar
en forma —dijo—. Mi marido, Valentín, dice que me
recorrería a pie el globo terráqueo si tuviera tiempo.

La princesa asintió con un gesto de aprobación.

—Yo nunca he tenido libertad para andar en la
dirección que quisiera hasta que he venido aquí. Por
suerte, me gusta mucho, ya que hay tan pocas cosas
que hacer aquí —dijo.

—¿Salimos a dar un paseo tranquilo? —le preguntó, cuando empezaron a caminar—. ¿O tiene
algún destino en mente?

—No, en realidad, no. Aunque tengo curiosidad por saber cuánta distancia recorre la Parca en su caballo en un día determinado. Sigo diferentes senderos solo para ver si me lo encuentro.

—¿Cómo dice?

—Estoy hablando del hombre que casi me mata.

A Lila se le escapó un jadeo. Nadie le había mencionado nada.

—No hace falta que se quede sin respiración —dijo la princesa—. En realidad, no estuvo a punto de matarme, pero podía haber sucedido, y ese es el quid de la cuestión. Cabalga como si lo persiguiera el diablo y no tiene consideración con nadie. Ni siquiera, caminando por el sendero del río.

¿De qué estaba hablando?

—Lo he adivinado todo —prosiguió Amelia, cuando llegaron a la carretera—. Es el vigilante, o algo parecido, de Hollyfield.

—¿Hollyfield?

¡Aquella conversación era tan confusa!

—Sí. Es una mansión abandonada que está muy cerca de Iddesleigh. Una verdadera lástima, en mi opinión, porque parece que antaño fue una casa grandiosa. Creo que la Parca es una especie de cuidador de la finca.

Lila se desconcertó aún más.

—¿Hollyfield está abandonada? Pero... Beck me ha dicho que ha estado enviándole invitaciones a Marley allí.

La princesa se quedó sorprendida.

—¿De qué está hablando?

—El duque de Marley vive en Hollyfield.

Amelia se detuvo en seco.

—¿Disculpe? ¿Lo conoce? ¿Se conocen ustedes?

—Sí. Yo arreglé su matrimonio hace varios años.

La princesa se quedó boquiabierta de la sorpresa.

—Pero... él está en el Continente. O, quizá, en América. No recuero bien lo que dijo la señorita Collins, pero la mansión está vacía desde que ocurrió una tragedia horrible. Él perdió a su esposa y a su primogénito. ¿No le parece horrible? De todos modos, estoy segura de que ese hombre es el vigilante de la finca. Viste todo de negro y va montado en un caballo negro enorme. Y pesca su propio pescado —añadió Amelia. Sonrió un poco y apartó la mirada—. Imagínese, capturar tu propio pescado. Creo que me gustaría probarlo alguna vez.

La princesa empezó a caminar otra vez mientras ella trataba de encontrarle sentido a todo aquello.

—¿Dice que va siempre vestido de negro? Tal vez sea un clérigo.

La princesa dio un resoplido.

—No es un clérigo, se lo aseguro. Demasiado oscuro y peligroso.

Habían llegado al punto del camino desde el que podía contemplarse claramente Hollyfield. Ella observó la casa. Sabía con certeza que Marley estaba pasando allí aquel verano. ¿De qué estaba hablando la princesa al mencionar a una misteriosa parca?

—¿Cuánto tiempo lleva...?

—¿Paseando por estos caminos en busca de la Parca? Unos pocos días. Sencillamente, porque no tengo otra cosa que hacer, Lila. Ayudo en la escuela una hora por las mañanas. Lord y lady Iddesleigh son muy amables, pero... creo que no están contentos con mi presencia, y parece que Blythe está en contra de cualquier oferta de ayuda. Sinceramente, las cosas no son muy diferentes aquí a como son en el palacio de Rohalan, aparte de que tengo libertad para caminar por donde quiera.

—Creo que pensará algo diferente de Iddesleigh después del baile, alteza. Y, en cuanto a lady Iddesleigh, bueno... Ya hablamos de esto, ¿recuerda? Algunas damas no se toman con agrado las sugerencias, por muy útiles que puedan ser.

—Creo que mis sugerencias son muy útiles —dijo la princesa, sin darse cuenta de nada.

—Estoy segura de que así es, pero, como invitada en su casa, supongo que debemos acatar...

—Sí, lo sé, lo sé. Nadie quiere mi ayuda en nada. Intenté ayudar a Justine con un problema que tenía con una de sus damas de compañía. Creo que el mejor camino es siempre la sinceridad, ¿no? Pero cualquiera pensaría que había llevado a la señora al patio y había pegado un tiro, tal y como fue quejándose sobre mí a Justine —dijo la princesa, y chasqueó la lengua.

—Tal vez pasaría mejor el tiempo si tuviera alguna ocupación.

La princesa puso los ojos en blanco.

—Eso es lo que he dicho yo repetidamente, Lila. Tal vez debiera tomar notas de nuestras conversaciones para no olvidar lo que digo.

—Me esforzaré por ser más diligente a la hora de recordarlo.

—Muy bien. Y ¿qué es lo que tiene en mente?

—Ha sido usted muy amable ofreciéndole su ayuda al director de la escuela. Tengo entendido que está un poco abrumado con la instrucción y que, además, la semana que viene se unirán dos estudiantes nuevas a su clase.

—El señor Roberts está un poco abrumado por todo. Todas las mañanas, cuando llevo a las niñas al colegio, está buscando las gafas, o la campana de la escuela, o el libro de botánica.

—Tal vez podría ofrecerle al señor Roberts más ayuda de la que ya le ha brindado tan generosamente.

La princesa Amelia la miró con fijeza.

—¿Que yo les dé clases? —preguntó, y se echó a reír—. ¡No tengo la menor idea de cómo enseñar nada! A menos que sea bailar. ¡Oh! Podría enseñarles a bailar...

—Estaba pensando en algo más útil para el señor Roberts.

—¿A qué se refiere?

—Por ejemplo, la correspondencia y el papeleo se están amontonando. Beck me ha dicho que están las solicitudes de las estudiantes, asuntos de la parroquia, contratos de transporte marítimo, etcétera. Creo que surgen muchos problemas y no tiene el menor tiempo para resolverlos. Necesita a alguien que sea inteligente y rápido. Pensé que tal vez estuviera dispuesta a pasar una o dos horas al día ayudándolo. Es decir, hasta que esté ocupada con sus propios asuntos.

La princesa la miró con curiosidad.

—No creo que mi madre le permita convertirme en una secretaria, *lady* Aleksander. Es muy particular en cuanto a cómo deben comportarse las princesas y qué deben hacer.

—No se me ocurriría hacer tal cosa.

—Me cae muy bien el señor Roberts. Y las chicas, también, aunque, Dios mío, qué ruidosas son. Y tiene usted razón, no tengo nada más que hacer que fastidiar a Blythe, según parece. Pensar que tiene toda esa casa y todas esas niñas y no puede apreciar la ayuda que deseo ofrecerle tan desesperadamente.

—Pues... sí —convino ella—. Bueno, ¿te gustaría saber algo sobre el pícnic que se está planeando mientras nosotras conversamos?

—Depende. ¿Va a haber alguien de menos de sesenta años?

—Solo algunos caballeros muy elegantes —dijo ella, con descaro.

La princesa Amelia la tomó del brazo.
—Cuéntemelo todo.

Al director de la Escuela Iddesleigh para Niñas Rebeldes, que, según parece, ha perdido el control del aula:

Señor, de nuevo, las canciones desafinadas de unas niñas muy ruidosas ha echado a perder lo que podría haber sido una tarde perfecta. No entiendo por qué es imperativo dar estas clases de canto al aire libre. Y ¿por qué son necesarias las clases de canto? Se debería enseñar a cantar a los niños en la iglesia, con himnos religiosos. O en la privacidad de sus hogares, bajo la tutela de un verdadero músico. O, por lo menos, en la privacidad de sus propios hogares para que solo sus padres estén sometidos a lo que solo puede describirse como maullidos.

Sin embargo, como ustedes han hecho caso omiso de las cuatro paredes y el techo de su escuela para contener algo que parece un canto fúnebre para gaviotas, les solicito que dichas clases de canto se limiten a ciertos días u horas para que se pueda planificar la vida en consecuencia. Uno no puede dejar de preguntarse qué pasó con el sabio consejo de que los niños deben ser vistos y no oídos. Esa es la base de cualquier servicio religioso o evento público y debe respetarse también en su escuela.

Atentamente,
Un preocupado residente de Devonshire.

A un preocupado residente de Denvonshire:

Un canto fúnebre para una gaviota es una descripción muy acercada para los esfuerzos de nuestras niñas y nos ha hecho reír. Podemos perdonar su terrible falta de talento, puesto que está claro que no hay ninguna soprano prodigiosa entre ellas, porque vienen a las clases de música con gran entusiasmo y alegría. Incluso el corazón más frío se conmovería al ver la determinación reflejada en sus rostros angelicales mientras intentan dominar la melodía de una canción. Supongo que podemos dar las gracias por no tener suficientes pianos para enseñarlas a tocar.

Le pedimos perdón por la lección al aire libre, pero ese día en particular una de las niñas metió a una gatita a escondidas al aula, por segunda vez, y el animalito se asustó tanto con la idea de que catorce niñas quisieran abrazarla que se liberó con las uñas de al menos la mitad de ellas y se escondió. Se hizo necesario despejar el aula para poder encontrar a la pobre criatura. Si necesitan una gatita para los establos, por favor, avísennos.

Creemos que los niños deben ser vistos y no oídos cuando es conveniente; por ejemplo, tal y como señala usted tan sabiamente, durante un servicio religioso. Sin embargo, nos enorgullecemos de inculcarles a estas niñas la seguridad necesaria para expresen sus ideas y pensamientos, algo que será necesario para que tengan éxito en la vida adulta. Fomentamos el flujo libre de ideas para que las estudiantes aprendan a hablar por sí mismas. ¿No está de acuerdo en que no solo debe alentarse a los niños a pensar?

No obstante, por favor, tenga la seguridad de que solo animamos a las niñas a pensar libremente cuando es apropiado. Y nunca en la iglesia, por el amor de Dios. Eso sería una abominación.

Atentamente,
Escuela Iddesleigh para Niñas Musicales.

Capítulo 8

Joshua estaba en mangas de camisa, cortando leña. La tela húmeda se le pegaba a la espalda y, de vez en cuando, tenía que parar a secarse la frente. Seguramente, parecía un borracho. Y, seguramente, olía como un borracho, porque nada aplacaba tanto su sed como una cerveza cuando estaba trabajando duramente.

Le gustaba ese tipo de trabajo. Cuanto más duro, mejor. Le gustaba la reverberación que sentía en el cuerpo cuando daba un golpe con el hacha. Le gustaba el dolor que le causaban las ampollas en las palmas de las manos. ¿Qué motivo podía tener un hombre que se había encontrado con el privilegio de ser duque para disfrutar del trabajo duro y del dolor? No tenía respuesta para ello. La vida se presentaba en forma de tropiezos con las cosas, pensó. Por ejemplo, él era un duque que no debería ser duque y, antes, había sido un vizconde que no debería haber sido vizconde. Todo, inesperado.

Había sucedido de repente. Él era el hijo mentor de un conde y no sabía que iba a heredar el vizcondado. Sin embargo, su hermano mayor había muerto repentinamente cuando él tenía catorce años, y su padre, dos años después. Él heredó el título y el patrimonio de la familia Parker. No estaba preparado y no sabía qué hacer con todo eso, pero, con la ayuda de su madre, se las había arreglado.

Y, entonces, cuando él tenía veinticuatro años, su primo, el duque, sano y fuerte, había muerto sin herederos a causa de un accidente de caza. Su título debería haber pasado a manos de su pariente varón más cercano, el padre de Joshua. Sin embargo, su padre ya había muerto, y su hermano mayor, también, así que él era el pariente varón más cercano de su primo.

Así, sin más, se convirtió en el duque de Marley. Era lo último que hubiera esperado. Por desgracia, para entonces ya era demasiado tarde para ser un buen duque. Ya había destruido su buena reputación.

Todo eso, para explicar por qué le gustaba el trabajo duro. Porque, cuanto más aporreaba las incoherencias y decepciones de la vida, mejor se sentía.

Estaba pensando en el último intercambio de cartas con el director de la escuela. Seguía sin saber si el director estaba de acuerdo con él o le estaba siguiendo la corriente. En cualquier caso, admiraba al caballero por ese motivo. Mientras cortaba leña, se le ocurrió que tal vez debiera poner a prueba la sinceridad del director. En vez de seguir enviando quejas, le plantearía una pregunta filosófica. Había percibido cierta actitud defensiva con respecto a sus quejas sobre las niñas y, sinceramente, no podía reprochárselo.

Tenía que reconocer que las cosas que había escrito rayaban en el ridículo y, por lo tanto, se demostraba a sí mismo que no estaba loco. Por supuesto que sabía que los niños desafinaban y se reían a carcajadas y que, si se les presentaba la oportunidad, le pondrían una corona de flores al señor

Puddlestone en la cabeza. Sin embargo, era todo bastante conveniente, empezando por su anonimato. No podía soportar el sonido de los niños felices porque...

—Joshua.

Al oír su nombre, dio un respingo. Los perros, que estaban dormitando al sol, se levantaron de un salto y comenzaron a ladrar. Él, en medio del alboroto, estuvo a punto de cortarse un dedo del pie. Se dio la vuelta.

Miles Smythe, el rubio, alto y atlético conde de Clarendon, se acercaba por el sendero. A él le asombraba siempre que estuviera exactamente igual que cuando eran unos críos. Miles era su mejor amigo de toda la vida. Siempre había estado muy unido a él, incluso más que a su hermano.

—¡Bethan! ¡Merlín! ¡Ya está bien! —les gritó a los dos perros.

Inmediatamente, Bethan se tumbó sobre el vientre; parecía que se sentía aliviado por no tener que esforzarse aquel día caluroso. Sin embargo, Merlín avanzó moviendo la cola para saludar a aquel hombre a quien conocía bien. Miles era amigo de todos los perros y sonrió con deleite mientras se arrodillaba a acariciarle las orejas a Merlín. Por supuesto, al verlo, Bethan se levantó y se acercó también. Miles era siempre agradable con todo y aceptó felizmente los lengüetazos y sus narices exploradoras. Después, se irguió y, con las manos en las caderas, observó la escena.

—¿Esperas un invierno excepcionalmente frío o estás construyendo un arca?

Joshua miró a su alrededor. Había bastante leña apilada y esparcida por todas partes. No se había dado cuenta de lo mucho que había cortado.

—Sinceramente, no lo sé.

—No me había dado cuenta de que fueras aficionado al trabajo duro.

Miles lo conocía como alguien que siempre había sido aficionado a la bebida, a las mujeres y a las cartas, con apuestas a las carreras de caballos de por medio.

—El aire puro me ha inspirado. Me gusta trabajar.

Miles sonrió.

—No seré yo quien le reproche a un hombre que disfrute de sus pasiones.

Él no lo llamaría una pasión. Más bien, una necesidad.

—¿Cerveza? —le preguntó a Miles, señalando la jarra que le había llevado Butler un poco antes.

—Preferiría un whisky.

Él vaciló. El whisky estaba dentro de la casa. Y la casa no estaba... presentable para las visitas.

—He pasado por ahí —dijo Miles. Siempre se le había dado bien leerle el pensamiento.

Había vuelto a Hollyfield hacía un mes, pero no había abierto su casa a los visitantes.

—Estoy solo yo, y la casa es tan grande que... —murmuró.

—Lo entiendo —dijo Miles, alegremente—. Pero creo que te vendría bien tener un poco más de servicio. Y, quizá, un deshollinador. Me parece que algo ha debido de morir en una de las chimeneas.

Él hizo una mueca. Realmente, parecía que la casa había sido abandonada a los elementos. Las habitaciones, sin abrir, los muebles, todavía cubiertos con las fundas. Los hogares, fríos, y una capa de mugre por todas partes. Él también sospechaba que algún animal había muerto en una de las chimeneas. En una casa tan grande como la suya, una sola doncella y una sola ama de llaves no daban abasto.

Él miró la casa.

—Tengo intención de venderla.

—¿El qué?

—Hollyfield.

Miles se quedó boquiabierto.

—Pero... ¿y el mayorazgo?

Por supuesto, estaba hablando de las disposiciones contenidas en el testamento del duque, las mismas que se transmitían de generación en generación: en caso del nacimiento de un heredero, el patrimonio debía mantenerse para el heredero del heredero. Había muchos detalles, pero eso restringía el derecho del duque actual a esquilmar los fondos de la herencia.

—No tengo herederos.

Miles lo miró de reojo.

—¿Y adónde vas a ir? ¿Con tu madre?

A él se le escapó un resoplido.

—No. No lo sé. A Londres. A París. A Nueva York. No lo sé.

—Umm... No pareces el Joshua Parker que he conocido toda mi vida.

A él tampoco se lo parecía. Los dos siempre iban juntos. Eran jóvenes, asistían a todas las reuniones, a todas las fiestas en casas de campo. Buscaban la bebida y a las mujeres por igual. Pero, con el tiempo, él se casó y Miles se convirtió en un conde responsable, y dejaron de ser los hombres que eran entonces. Miles había mejorado. Él, no.

—Vamos a entrar —dijo Miles—. Butler ya tendrá la habitación presentable.

—¿Por qué? ¿Qué estás haciendo aquí?

Miles sonrió.

—¿Qué está haciendo todo el mundo en Devonshire? He venido por el baile, amigo.

—¿Qué baile?

—Qué baile —repitió Miles, en tono burlón—. Mirándote, cualquiera pensaría que has estado viviendo en una cueva. Pero conozco a Becket Hawke y sé que todo el mundo en un radio de cuarenta kilómetros ha sido informado de que se va a celebrar un baile en honor de la bella y riquísima princesa de Wesloria, que necesita un marido.

Aquella debía de haber sido la última invitación que él había recibido de Iddesleigh. La que había tirado sin abrir.

—¿Cuándo es?

—La semana que viene.

Él llamó a sus perros, que se pusieron a caminar delante de ellos de camino a la entrada de la casa.

—¿Eres huésped de Iddesleigh? —le preguntó a Miles.

Su amigo se echó a reír.

—Dios, no. Soy huésped de Marley.

Él sintió pánico.

—Miles... no estamos preparados para tener invitados.

—Y un cuerno que no. Tienes una casa enorme con dieciséis habitaciones de invitados, como mínimo. Por lo menos, tienes unas cuantas personas de servicio, y sé que Butler puede conseguir más si es necesario. El hecho de que tú vivas en la miseria no significa que el resto de la gente deba vivir igual. Además, vas a venir conmigo.

Él dio un resoplido.

—No.

—Sí.

—No estoy de humor para frivolidades, ni princesas, ni nada de eso.

—«Eso» es la sociedad. Otra gente que no son princesas. Viejos amigos, amigos nuevos. Juego, vino, pasteles. Y puedes comenzar a quitarte las cadenas de tu vida de ermitaño con un pícnic que hay esta misma tarde. Tenemos el tiempo justo para que puedas bañarte y vestirte decentemente. Por desgracia, no va a dar tiempo para arreglarte la barba, pero, al menos, el resto de ti sí podemos arreglarlo.

Él lo miró enfadado.

—¿Te has vuelto loco? No he ido a un pícnic desde que era niño.

Miles se echó a reír.

—Yo, tampoco, pero no me parece mala idea. Hace buen tiempo y la compañía también puede ser muy buena. Sé de buena tinta que *lord* Wexham va a estar presente.

A él se le aceleró el corazón al oír aquel nombre. Sarah. *Lady* Wexham. La mujer de la que había estado perdidamente enamorado antes de casarse con Diana. La mujer que lo había rechazado por su mala reputación y por la falta de títulos. La mujer que le había roto el corazón y que lo había atormentado hasta llevarlo a casarse con Diana. Y, luego, por un giro del destino, había heredado el ducado. Ahora, Sarah y sus padres no pensarían ni un segundo en su reputación.

—¿Por qué ha venido Wexham? ¿Acaso su vida no es lo suficientemente grandiosa en Dorset?

—Supongo que sí. Pero su hermano menor necesita una esposa con una fortuna considerable y una princesa resolvería sus problemas.

Joshua movió la cabeza de lado a lado.

—No quiero ir. No me apetece ver a unos hombres ya adultos persiguiendo a una mujer por su fortuna.

—Pues no mires. Ya le he dicho a tu ayuda de cámara que te prepare el baño. Y te aseguro que vi que al señor Martin se le encendía una chispa en los ojos legañosos.

—Miles...

—Joshua, mi viejo amigo —dijo Miles, y se detuvo. Le pasó el brazo por los hombros e hizo que chocara con su costado—. Hace dos años que perdiste a Diana y al bebé. Eres joven todavía, pero no siempre lo serás. No puedes pasarte llorando el resto de tu vida.

Eso era lo que Miles no comprendía. Él no estaba de luto, sino que se estaba castigando a sí mismo. Sin embargo, conocía bien a su amigo y sabía que no iba a aceptar una negativa.

—Puedes llevarme a rastras a esa estupidez —le dijo—, pero no seré una buena compañía y te vas a arrepentir.

Miles lo soltó cuando llegaron a la terraza.

—Nunca fuiste una compañía especialmente buena, así que estoy preparado.

Demonios.

—Por mucho que creas que te has salido con la tuya, yo no respondí a la invitación del maldito baile.

Miles se echó a reír.

—Pues me alegro mucho de haberlo hecho por ti.

Capítulo 9

Por fin. Después de más de quince días de esperar el momento oportuno, de recibir solo a vecinos ancianos, de escribirle cartas a un vecino gruñón y divertido y de recorrer kilómetros y kilómetros por el campo, por fin, iba a ocurrir algo interesante.

Amelia no esperaba exactamente un pícnic, pero era un comienzo. Le hubiera gustado algo un poco más elegante, algo como una reunión o una velada musical. No un pícnic.

Pero, al menos, Lila le había prometido que habría gente joven y algunos caballeros. Ella echaba de menos tener a cientos de caballeros a su alrededor. Esa era la mejor parte de ser princesa: nunca le faltaba atención masculina.

Las niñas estaban en su suite, probándose sus guantes y sus chales. Ella las había invitado a entrar porque consideraba importante que aprendieran la lección de que, en ocasiones como aquella, había que arreglarse lo mejor posible.

—Una princesa siempre debe lucir como una princesa —les dijo.

—¿Vas a llevar corona? —preguntó Maisie.

—¿O un bastón? —preguntó Mathilda.

—Creo que te refieres a un cetro, y no. La corona

y el cetro los lleva la soberana. Yo soy princesa y, como tal, me llevaré solo a mí misma. Pero de manera majestuosa, por supuesto.

—Yo también quiero —dijo Meg Pata de Palo—. Quiero ir maj... majef...

—¡Yo, también! —gritó Maisie.

—De acuerdo. Vamos a ensayar. Buscad algo para poneros encima de la cabeza.

Las niñas se miraron. Mathilda se abalanzó sobre un zapato que había tirado en el suelo. Maren y Maisie encontraron un guante y un sombrero, respectivamente. Meg Pata de Palo empezó a llorar, así que Mathilda le puso un pequeño bastidor de bordar en la cabeza y observó cómo se le deslizaba sobre los ojos.

—Miradme —dijo Amelia.

Levantó la barbilla y extendió un brazo como una bailarina y, con la otra mano, se agarró la falda y alzó el bajo. Deslizó un pie por el suelo y, después, el otro.

—Que no se os caiga nada de la cabeza —les dijo.

Después, se giró para colocarles la postura a las cuatro mientras caminaban lentamente por el salón, con sus modales regios y los objetos en la cabeza, siguiéndola como si fueran patitos.

—Así, muy bien. Ahora ya sabéis cómo causar una buena impresión en el pícnic. Nunca se sabe cuándo puede estar cerca un futuro esposo.

—¿Como en *Cenicienta*? —preguntó Maren, esperanzadamente.

—¿Quién? —preguntó ella.

—Cenicienta era una doncella y el príncipe la conoció y la convirtió en princesa.

—No pasó eso —dijo Maisie—. Ella encontró al príncipe y después él se casó con ella.

Amelia frunció el ceño pensativamente.

—Eso se parece mucho a la historia que nos contaba mi abuela, el cuento de Ashenputtel. Decía que Ashenputtel quería un príncipe y, después, nos decía que no mintiéramos nunca porque, si lo hacíamos, tal vez tuviera que cortarme los dedos de los pies para conseguir calzarme el zapato de oro.

Las niñas dejaron de caminar.

—¿No recordáis esa parte del cuento? Las hermanastras querían casarse con el príncipe y se hicieron pasar por Ashenputtel. Pero los pies no les cabían en el delicado zapato de Ashenputtel, así que tuvieron que cortarse los dedos de los pies para que les quedara bien el calzado.

Las niñas se quedaron horrorizadas.

—La moraleja de la historia es que algunas personas están dispuestas a hacer cualquier cosa por ganar. Bueno, niñas, marchaos ya para que yo pueda vestirme.

Las chicas salieron de su suite. La única que protestó por ello fue Meg Pata de Palo, que se sintió bastante molesta por tener que abandonar su actitud regia.

Amelia había elegido un vestido dorado con bordados en azul. Era de un lino ligero, perfecto para un día cálido, y tenía una cintura tan ceñida que le marcaba una figura increíblemente esbelta. Lordonna le recogió el pelo rubio en la nuca con una rejilla de seda dorada, de un tejido tan fino que casi se confundía con su cabello.

Cuando terminó de arreglarse, *lady* Aleksander entró en su habitación con un sencillo vestido de algodón azul.

—¿Quiere que le traigan el carruaje, su alteza real?

—No, gracias —dijo ella, mirándose por última vez al espejo—. Voy a ir a caballo.

—¿A caballo?

—Sí, *milady*. No está lejos y creo que será una entrada mucho más notable. ¿No le parece a usted?

Lila se echó a reír.

—Creo que ya es bastante notable tener a una princesa real como asistente al pícnic.

—Ciertamente, lo es. Pero, de todos modos, tengo intención de ir a caballo. ¿Por qué no?

—Se me ocurren pocos motivos para no hacerlo.

—Sabía que lo entendería —dijo Amelia, y sonrió de una manera que esperaba que *lady* Aleksander supiera interpretar. Iba a hacer lo que quisiera.

Una hora más tarde, después de que todos se fueran en sus carrozas, sus guardias y ella montaron a caballo. A ella le asignaron una yegua ruana muy vivaz, y eso la deleitó. El animal no dejaba de mover la cabeza de ganas de empezar a moverse. Ella se inclinó sobre su cuello y le acarició la cara.

—Yo también estoy preparada —susurró.

Y se fueron trotando por el camino.

Posiblemente, aquel era el día más feliz para ella desde que había llegado a Inglaterra. Estaba impaciente por hacer nuevos amigos. Y, por una vez en su vida, iba a entrar en juego sin que Justine estuviera a su lado. Echaba muchísimo de menos a su hermana, pero no extrañaba el hecho de estar siempre a su sombra. Justine decía que era todo lo contrario, que era ella quien pasaba a un segundo plano cuando Amelia estaba cerca. Tal vez eso fuese cierto cuando eran más jóvenes. Pero la gente iba a ver a una reina.

En aquella ocasión, habían ido a ver a una princesa.

Divisaron el pícnic al otro lado de una pradera, a orillas del río. Los carruajes estaban alineados a lo largo de una carretera sinuosa, y un par de caballos se habían puesto a pastar, contentos, al borde del agua. Una vez, cuando Justine y ella eran adolescentes, habían visto a la duquesa de Tartavia cabalgar a toda velocidad por un campo y desmontar de un salto. Se habían quedado tan impresionadas que habían pasado todo el verano practicando la pirueta. Ella era una amazona consumada y tomó una rápida decisión.

Desvió a la yegua del camino y la guio por la pendiente cubierta de hierba hacia la pradera. Le gustó que su falda dorada ondeara a su espalda mientras dejaba que el animal siguiera su ritmo. Sin embargo, juzgó mal el espíritu de la yegua, porque el animal corrió con desenfreno incluso cuando ella trató de tirar de las riendas. La gente reunida se puso en pie de un salto y comenzó a dispersarse, como si pensaran que iba a arrollarlos y a tirarlos al río.

En el último instante consiguió darle un tirón a la yegua para que no pasara precisamente eso. Bajó del caballo de un salto, como había hecho la duquesa de Tartavia, pero se tambaleó y tuvo que enderezarse para no caer al suelo. Se colocó bien la capota y miró a la yegua.

—Esperaba un poco más de cooperación —le dijo.

Después, se giró hacia los presentes.

—¡Buen día! *Bon dien!*

Por un momento, nada se movió, salvo el borde del mantel de lino, que se levantó ligeramente con la brisa. Una flor cayó de uno de los jarrones a la mesa. Uno de los guardias, todavía jadeante por la persecución, tomó las riendas de sus manos. Y, aun así, nadie habló.

—¿Ocurre algo? —preguntó ella.

—¡En absoluto! —respondió Lila, que salió de su trance y miró frenéticamente a los invitados.

De repente, todos estaban inclinándose y haciendo reverencias. Las niñas, que estaban jugando bajo un olmo, corrieron hacia ella para hacer también su reverencia, chocándose entre sí.

Lila y Beck avanzaron al mismo tiempo, sorprendiéndose mutualmente. Beck aceleró el paso para ser el primero en alcanzarla.

—Su alteza real, nos ha dado un susto. ¿Está bien?

—¡Un susto! —exclamó ella, y se echó a reír—. Estoy perfectamente, gracias. Pensé que la yegua me obedecería, pero tiene sus propias ideas. Ya saben cómo son las mujeres —dijo, y volvió a reírse, entre dientes, pensando que era una broma ingeniosa. Sin embargo, nadie más se rio.

—Gracias a Dios que está ilesa —dijo Beck, y miró con inquietud a la yegua mientras la tomaba del codo para llevarla hacia los invitados—. ¿Puedo hacer algunas presentaciones?

—¡Por favor!

Empezó con algunas caras conocidas. El señor Darren, el abogado, y su esposa. El vicario, el reverendo Stevens. Y, después, le presentó a los que no conocía. Tuvo que saludarlos a todos y charlar un poco. Detrás de los primeros que se acercaron vio a algunos caballeros y se sintió ansiosa por empezar aquella parte de la tarde.

Lila estaba allí para eso. Le presentó a *lord* Wexham. Amelia se entusiasmó, porque era muy guapo.

—Es un placer conocerlo, *milord* —dijo con gracia.

—El placer, su alteza real, es mío. Lo único que lamento es que mi esposa no esté aquí también para recibirla, pero está encinta.

Amelia reprimió un gemido.

A continuación, el señor Charles Highsmith, que

tenía una expresión amable y su misma estatura. Era un industrial, y ella recordó que Justine le había advertido en contra de los hombres que querrían llenarse los bolsillos haciendo negocios en Wesloria.

—Encuentra a alguien que te ame a ti, y no a tu país —dijo su hermana. Después, levantó un dedo—. Espera... también debería amar a tu país. Pero no demasiado. Bueno, ya sabes a qué me refiero.

Sí, sabía a qué se refería.

A continuación, estaba el afable conde de Clarendon. Era experto en el arte de hacer reverencias. No era tan guapo como el señor Highsmith ni estaba tan casado como *lord* Wexham, pero era encantador y tenía una bonita sonrisa, de esas que inmediatamente le hacían saber a una que iban a ser buenos amigos.

En general, estaba complacida con los caballeros y confiaba en que la tarde iba a ser divertida. Pero, entonces, el conde de Clarendon le preguntó si había tenido el placer de conocer a su amigo, el duque de Marley.

Ella se echó a reír.

—No —dijo.

Quiso añadir que él no estaba en Hollyfield, pero que había conocido al encargado de la finca. Antes de que pudiera hablar, hubo un contratiempo entre Maisie y Meg Pata de Palo a causa de un palo perfecto que había encontrado Meg y que Maisie quería tener. Una de las niñas gritó e intentó pegar a la otra, lo cual provocó el llanto de Birdie. La gente corrió hacia las niñas para calmarlas.

Salvo ella.

Y la Parca. El terrible vigilante. El pescador que se creía dueño de un camino público. Se miraron el uno al otro por encima de unas cuantas sillas dispersas. Ella se quedó muy sorprendida; él, mucho menos. Ella estaba tan desconcertada por su presencia que no vio a Mathilda hasta que la niña se abalanzó sobre ella y estuvo a punto de tirarla al suelo.

—¡*Lady* Mathilda! —exclamó su padre, bruscamente—. ¡Tenga cuidado!

—Lo siento, papá.

—Pido disculpas —dijo Lila, cuando volvió a su lado—. ¿Me permite presentarle al duque de Marley, su alteza real?

Él apretó la mandíbula y se inclinó.

—¿Es el duque de Marley? —repitió Amelia, con incredulidad. No lo entendía, porque no era posible que aquel hombre fuera un duque—. ¿Ha dicho eso, *lady* Aleksander?

—Sí... De Hollyfield —respondió la dama en tono vacilante.

Sí, ella ya sabía de dónde. No podía apartar los ojos de él. Era alto y tenía los ojos de un gris azulado glacial, como la luz de la luna, como un lago de montaña, como la lluvia. Su mirada era cautivadora y su figura, inspiradora, pero el resto de su persona... decepcionaba. Llevaba la barba sin recortar, el sombrero gastado y las botas, sin pulir. ¿Un duque?

—Su alteza real, es un honor —dijo él, como si alguien lo estuviera amenazando con un cuchillo por la espalda.

—Es usted el duque de Marley —repitió ella. Entonces, lo entendió todo. ¡Le estaban gastando una broma! Se echó a reír y se volvió hacia Lila—. Es una broma ¿verdad? Dígame que es una broma. Él no puede ser el duque —dijo, y miró a la Parca con una sonrisa—. ¡Confiese, señor! —le pidió, amablemente.

Él se limitó a mirarla fijamente con una ceja enarcada, y ella oyó los jadeos de sorpresa de los

otros invitados, que comenzaron a moverse nervio-
samente sin saber qué hacer.

—Su alteza real —le dijo Lila, en tono de alarma—. Sí es el duque de Marley. Usted... debe de haber pensado que estaba en el extranjero, de ahí su
confusión. ¿No es así? —le preguntó, y sonrió a todos los que estaban reunidos a su alrededor.

—Yo sé quién es —intervino Mathilda—. ¡Es la
Parca!

—Exacto, Tilly —dijo Amelia.

Desde algún lugar cercano, Blythe emitió un sonido ahogado de angustia.

—¡*Lady* Mathilda, discúlpese inmediatamente!
¡Lord Iddesleigh! ¿Ha oído lo que acaba de decir su
hija?

—Su alteza real, le pido perdón —dijo Lila—,
pero me parece que la mención de la muerte en este
contexto es un poco... ¿inquietante?

—¿Sí? —preguntó ella distraídamente.

Seguía mirando al hombre, al supuesto vigilante. Se había equivocado completamente con respecto a él. Eso demostraba que nunca debía juzgarse a
una persona solo por su aspecto—. Pido disculpas.
Tilly, cariño, ¡él no es la Parca! Si lo fuera, probablemente alguien estaría muerto aquí, ¿no?

—Oh, Dios mío. ¿*Lady* Aleksander? —dijo Blythe,
en voz alta—. Mathilda, cariño, ven a ayudar a tu
padre.

Ella no había querido ser maleducada, pero se
había quedado asombrada por su error. Intentó ex-
piar sus pecados sonriéndoles a todos.

—¡Pido disculpas! Tengo una imaginación muy
vívida, todo el mundo lo dice. Por favor, acepte mis
más sinceras disculpas, excelencia. Es bastante obvio que usted no es la Parca, en absoluto, y claramente lo he confundido con...

Intentó dar con una palabra adecuada.

—¿La muerte? —preguntó el duque, arrastrando las palabras.

Exactamente. Ella sonrió.

—Lo entiende. En mi defensa, diré que solo lo he visto vestido de negro, cabalgando como el mismísimo diablo y dejando cadáveres a su paso —dijo.

Él enarcó aún más la ceja.

—Puedo decir, sin lugar a equivocación, que nunca he dejado un solo cadáver a mi paso. Y quizá uno no debería acusar a otros de cabalgar como el diablo cuando casi atropella un pícnic entero.

—Disculpen —dijo Lila— ¿Se conocen?

—Si por conocer se refiere a si hemos sido presentados formalmente, la respuesta es no, hasta este momento —respondió Amelia—. Pero ha estado a punto de sacarme de la carretera, no solo una, sino dos veces...

—¿Dos veces? —preguntó el duque, con incredulidad.

—Y trató de asustarme para que me alejara de un sendero.

—¿Informándola a usted de que estaba en una propiedad privada?

—¡Dios mío! No me esperaba esto —comentó *lord* Clarendon, jovialmente. Se interpuso entre ellos y sonrió a Amelia—. Su alteza real, ¿puedo ofrecerle mi brazo? Tengo entendido que hay vino y creo que podría sentarnos muy bien a todos. Debe perdonar a mi amigo el duque. Últimamente ha estado un poco indispuesto. ¿Me permite contarle que una vez tuve el placer de conocer a su difunto padre?

Eso captó la atención de Amelia, aunque todavía tenía algunas preguntas para el duque.

—¿De veras?

—Sí. Era un hombre encantador.

—Oh, sí que lo era —respondió ella.

Tomó el brazo de Clarendon y echó a andar con él. Pero no antes de echarle otro vistazo a Marley, que ya se había alejado y estaba de espaldas a ella, como si la odiosa tarea de conocer a una princesa real hubiera terminado.

Capítulo 10

Más tarde, cuando aquel pícnic infernal llegara a su inevitable y decepcionante final, Joshua se deleitaría obligando a Miles a reconocer que había sido inútil porque esos eventos no se adaptaban a su temperamento.

Y en cuanto a aquella...

Miró por el rabillo del ojo a la mujer de pelo dorado y sonrisa fácil. Con asombro, la había visto cabalgar como si fuera al encuentro de un ejército enemigo y darles a todos un susto de muerte. Por otro lado, no le quedaba más remedio que admirar sus habilidades de amazona, porque no era fácil detener con tal precisión a un caballo al galope. Además, se había quedado especialmente impresionado con su entrada triunfal, porque esperaba que llegara en una carroza, rodeada por una docena de soldados, como la criatura mimada que seguramente era.

¿Y qué hacía llamándolo «la Parca» por segunda vez? Era cierto que no se sentía él mismo aquellos días, pero no podía parecer un ser tan despreciable. Si se pareciera a la muerte, Miles se lo habría dicho.

¿Quizá la princesa estuviese un poco loca? Era una posibilidad. Era sabido por todos que la realeza europea se casaba tan a menudo entre sí que sus miembros se habían convertido en una gran familia.

Supuso que no podía reprocharle que pensara que era quien no era. Tampoco él había caído en la cuenta de que ella era la infame princesa que estaba en boca de todo el mundo. Cada vez que la veía, iba vestida de marrón, con una capucha o un sombrero, y la había tomado por una granjera.

Cuando se dio cuenta de que la había visto antes, se llevó otra sorpresa: que, en realidad, era bastante bonita. Podría decirse, incluso, que era muy hermosa.

Lo cual era meramente una observación. No tenía nada que lo atrajera.

Había estado observándola subrepticiamente a lo largo de la tarde y, claramente, la princesa estaba divirtiéndose. Era obvio que disfrutaba siendo el centro de atención. No tenía miedo de parecer menos que majestuosa al correr con las muchachas, haciendo volar serpentinas como si les estuviera pidiendo que la persiguieran. Tampoco tenía reparos en dejarse caer al suelo, sin aliento, de modo que cualquier caballero que quisiera hablar con ella se vería obligado a arrodillarse a su lado mientras la princesa se abanicaba. Charlaba con facilidad, reía con facilidad y, en su opinión, coqueteaba con facilidad.

Pero, si alguien le pedía que no usara un camino privado, por Dios, sacaba las garras.

Miles, que había vuelto a su lado solo una vez para quitarse el abrigo, intentó convencerlo de que disfrutara del pícnic.

—Vamos, muchacho. Hace un día hermoso. Te vendría bien reírte un poco. La princesa es bastante divertida.

—No, gracias.

Prefería seguir enfurruñado debajo de un árbol, con la espalda apoyada en el tronco, observando cómo se desarrollaba todo mientras se aseguraba a sí mismo, con suficiencia, que tenía razón en no haber querido ir.

Y se las arregló para hacer exactamente eso hasta el desafortunado momento en que intervino *lady* Aleksander.

Llevaba años sin verla. Ella lo había saludado al llegar al pícnic y le había dado el pésame, sonriendo de aquella manera lastimera en que todos sonreían cuando un hombre había perdido a su esposa y a su hijo. Él le restó importancia, le preguntó por su salud y la de su marido y, tras asegurarse de que en Dinamarca nada olía a podrido, se alejó.

Pero ella volvió a aparecer.

—Joshua —le dijo, con calidez, y extendió las manos como si quisiera agarrar las suyas y ponerlo de pie—. ¿O debería decir excelencia? Dios mío, han cambiado tantas cosas para usted desde la última vez que nos vimos. No sé cómo lo ha soportado.

La descripción de la dama se quedaba corta. Se había convertido en un duque sin esposa ni hijos.

—Nos conocemos bien, señora. Por favor, llámeme Joshua, como lo hacía antes.

Apenas podía mirarla a los ojos: ella era quien le había presentado a Diana, la que lo había organizado todo después de que el mundo se hubiera derrumbado con Sarah. Ella era la que sabía lo que los demás ignoraban, salvo Diana: que él había sido lo suficientemente feliz con su arreglo matrimonial tal y como eran aquel tipo de cosas, pero que Diana no era su gran amor. Y no quería que se lo recordaran.

Sin embargo, aunque no pudiera evitar estar malhumorado, no iba a ser grosero con ella. Así pues, que se incorporó y le dio la mano, y ella la estrechó con firmeza.

—Me alegro mucho de verte después de todo este tiempo —dijo.

—Gracias.

Por su parte, él tampoco había sido el gran amor de Diana. Habían sido... amigos. Estaban obligados a cumplir con el deber. Ella tenía una vida en un círculo social de la que no habría disfrutado si se hubiera conformado con el amor. Él tenía todos los ingredientes necesarios para producir un heredero, y lo había hecho en tres ocasiones. Dos de ellas habían terminado en un aborto espontáneo y la última, bueno... Todo el mundo sabía cómo había terminado.

Diana y él llevaban vidas separadas bajo el mismo techo, reuniéndose para comer en alguna ocasión y, por supuesto, para cumplir con sus deberes en la procreación.

Lila le soltó la mano.

—¿Qué tal te va? Tengo entendido que has estado lejos de Hollyfield mucho tiempo.

Sin invitación, se dejó caer al suelo, a su lado, con un pequeño gruñido. Rehusó la mano que él tendió rápidamente para ayudarla.

—Estoy bien, gracias. ¿Y tú?

Dejaría que el comentario sobre su ausencia en Hollyfield volara bajo el sol y el aire primaveral.

—Oh, muy bien. Adoro Inglaterra en esta época del año. Todo es fresco y colorido y abunda la esperanza de renovación, ¿no te parece? —respondió Lila. Se sentó sobre una cadera, mirándolo, de espaldas a las tonterías que estaban haciendo en el campo—. Pero he estado pensando en ti.

Joshua frunció el ceño.

—Te aconsejo que no lo hagas. Me temo que no soy buena compañía estos días. Pensé que Clarendon te lo habría dicho.

—No ha dicho ni una palabra sobre tu compañía.

—Sorprendente —dijo él. Miles no lo ayudaba en absoluto. Él suspiró y desvió la mirada hacia la distancia—. Creo que el día te parecería más agradable si te mantuvieras cerca de tu pupila.

—¡Mi pupila! —exclamó *lady* Aleksander, y se rio—. Si te refieres a la princesa, habrás visto por ti mismo que no hay necesidad de que yo esté cerca. Se le da muy bien ocuparse de sí misma. Y de los demás.

¿Era cierto aquello? Lo que él sabía de la princesa era que se paseaba a zancadas por el campo y asustaba a los hombres adultos con sus cabalgatas.

El grupo estaba jugando a los bolos. Los bolos de madera estaban en el suelo, en posición vertical. Cada equipo intentaba derribarlos haciendo rodar una pelota. Se concedían puntos por la dificultad de acertar con la colocación de los bolos. Highsmith y Miles habían formado equipo con la princesa, y el señor y la señora Darren, Wexham y el vicario estaban en el equipo contrario. Las niñas de los Iddesleigh no estaban en ningún equipo, porque era una regla general que los niños fuesen vistos, pero no oídos y, mucho menos, invitados a relacionarse con los adultos de ese modo. Por lo menos, eso pensaba él... pero las niñas se turnaban para pedirles a los adultos que les permitieran jugar y, en la mayoría de los casos, los adultos les daban la oportunidad.

—¿Cómo está tu madre? —preguntó *lady* Aleksander—. La recuerdo con cariño. Una mujer tan alegre.

Joshua no había visto a su madre desde el funeral de Diana. Su madre lo había mirado a él, su propio hijo, como si le hubiera clavado un cuchillo Diana en el corazón. Él había hundido algo en ella, de acuerdo, pero ignoraba que la mataría.

—Creo que ella no es tan alegre como antes.

—Ah, bueno. Una madre lleva las cargas de sus hijos. Sabes, Joshua, yo podría ayudarte...

—No —respondió él, con demasiada fuerza, y se tomó un momento para recomponerse—. No, gracias.

—Entiendo tu reticencia. Pero ahora es diferente, ¿no? Han pasado años y tengo una lista de damas adecuadas para ser tu compañera y llevar el título de duquesa. Tú...

—No —repitió él, mientras la tensión le subía por la espalda y el cuello—. No tengo ningún interés en el santo matrimonio.

Se puso en pie de un salto, con un resoplido de impaciencia, y le tendió la mano para ayudarla a levantarse. Ella la tomó y aceptó su ayuda.

—Sufres de melancolía —dijo Lila—. Pero eso no durará para siempre. Has recibido un golpe y quiero ayudar. ¿Al menos lo considerarías?

—El golpe que he recibido lo han sufrido muchos otros antes que yo. No soy especial ni necesito cuidados, y tampoco estoy... melancólico —dijo, escupiendo la palabra como si se le hubiera quedado atascada en la garganta. Tal vez se hubiera quedado atascada en lo más profundo de su ser; todos los síntomas apuntaban a la melancolía y no había nada que pudiera hacer para ocultarla.

—Te quedaste con el corazón roto después de lo de *lady* Wexham, y luego... bueno.

Joshua la miró, horrorizado por el hecho de que alguien sacara aquel tema en aquel momento.

—Ya veo —dijo, aunque no veía nada en absoluto—. Disculpa.

Echó a andar, pero no tenía adónde ir, excepto a casa. No quería llamar la atención alejándose a grandes zancadas por el prado, rumbo a Hollyfield sin su caballo, así que se sentó a la mesa, de espaldas

a toda la frivolidad, mientras los sirvientes la prepa-
raban para el té de la tarde.

No tenía idea de cuánto tiempo había estado allí,
sentado como una gárgola. Quizá se quedara un
poco dormido, porque se sobresaltó al notar un tirón en un brazo. Se irguió y miró a su derecha. La
menor de las niñas Iddesleigh le había posado su
mano regordeta sobre la rodilla. Lo miró con los
ojos más azules que había visto en su vida.

—¿Qué?

Ella puso su pie sobre el de él y comenzó a subir-
se a su regazo sin decir palabra.

—¿Disculpe? ¿Qué está haciendo? —inquirió él,
y mantuvo los brazos alejados de su cuerpo para
no tocar a la niña—. No la he invitado a sentarse
aquí.

Pero la pequeña, que no tenía más de dos o tres
años, lo ignoró y siguió con su misión. Se esforzó
hasta que se acomodó en su regazo, con la espalda
contra su pecho, y se tapó la boca con el pulgar.

Joshua se quedó muy quieto. Seguramente alguien se acercaría a buscar a la intrusa. Seguramente alguien la llamaría o le exigiría que la pusiera de
pie. Pero no se acercó nadie. Él notó su peso cálido
y sólido mientras se iba quedando dormida.

—¿Qué demonios voy a hacer ahora? —se preguntó, en voz baja. Estaba un poco frenético. La
niña se movió y él tuvo miedo de que se le cayera del
regazo y se diera un golpe en la cabeza, así que la
rodeó por la cintura con un brazo, sin apretarla para
evitar que ocurriera tal cosa.

¿Cuánto tiempo debía sostener a la hija de otro
hombre, cuando su propio hijo yacía en una tumba
en algún lugar? ¿Nadie notaba que faltaba una
niña? ¿Ese era el tipo de supervisión que podían esperar los niños en aquel país?

—Oh, mire, ha hecho una amiga. Gracias a Dios. Estaba empezando a preocuparme por usted.

La princesa se dejó caer en la silla a su lado en una nube de oro. Él la miró fijamente. Se habría puesto de pie, pero tenía en el regazo un bebé que roncaba suavemente.

—Birdie —dijo ella, y se inclinó hacia adelante para acariciar la mejilla del bebé. Después, levantó la mirada hacia Joshua, y él se quedó impresionado por la forma en que la luz del sol bailaba en sus ojos—. Me perdona, ¿verdad?

—¿Por...?

—Por no creer que era usted el duque. Realmente no parece que lo sea.

—¿Disculpe? Parezco tanto un duque como usted una princesa.

Ella le sonrió de esa manera en que las mujeres sonreían cuando pensaban que los hombres eran incapaces de ser algo más que idiotas.

—No lo cree realmente.

Él no lo creía realmente.

—Me quedé sorprendida, lo admito. Y no se me da bien disimular la sorpresa. Tiendo a decir lo primero que pienso. Mi madre, la reina Agnes, dice que lo peor de mí es que digo las cosas sin pensar —explicó ella, y se encogió de hombros—. Pero hay algo peor —confesó en voz baja.

Él no sabía qué decir. ¿Se suponía que debía preguntar qué? La niña se acomodó más en su regazo.

—Ya sabe a qué me refiero —dijo ella.

—No, no sé si lo sé.

—Todos tenemos un lado que esperamos que los demás no vean nunca. ¿No tiene usted un lado así?

—Si lo tuviera, no creo que hablase de él con alguien a quien acabo de conocer.

—¿En serio? —preguntó la princesa, genuinamente sorprendida—. Entonces, ¿de qué hablaría? Todo lo demás parece tan... superficial.

—Marley, se ha encariñado con nuestra Birdie. Todo el mundo lo hace.

La voz de Iddesleigh resonó tan cerca que a Joshua casi se le cayó la niña al suelo. El conde le dio una palmada en el hombro.

—No me dieron otra opción —dijo él.

Iddesleigh se echó a reír.

—Palabras que yo digo todos los días.

Iddesleigh se inclinó y tomó a su hija de su regazo. El espacio que había ocupado la niña se llenó instantáneamente de viento frío. Iddesleigh la colocó sobre su hombro.

—Vamos a tomar el té —anunció.

Joshua se volvió hacia la princesa, pero ella ya no estaba allí. Estaba al otro lado de la mesa, charlando, mientras el señor Highsmith la acompañaba a un lugar de honor en el centro de la mesa.

Estaba rodeada de hombres atentos, todos ellos, pendientes de cada una de sus palabras, que parecían ser bastantes. A él no le dedicó ni una sola mirada más, y él tampoco le dedicó más de tres o cuatro.

Sirvieron el té y él trató de escuchar de qué estaba hablando. Algo sobre su patrocinio para una organización benéfica de ayuda a los pobres que consideraba muy importante en Wesloria, tanto, que fue la gran figura de un baile con el que se recaudó una riqueza incalculable para la organización.

—Vino gente incluso de otros países, como Alucia —añadió.

—Impresionante —dijo Miles, porque Miles era un hombre generoso y, por lo que Joshua sabía, fácilmente impresionable.

—El baile se celebró en el palacio de Rohalan —añadió—. En el gran salón de baile. Nunca habrán visto nada igual... es tan grande como este prado y está iluminado con diez arañas.

—Oh —dijeron varias personas, asintiendo a pesar de la extravagancia.

La princesa se inclinó hacia delante, sonriendo encantadoramente.

—Pero ni se imaginan lo que pasó.

—¿Qué? —preguntó *lord* Wexham, con entusiasmo.

Miró a su alrededor, casi como si esperase que hubiera aparecido algún wesloriano de repente para escuchar lo que decía. Y, al no ver a ninguno, continuó:

—Habían asistido al baile algunas de las personas más importantes del país, todas vestidas con sus mejores galas; incluido uno de nuestros generales más estimados, que anteriormente había expresado sospechas de que su esposa le era infiel. Bueno, pues, esa misma noche, ¡la sorprendió en una situación comprometedora con otro de nuestros generales igualmente estimado! Inmediatamente lo desafió a un duelo a pistola al amanecer, o, como decimos en Wesloria, *au gots navea*, que significa «honor hasta la muerte».

Las damas se quedaron sin aliento. La princesa, ciertamente, los tenía absortos a todos. Se recostó, complacida con su actuación. Tomó un tenedor y cortó un trozo de tarta.

—¿Y qué ocurrió? —preguntó la señora Darren desde el borde de su asiento.

—Por desgracia —dijo la princesa, sosteniendo el tenedor con el trozo de tarta en alto—, realmente, no sabría decirlo, ya que no soy de las que se levantan al amanecer. Soy más una persona nocturna. Pero en cuanto al duelo, quién sabe si llegó a celebrarse... Ese tipo de cosas siempre se dicen en el calor de un momento, sobre todo, cuando se trata de asuntos de amantes. Oí decir que prevalecieron las cabezas más sabias... pero ¿fue así, en realidad? Nunca volví a ver a ninguno de los caballeros en San Edys.

Se metió el pedazo de tarta en la boca.

Alguien se rio entre dientes con la misma incredulidad que él sentía.

Miró el té que tenía delante, que estaba enfriándose. En aquel momento, el sol estaba en lo más alto y hacía calor. La princesa se había quitado el sombrero. Él se quitó la chaqueta.

—Su hermana ha ascendido al trono recientemente —comentó *lord* Wexham—. ¿Cómo lo encuentra? Debe de ser intimidante para una mujer tan joven.

La princesa levantó la cabeza de golpe.

—¿Intimidante? En absoluto. Ella estaba bien preparada y es una reina maravillosa.

Dios mío. ¿Era un tono de indignación lo que detectó en la voz de la princesa? ¿No se podía especular sobre el talento de su hermana, la reina?

—Sí, por supuesto —dijo *lord* Wexham, y se aclaró la garganta—. Y ¿cómo está nuestro viejo amigo *lord* Douglas? Lo conozco desde hace muchos años.

—Sí, al oírle hablar a él, cualquiera se imaginaría que conoce a toda Inglaterra —dijo la princesa.

Iddesleigh se echó a reír.

—Hubo un tiempo en que creo que así era, además de conocer a todo el mundo en Europa.

—Está muy bien, gracias —dijo la princesa—. Atento a mi hermana en todos los aspectos. Me parece que es muy afortunada; ojalá todos tuviéramos a alguien tan devoto a nuestro lado.

El grupo se sumió en un silencio incómodo. A él no le gustaban los silencios incómodos. No le gustaba que la gente que estaba a su alrededor se cuestionara si tenían la devoción de su pareja.

—¿Qué la ha traído a Inglaterra?

Todos giraron la cabeza para mirarlo, pero nadie estaba más sorprendido que él de haber formulado la pregunta en voz alta.

La princesa, por su parte, parecía encantada de que lo hubiera hecho.

—Bueno, yo... —dijo, y se movió en su asiento para poder verlo mejor, ya que él estaba al final de la mesa—. Supongo que mi hermana pensó que agradecería un cambio de aires.

—Nunca he tenido el placer de visitar St. Edys, pero he oído que es hermoso —dijo Clarendon.

—Oh, sí lo es —respondió ella, asintiendo rápidamente—. Pero los inviernos son largos y duros, y se podría decir que después del último, estaba un poco... inquieta.

¿Otra palabra para mal comportamiento? A él no le sorprendería. La princesa aún no encajaba en ninguno de los muchos moldes femeninos que él tenía en el pensamiento y que, en realidad, eran como pequeños sarcófagos de expectativas.

—Y nosotros estamos muy contentos de tenerla como huésped —dijo Iddesleigh rápidamente—. Las niñas la adoran.

Y hablando de eso, cosa nada sorprendente, las niñas habían echado a correr en lugar de tomar el té, pero una de ellas eligió aquel momento para hacer su aparición. Corrió hacia la mesa, hacia su padre, plantó las manos en las caderas y abrió las piernas muy bien abiertas.

—¡Hemos vuelto! —anunció con grandilocuencia—. Estamos fingiendo que somos caballeros y que queremos batirnos en duelo. La princesa nos enseñó cómo.

—¿Cómo hacer qué, querida? —preguntó Iddesleigh suavemente.

—Cómo batirse en duelo, papá. ¡Eso es cuando se
juntan las espaldas, luego se dan veinte pasos, y luego hay que darse la vuelta y disparar! —explicó la
niña, e imitó el acto de dispararle a su padre.

La princesa se echó a reír. Todos los demás miraron horrorizados a la niña. Luego, varios de los presentes dirigieron sus miradas atónitas a la princesa.

—¿Qué? No tienen pistolas —dijo la princesa.
Miró a su alrededor, como si pensara que eso apaci-
guaría a todos—. Supongo que la historia de los dos
generales estaba muy presente en mi mente.

—¿Señora Hughes? —dijo *lady* Iddesleigh, girando en su silla—. ¡Señora Hughes!

Una mujer de mediana edad se apresuró a llevarse a las niñas y su intención de batirse en duelo a
otro lugar. Quizá, a un campo vacío, al amanecer.

Joshua se volvió hacia el grupo, decidido a llegar
al fondo de la cuestión... pero Miles se le adelantó.

—Marley, mi viejo amigo, has estado guardando
un secreto: no mencionaste que habías conocido a
su alteza real.

—En realidad, no sabía que lo había hecho.

La princesa se rio alegremente, como si él lo hubiera dicho para ser divertido.

—¿No se dio cuenta de mi porte real? —le preguntó; hizo una floritura con la mano e inclinó la
cabeza.

Él carraspeó.

—Como he dicho antes, iba vestida de forma bastante sencilla, su alteza real.

—Muy cierto, excelencia. Admito que es difícil
mantener el porte real cuando se lleva un vestido de
muselina marrón.

Los invitados se rieron. Ella le sonrió y su

sonrisa... lo inquietó. Él conocía ese tipo de sonrisa. Se utilizaba para atraer a un hombre. Una mujer atractiva casi no necesitaba sonreír para atraer a un hombre. Bastaba con una simple mirada.

Los hombres eran criaturas patéticas, él incluido.

—Ah, pero mi sencillo vestido marrón me ha hecho un buen servicio desde que llegué a Iddesleigh. He descubierto que me gusta caminar, y eso es algo —continuó la princesa—. Nunca me han obligado a caminar ni me han permitido caminar mucho. Pero, aquí, tengo libertad para recorrer kilómetros. Por desgracia, no tengo la ropa más adecuada para caminar.

—Ha sido muy amable, su alteza real, acompañando a nuestras niñas a la escuela todos los días —dijo *lady* Iddesleigh.

—¡Es un placer! Pero hay que tener mucho cuidado en ese camino. Hay jinetes imprudentes.

Ella lo miró de nuevo.

Él no estaba completamente seguro, pero tuvo la sensación de que se sonrojaba un poco. Se había acercado demasiado a ella cuando iba a caballo, a pesar de que insistiera en lo contrario.

—Casi no hay jinetes en el camino —señaló—. En este valle somos muy pocos.

—Pero el camino puede ser traicionero —dijo Iddesleigh, coincidiendo con la princesa—. En mi opinión, hay unas cuantas curvas demasiado pronunciadas. Francamente, me alegraré cuando encontremos una nueva ubicación para la escuela de las niñas.

—¿Estás buscando una nueva ubicación? —preguntó Miles.

—No nos queda más remedio. La cabaña se ha quedado pequeña. ¿Quién iba a imaginar que necesitaban plaza tantas niñas en esta zona?

La princesa levantó la mano derecha mientras tomaba otro pedazo de tarta con la izquierda.

—Mi hombre está buscando un lugar adecuado. Debe ser lo suficientemente grande para acomodar a unas pocas docenas de niñas, debe ser accesible y debe tener espacio para crecer.

Joshua esperaba sinceramente que la nueva ubicación estuviera lo más lejos posible de Hollyfield. Quizás en Essex. O Cornwall. Gales. Escocia. Bélgica. Wesloria.

—Algo cercano, por supuesto —agregó Iddesleigh.

Maldición.

—Oh, mira, han instalado el campo de tiro con arco —dijo *lord* Wexham—. Su alteza real, ¿se le da bien este deporte?

Ella dejó el tenedor y estiró el cuello para ver.

—No se me da mal. Mi hermana es mucho mejor arquera que yo; le gusta imaginarse que el blanco es nuestro primer ministro y apunta justo entre los ojos —respondió.

Hubo otro momento de silencio alrededor de la mesa, mientras los invitados trataban de averiguar qué había de cierto en aquella afirmación.

—Era una broma —dijo la princesa.

—Ah —suspiró todo el mundo.

—Bueno, un poco, al menos —puntualizó, encogiéndose de hombros—. Hay días.

—¿Tiro con arco? —preguntó Iddesleigh.

Se levantó de la mesa y gritó a sus hijas que lo acompañaran, que iban a disparar a los primeros ministros.

—No las animes, cariño —se quejó *lady* Iddesleigh.

La gente empezó a levantarse de la mesa para seguirlos. Todos, menos él, que se quedó preguntándose cómo podría escapar y volver a Hollyfield.

Parecía que era hora de cortar más leña. Toneladas de leña. Pilas tan altas como la casa misma.

La princesa se puso de pie y se detuvo para recoger su sombrero. Él se fijó en que tenía una raya blanca en el cabello, un mechón que no tenía color. Apenas se notaba entre sus mechones de color rubio dorado, excepto cuando caía sobre su sien, como en aquel momento.

Por desgracia, lo pensó demasiado tiempo y ella lo notó. Y cuando lo hizo, sonrió como un gato que acabara de comerse un ratón: saciada y llena de felicidad y petulancia.

—¿No se unirá a nosotros, excelencia?

—No. No quisiera arriesgarme a su muerte. O a la mía.

Ella sonrió aún más.

Él se levantó de la mesa.

—Lamentablemente, debo regresar a Hollyfield.

—Oh, querido —dijo la princesa—. Debe de ser terriblemente malo en el tiro con arco si necesita regresar tan rápidamente a Hollyfield.

Él se irritó, porque ella tenía razón.

—¿De verdad vive allí?

¿Qué clase de pregunta era esa?

—¿Disculpe? Esa es mi casa, sí.

—Pensé que estaba cerrada. O, incluso, abandonada. Nunca hay más de una luz, nunca más de una chimenea humeante. ¿No se necesitan todos los hogares para calentar una estructura tan enorme?

Él se erizó de nuevo, porque sabía muy bien que parecía que la casa estaba abandonada. Butler se lo recordaba sutilmente todos los días, cuando le preguntaba si podía quitar algunas fundas de muebles o quitar las persianas de las ventanas para dejar entrar un poco de aire fresco.

—Está muy habitada.

Habló como si estuviera a la defensiva. Ella lo estudió un poco más de cerca y volvió a sonreír.

—¿Puedo hacerle una pregunta, excelencia?

No.

—Por supuesto.

—¿Por qué no había venido aún a Iddesleigh House? Tengo entendido que ha rechazado todas las invitaciones.

No esperaba aquella pregunta. ¿Acaso los weslorianos tenían por costumbre hacer preguntas tan directas? Nuevamente, notó que se sonrojaba. Tomó su chaqueta y se la echó al hombro, e intentó con todas sus fuerzas no mirar los ojos de la princesa, que brillaban de diversión.

—He estado ocupado.

—¿En todas las ocasiones?

—Sí, su alteza real, cada vez que me han invitado, he estado ocupado. Mis más sinceras disculpas.

—No es necesario que se disculpe. Solo lo pregunto porque es muy inusual. No lo creerías, pero por lo general, la gente está ansiosa por conocer a una princesa. En Wesloria es casi como si salieran arrastrándose de las rocas y bajaran rodando desde la cima de las montañas para conseguirlo.

—Uno no puede evitar preguntarse cómo fue capaz de escapar de su país natal.

—En plena noche, bajo una pesada lona, en la parte trasera de un carro.

Él la miró fijamente y ella se rio.

—Eso también era una broma. Para ser justos, no todos están ansiosos por conocerme. Algunos tienen miedo. Supongo que la realeza puede ser un poco intimidante.

La princesa no pensaría, ni por un momento, que él se sentía intimidado por ella.

—Por supuesto, yo no estoy...

—¿Señora? —dijo Miles, que se había acercado—, ¿va a venir con nosotros al campo de tiro?

—¡Sí! —dijo ella, alegremente—. Me gustaría mucho.

Volvió a mirarlo a él.

—Buen día, excelencia.

Puso su mano sobre el brazo de Miles y le dio la espalda a él. Miles le lanzó una mirada y él se la devolvió.

—Buen día, su alteza real. Voy a abrir algunas puertas y encender algunas chimeneas para que no le parezca que Hollyfield está abandonada cuando vaya paseando.

—¡Qué amable! Gracias.

Le dirigió otra sonrisa por encima del hombro, llena de satisfacción consigo misma, y luego dirigió toda su atención a Miles.

Los observó mientras caminaban hacia el campo de tiro, ella, con el rostro girado hacia Miles. Su risa flotaba en aquel día de verano. Nunca había conocido a una persona más dueña de sí misma. Aunque tampoco había conocido a ninguna princesa y, tal vez, todas fueran tan francas y estuvieran tan seguras de sí mismas. Sin embargo, todavía estaba horrorizado.

Se alejó. Se sentía muy molesto por su causa; la princesa era bastante bonita, había que reconocerlo, pero estaba descaradamente orgullosa de sí misma, con su charla sobre patrocinios y bailes y toda esa gente desesperada por conocerla.

Y para colmo, estaban las cinco niñas, corriendo alrededor de la mesa y el campo como si estuvieran en la guardería. No había nadie a su cuidado; era como si todos los adultos estuvieran dispuestos a dejarlas hacer lo que quisieran.

Cuando llegó a su caballo, oyó que Miles lo llamaba y se dio la vuelta.

Miles subió corriendo hacia él por una pequeña pendiente. Se detuvo una vez para mirar hacia atrás, al campo de tiro. La princesa estaba de pie entre Wexham, el vicario y el señor y la señora Darren, con el brazo extendido, instándolos a todos a que se hicieran a un lado. En la otra mano sostenía un arco.

—¿Qué te pasa? —preguntó Miles—. Estás tan irritable como un anciano con dolor de muelas.

—Te dije que no quería venir.

—Sí, pero no pensé que te comportarías tan mal, Joshua. Y te has comportado muy mal.

—Soy plenamente consciente de que no he sido capaz de comportarme adecuadamente durante esta salida infernal. Por desgracia, parece que no soy capaz de enmendarme. Esa... princesa es la persona más arrogante que haya conocido y no puedo soportar ni un minuto más este pícnic.

Miles frunció el ceño.

—¿De qué diablos estás hablando? Creo que es bastante encantadora.

—¿Encantadora? —Joshua dio un resoplido y se subió al caballo—. Ya he tenido suficiente.

—Todos los demás, también —respondió Miles, mirándolo con el ceño fruncido.

Joshua intentó pensar en algo ingenioso que responder, pero, en aquel momento, su mente era un agujero profundo. Se alejó cabalgando, con la imagen de la hermosa princesa sentada frente a él, mirándolo con los ojos brillantes y una sonrisa. «No se imaginan lo ansiosa que está la gente por conocer a una princesa».

Dios Santo.

Capítulo 11

A su majestad la reina Justine.

Querida Jussie:

He recibido tu última carta y estoy asombrada de que lord Rebane haya tenido el descaro de eludir a Robuchard y hablar directamente contigo sobre el asunto del ferrocarril. Papá siempre decía que una serpiente se desliza entre las sombras cuando nadie la observa. Pero eres muy inteligente al haber entendido lo que quería hacer y haberlo despedido.

Me está yendo bien ahora que lady A se ha dignado hacer aquello por lo que le has pagado una fortuna. Por fin, asistí a un pícnic con, al menos, dos pretendientes y más caballeros que no lo eran. Durante todo el evento tuve el corazón acelerado por un caballero, pero no de la manera que esperabas. Prepárate, porque ese caballero era alguien que ya he meoncionado antes: ¡la Parca! Yo creía que no era más que un horrible cuidador de la finca cuando, en realidad, ¡era un horrible duque!

Después del pícnic, lady A me preguntó qué pensaba de los caballeros que había invitado, ya que le gustaría saber quién me conviene y quién no para poder hacer las presentaciones adecuadas en el baile. Fui sincera con *ella, tal como me dijiste que debía ser. Le dije que el señor H era agradable, pero, en realidad, demasiado bajo. ¿Es el duque tan vanidoso? Tal vez lo sea, pero no me gustaría pasar todo un matrimonio viéndole la coronilla a mi marido. Lord Clarendon es encantador y amable, y me agradaba bastante. Los amables nunca encajan conmigo. Lord Wexham es guapo, pero está casado. Le pregunté a lady A por qué lo habían invitado, y ella dijo que yo debía conocer a todos los que pudieran ser mis amigos y no solo a los caballeros solteros, a lo que respondí que tenía muy poco tiempo para eso, que tenía conocidos en todas partes y no necesitaba más, pero lo que no tenía era un marido.*

Ella dijo que tal vez debería hacer tiempo para lord Wexham, ya que el hermano menor de su esposa asistiría al baile. Supongo que esa era su manera de decirme que el caballero me estaba observando bien antes de enviar al joven al ruedo.

Me da rabia admitirlo, pero el terrible y espantoso duque es bastante guapo, a su manera, sin refinar. Va desaliñado, ya que tiene el pelo demasiado largo y la barba demasiado poblada. Me recordó a alguien que acaba de volver de una expedición o un safari y que ha olvidado cómo vivir en sociedad. Habla de manera distante y sus ojos son del color de la pizarra, y su mirada es tan penetrante que parece que está mirando directamente los rizos de la nuca de los demás. No entendía por qué lady A lo había incluido en la lista de invitados. Ella me dijo que no lo había invitado, pero que había venido con Clarendon y que estaba muy contenta de verlo, ya que había sufrido una grave tragedia cuando perdió a su esposa y a su primogénito en el parto. Me explicó que, en realidad, es un buen hombre y que tal vez debería reservarme el juicio. ¿Por qué la gente siempre me dice que me reserve el juicio? Bueno, ya no importa, porque he decidido no volver a verlo. Lo tacharé de cualquier lista de invitados que me presente lady A.

¡Estoy deseando que llegue el baile de la semana que viene! He pensado en llevar el vestido verde y rosa que tanto te gustaba. Me pondré la tiara de los Ivanosen y todas las insignias de la realeza. Mamá dice que, si vas a hacer una aparición, debes hacerla de manera memorable.

Querida hermana, me enfadé conmigo misma por enseñarles a las niñas a batirse en duelo, pero, en realidad, no veo por qué tanto alboroto, ya que es imposible que ninguna de ellas muera. Las niñas hablaron sobre sus oponentes y eligieron qué miembro de cada pareja se adjudicaría el papel de muerto. Pero las niñas lo olvidan todo cuando pasan al siguiente juego, así que no se hirieron los sentimientos de nadie.

Me he tomado en serio tu consejo y estoy tratando de ser recatada y de no darles mis opiniones ni hacer sugerencias al señor y la señora. A nadie, en realidad. Solo se me han escapado unas pocas.

La escuela ha sido una diversión agradable. No entiendo por qué no se educa a mayor número de niñas aquí. Están tan ansiosas por aprender todo lo que hay que saber... Disfrutan especialmente usando el ábaco. A las niñas se les enseña muy poco, Jussie. Lo máximo que pueden esperar es aprender a leer y a escribir, y matemáticas básicas. Las materias más excelentes, ciencias, geografía e historia se dejan para los niños. El señor Roberts me dijo que consideraba una farsa que, cuando las niñas llegaban a cierta edad, toda su educación se centrara en el bordado y la administración del hogar.

Debería terminar esta carta y prepararme para dormir. La escuela se reanuda mañana y ahora, en la caminata matutina, cuando pase por Hollyfield, la miraré con renovado interés, ya que no está abandonada, sino habitada. Aunque, aun sabiéndolo, sigue *pareciéndome un asilo. Volveré a escribir después del baile. Con cariño para William y mamá.*

Con cariño, A

Al director de la escuela Iddesleigh para Niñas sin Talento:

Mientras escucho la música discordante que producen una docena o más de niñas desafinando, me pregunto, señor, qué piensa de los niños en general. Es evidente que tiene gran afinidad con ellos, ya que ha elegido dedicar su vida a su educación.

En momentos como estos, me pregunto por qué tantos adultos están interesados en tener hijos. Uno podría adoptar una visión completamente cínica y considerar que el coste de tener hijos es alto, empezando por el coste para la salud física de la madre, si tiene la suerte de sobrevivir al parto. Pero, además, el coste de educarlos, dotarlos, alojarlos, alimentarlos y vestirlos... ¿No hay límite para la carga de un padre? ¿Y a cambio de qué? ¿Es realmente necesario un hijo para el legado de uno? ¿O supone usted que es una cuestión de seguridad? Tal vez haya quienes han engendrado a la única persona que estaría obligada a cuidarlos en la vejez.

Reflexiono sobre estas cosas cuando no puedo dormir, y descubro que no hay una respuesta inmediata. Me hubiera gustado tener un hijo, ya que podría haberme informado mejor, pero por desgracia, no fue así.

Un residente preocupado de Devonshire.

A un preocupado residente de Devonshire:

¡Qué preguntas tan interesantes plantea, señor! ¿Cree que los niños deben ser mudos? ¿No sería *maravilloso que no pronunciaran una palabra hasta que fueran mayores de edad? Imagine todas las discusiones que nos ahorraríamos si así fuera. Confesamos que hay muchas discusiones en la Escuela Iddesleigh, generalmente sobre la cuestión central de quién tiene qué y quién no, o quién ha dicho qué sobre quién.*

En cuanto a por qué los adultos están tan interesados en tener hijos, no podemos dar una respuesta satisfactoria. Nos gustaría creer que es para tener a alguien a quien amar con todo su corazón. O para formar una familia propia. O para crear otro ser a imagen de un cónyuge muy amado. Tal vez sea tan simple como el deseo de hacer del mundo un lugar mejor teniendo hijos que serán mejores que uno mismo. Solo a través de la continuación de la vida se logra el progreso, ¿no es así? Una vez conocimos a una maestra que decía que con cada niño que nace, la especie humana vuelve a nacer. Un sentimiento hermoso, ¿no le parece?

Tenga la seguridad de que, mientras reflexionamos sobre estas importantes cuestiones filosóficas, las niñas están trabajando en una interpretación musical para sus padres. Estamos poniendo todas nuestras esperanzas y sueños en una mejora notable de su capacidad colectiva para mantener una melodía.

Atentamente,

Escuela Iddesleigh para Niñas Excepcionales.

Capítulo 12

Una mañana, llegó a Iddesleigh una carreta cargada de artículos diversos empaquetados en cajas y bolsas. Aquello provocó la emoción en toda la casa, no por el contenido del carro, como supuso Amelia, sino porque anunciaba la llegada de Donovan.

Donovan, el hombre misterioso cuya posición en la sociedad y en aquella casa no estaba del todo clara. Había conocido al caballero en su la última estancia en Inglaterra, pero brevemente. Justine y ella tampoco habían podido determinar quién era, y los Iddesleigh lo llamaban «la institutriz» entre risas. Sin embargo, había actuado como una especie de niñera, y ella supuso que se trataba de un tío soltero. Todo era muy raro, pero estaba bien claro que *lord* y *lady* Iddesleigh y las niñas lo consideraban de la familia y le habían echado mucho de menos.

Cuando el carro entró por el camino de entrada, Blythe se puso en acción y gritó a la señora Hughes que se diera prisa y les pusiera a las niñas sus vestidos azules. Fue corriendo desde el comedor, por el pasillo, hasta el despacho de su marido. Abrió las puertas de par en par y anunció:

—¡Llega Donovan!

Se dio la vuelta y estuvo a punto de chocar con

ella que, por supuesto, la había perseguido por el pasillo, porque no quería dejar escapar ni un momento emocionante.

—¡Apúrese, alteza! —gritó Blythe, y pasó rápidamente a su lado, por el largo pasillo, para encargarse de quién sabía qué.

Ella se asomó al despacho. Beck y Lila estaban sentados juntos, y Beck dijo:

—Gracias a Dios que ha llegado la caballería.

Se puso en pie y salió al pasillo. Ella lo siguió hasta la entrada, donde los lacayos estaban ayudando al carretero a descargar. Oyó que el hombre informaba de que el señor Donovan había acompañado a algunos invitados a Torrington Hall y que llegaría enseguida.

Las dos horas siguientes fueron como si estuvieran esperando una tormenta o la mañana de Navidad. Las niñas, todas con vestidos iguales, estaban reunidas en el salón, preparadas para recibirlo. Blythe revoloteaba alrededor de los criados, preguntándoles si el té estaba listo, e incluso Beck se acercó más de una vez a la puerta principal para echar un vistazo al largo camino de entrada a la espera de alguna señal de Donovan.

Así que, cuando, por fin, vieron a unos jinetes acercándose, las niñas salieron corriendo al camino de la entrada, tropezándose unas con otras, como si se hubieran olvidado de que el recibimiento iba a ser en el salón. Blythe fue detrás de ellas, igual de impaciente. Beck, Lila y ella las siguieron.

Llegaron dos caballeros. Donovan se bajó inmediatamente del caballo. El otro permaneció en su montura.

—¿Qué tenemos aquí? —preguntó Donovan, que se puso de cuclillas para ver a las niñas—. Qué vestidos más preciosos, damas. Qué bellezas son ustedes, un espectáculo para mis ojos doloridos.

—¿Por qué te duelen los ojos? —preguntó Maisie.

—De todas las lágrimas que he derramado por echarte de menos, niña.

—Hemos estado practicando las bienvenidas —dijo Blythe, en un tono de voz alegre.

Donovan se irguió e hizo una reverencia.

—Es un gran honor para mí ser recibido de esta manera.

Mathilda le dio un codazo a Maren, que le dio un codazo a Maisie, y la fila siguió. Las cuatro mayores hicieron una reverencia.

—Vaya, vaya —dijo Donovan, asintiendo con aprobación—. Veo una gran mejora —añadió.

Con una sonrisa, abrió los brazos, y las niñas corrieron hacia él y le rodearon las piernas y la cintura con los brazos. Él las saludó acariciándoles la cabeza o la mejilla como si fueran sus hijas y hablándoles una por una. Después, tomó a Birdie de brazos de Beck y la estrechó.

Aquel hombre era endiabladamente guapo. Ella pensó que debería haber sido imposible olvidarlo, pero sí se le había olvidado y, en aquel momento, se quedó muda al verlo. No sabía si era por la forma almendrada de sus ojos o por la perfección de sus labios, o por su físico, que parecía esculpido en mármol. Fuera cual fuera la causa de su magia, hizo que ella diera dos pasos hacia delante.

Donovan se giró y la miró. Dejó a Birdie en el suelo y se inclinó.

—Su alteza real, me siento honrado por su presencia.

—Oh —dijo ella, balbuceando—. Se acuerda usted de mí.

—¿Cómo podría olvidarme de semejante belleza?

Ella se ruborizó. Dio otro paso hacia delante.

—¿Ha venido para asistir al baile? Porque, si es así, yo...

—¡Buenas tardes, Donovan! —exclamó Lila, acercándose—. ¡Supongo que ha entregado a nuestros invitados sanos y salvos!

Algún día, ella le diría a aquella mujer lo molesta que era.

—Sí, señora, y todos esperan el baile con impaciencia. ¿Puedo presentarles al señor Paul Peterborough?

El caballero, que estaba montado en su caballo y todavía no había dicho una palabra, sonrió y se quitó el sombrero ante todos ellos.

—Es mi ayuda de cámara.

—Bienvenido, señor Peterborough —dijo Beck—. Donovan, ¿me has olvidado? Pensaba que no ibas a llegar nunca.

Se adelantó y le estrechó la mano.

—Mi mujer te ha echado de menos terriblemente —añadió.

—Es por el baile, Donovan —dijo Blythe—. Todavía queda mucho por hacer y mi marido no siente la misma urgencia que yo. Creo que no vamos a estar listos...

—Te doy mi palabra de que sí —dijo Donovan, con tranquilidad, y miró al señor Peterborough—. ¿Alguien puede acompañar a mi ayuda de cámara...?

—¡Garrett! —gritó Beck, llamando a su mayordomo—. Venga, venga... Por favor, muéstrele al caballero sus habitaciones. El resto de ustedes, síganme —ordenó, y entró a la casa por debajo del andamio que enmarcaba la puerta, seguido por todo el séquito.

Garrett y Donovan se saludaron y conversaron brevemente y, con una última mirada a su compañero, Donovan siguió a la familia Hawke, tomando a Meg Pata de Palo debajo de un brazo y a Birdie debajo del otro.

En el salón, se dejó caer en el diván y cruzó las piernas a la altura de los tobillos, como si estuviera en su casa. Amelia estaba fascinada.

Durante media hora, mientras tomaban el té, Donovan escuchó todas las historias que querían contar las niñas, incluso las que ya habían contado. También escuchó pacientemente a Blythe, que despotricó sobre las innumerables cosas que debían hacerse para evitar que el baile fuese un completo desastre, baile que, por supuesto, estaban felices de organizar, pero... Simplemente, no se habían dado cuenta de la cantidad de cosas que había que hacer.

Lila le preguntó por los invitados a quienes había escoltado hasta Torrington Hall, y él recitó los nombres. Amelia supuso que iba a conocerlos a todos.

—*Lord* Frampton, el señor Beasley, el señor Cassidy, el barón Vinson. Todos han sido acuartelados.

Lila se echó a reír.

—No son soldados.

—¿En busca del amor? Ciertamente lo son —dijo él, y le guiñó un ojo descaradamente a Amelia.

A ella no le importaban los demás en ese momento. Quería hablar con Donovan, preguntarle si tenía otro nombre, si estaba casado y de dónde era, pero parecía que no se podía decir ni una palabra, ya que todos hablaban a la vez. Blythe estaba muy agobiada con la idea de recibir a trescientos invitados, si no más, y eso, sin mencionar el personal que tendrían que llevar a Iddesleigh House.

—No puedes entender la ansiedad que me ha causado este baile —le dijo a Donovan, olvidándose, aparentemente, de que ella también estaba presente.

—Es una lástima que la Abadía de Goosefeather esté en ruinas —dijo Donovan, y bostezó mientras Birdie se subía a su hombro para descansar en el respaldo del diván—. Habría suficiente espacio para que todos los solteros de Europa se alojaran allí antes del baile.

—La Abadía de Goosefeather —dijo Beck—. Es bastante grande, ¿no?

—Enorme —convino Donovan—. Pero la mitad está en ruinas —añadió, y se puso de pie, dispersando a las niñas por todas partes. Se acercó al aparador y se sirvió un brandi—. Con un poco de trabajo, podría ser habitable otra vez.

—¿Es lo suficientemente grande como para albergar una escuela de niñas? —preguntó Amelia.

Beck levantó la cabeza.

—Una idea absolutamente brillante, su alteza real. La abadía sería perfecta en términos de tamaño y ubicación. ¿Por qué no se me había ocurrido antes?

—¿Quizás porque está en ruinas? —dijo Blythe—. Debes pensar en la seguridad de los niños, cariño.

—El salón y varias de las celdas de los monjes están intactas —dijo Donovan—. El señor Peterborough y yo echamos un vistazo mientras descansaban los caballos.

—Pero ¿quién es el propietario? —preguntó Beck—. Esa pregunta me la hicieron hace un año más o menos y, según recuerdo, la respuesta no fue del todo clara. Los registros se quemaron en un incendio. Todo el asunto es un misterio. Pero, ¿sabes a quién podríamos visitar para...?

—Beck, de veras, querido, debemos concentrarnos en el baile. ¡Es dentro de cinco días!

—Tienes razón, amor mío. ¿Donovan? Hay mucho que hacer. Tenemos una lista bastante larga.

—Y no podemos perder ni un minuto —añadió Blythe. Se levantó y se asomó al pasillo—. ¡Señora Hughes! Señora Hughes, ¿dónde está? ¡Venga a buscar a las niñas!

Lila se puso en pie mientras las niñas comenzaban a quejarse por ser expulsadas del salón.

—¿Su alteza real? Tenemos mucho de lo que hablar, ¿no cree?

—¿Ah, sí?

A ella no se le ocurría una sola cosa. Además, se conformaba gustosamente con quedarse y escuchar todo lo que había que hacer para preparar el baile.

—Sí —dijo Lila, con firmeza.

Era como estar de nuevo con su madre. Ella se puso de pie de mala gana.

—Nos reuniremos para tomar una copa de vino antes de la cena —dijo Beck, y se concentró de nuevo en su esposa y en Donovan.

Amelia siguió a Lila y, en el pasillo, le preguntó:

—¿Y bien? ¿Qué es eso tan urgente que tenemos que hacer ahora?

—Puede que esté enfadada conmigo, pero, si tuviera que permanecer sentada mientras Blythe le recita a Donovan la lista de los preparativos, se enfadaría aún más. ¿No quiere saber más cosas sobre los caballeros a quienes va a conocer?

—¿Va a ir Donovan al baile?

Lila se quedó mirándola fijamente.

—Creo que él va a ocuparse de las niñas.

—Tal vez debiera invitarlo.

Lila suspiró. La tomó del brazo y echó a andar.

—Todas las mujeres de Inglaterra querrían tenerlo como invitado. Pero Donovan... preferiría pasar su tiempo con el señor Peterborough.

Ella tardó un instante en comprender lo que *lady* Aleksander no le estaba diciendo.

—¿Quiere decir que...?

—¿Que él prefiere la compañía de los hombres? Sí.

Vaya, eso era una injusticia.

Capítulo 13

El nerviosismo de Blythe no mejoró aquella tarde. Amelia la oía hablar en el salón, en voz alta, por encima de Donovan y de su marido. Ella estaba enfrente, en una sala de estar más pequeña, escuchando lo mejor que podía. No tenía nada mejor que hacer.

Blythe estaba angustiada.

—Yo no quería más de ciento cincuenta invitados, pero mira la lista, Donovan. ¡Son trescientos! No estamos preparados para organizar un baile para una princesa y, realmente, cariño, ¿por qué dijiste que lo harías? Tu hermana tiene vínculos con Alucia, no con Wesloria, por el amor de Dios.

—¿Que por qué? —preguntó Beck, y hubo un momento de silencio durante el cual, seguramente, él pensó en la respuesta—. En realidad, como favor a Lila.

—¡Lila! —exclamó Blythe, con vehemencia.

—Blythe, querida —dijo Donovan—. Todo va a salir bien.

—¿De veras, Donovan? —le preguntó ella.

—¿Acaso no te digo siempre la verdad?

—Sí —reconoció Blythe. Sin embargo, no estaba totalmente convencida.

—Querida, te preocupas demasiado.

—Y usted, señor, no se preocupa lo suficiente.

Amelia no entendía por qué nadie tenía que preocuparse. En realidad, ¿qué era un baile, salvo mucha danza, comida y bebida? No era la guerra, por el amor de Dios.

Salió al pasillo y subió la escalera en busca de las niñas. Su dormitorio era una habitación grande contigua a la de la señora Hughes. Ocupaba gran parte del piso superior. La puerta estaba abierta y ella vio a Mathilda, a Maren y a Maisie en el suelo, con unas muñecas. Seguramente, Meg Pata de Palo y Birdie estaban durmiendo.

Entró en la habitación y saludó a la señora Hughes, que estaba bordando.

—Buenas tardes, señoritas —dijo Amelia.

—Buenas tardes —canturreó Maisie.

La señora Hughes se levantó y le hizo una reverencia.

—Disculpe la interrupción, pero me gustaría preguntarles a las niñas a quién le gustaría aprender a montar a caballo hoy.

Mathilda, que estaba organizando la ropa de su muñeca, la miró.

—Yo ya sé.

—No, no sabes —dijo Maisie—. Sabes montar en poni. No sabes montar a caballo.

—Papá me enseñó —insistió Mathilda—. Cuando vosotras no estabais aquí. No había nadie. Solo estábamos papá y yo.

—Yo sí quiero aprender —le dijo Maren, suavemente, a Amelia.

—¡Pues ven! —respondió ella.

—Señora... Le ruego que me disculpe, pero... —dijo la señora Hughes, ansiosamente—. Yo... —No se preocupe, señora Hughes. Soy una amazona experta. Haré que nos acompañen nuestros guardias.

—Sí, su alteza real. Hablaré de ello con *lady* Iddesleigh, si no le importa.

—No, en absoluto —dijo ella.

La pobre institutriz no iba a conseguir acercarse a Blythe aquella tarde, dado su enfado por el baile.

Vio a la señora Hughes recorrer apresuradamente el pasillo hacia las escaleras y se giró hacia las niñas.

—¿Vamos?

Las tres convinieron que debían hacerlo.

Más tarde, mirando atrás, ella reconoció que no había sido la mejor idea que había tenido. Solo quería entretener a las niñas y entretenerse a sí misma, pasar el rato. Nunca hubiera querido que las cosas se salieran de control.

Sus guardias y ella tomaron a una niña cada uno y la pusieron en la silla de montar, delante de ellos. Guiaron a los caballos hasta la parte más llana del camino, entre Hollyfield e Iddesleigh House. La sombría mansión de Hollyfield se alzaba al fondo. En realidad, pensó ella, la casa podría ser grandiosa con un poco de limpieza exterior y la apertura de las ventanas para que entrara la luz. Eso haría maravillas con sus muros desgastados.

Oter y Fabian, sus guardias, desmontaron y organizaron la vigilancia bajo la sombra de un árbol. Ella había llevado la yegua ruana, pero se turnó para poner a cada niña en la silla del caballo de Oter, el más dócil de los tres. Les enseñó a mantenerse en la silla y a sujetar las riendas y, después, guio al caballo de la brida por el camino.

—¿Oter? ¿Ves a estas amazonas? ¿Verdad que son excelentes? —le preguntó a su guardia.

—Por supuesto que sí, alteza —gritó Oter, desde su puesto.

Cuando Amelia había llevado a las tres niñas de

arriba hacia abajo por el camino, y vuelta, Maren le preguntó:

—¿Nos vas a enseñar a montar como hiciste en el pícnic?

Ella sonrió.

—Fue toda una entrada, ¿a que sí? Mi hermana y yo admirábamos a una duquesa que cabalgaba así, como el viento, fuera donde fuera. Adoraba a los caballos.

—Yo quiero cabalgar como el viento —dijo Maren, melancólicamente.

—¡No, Maren! ¡No eres lo suficientemente mayor! —exclamó Mathilda.

—Yo también quiero —gritó Maisie.

—Primero, Maren —dijo Amelia.

Llamó a Oter para que las ayudara, bajó a Maren del caballo de Oter y se montó en la yegua ruana. Oter levantó a Maren y la sentó delante de ella. Amelia agarró bien a la niña con un brazo y tomó las riendas con la otra mano.

—Inclínate hacia el cuello del caballo —le dijo—. Haremos que corra, luego le daremos un poco de rienda y veremos cómo va de rápido.

Espoleó a la yegua y el animal echó a correr. Maren chilló, de alegría o de miedo, ella no estaba segura. Soltó más rienda y la yegua comenzó a galopar. Pero, cuando lo hizo, fue mucho más difícil de controlar de lo que había previsto. Y, cuando el animal dio un giro repentino hacia el camino de Hollyfield, ella perdió el control. No importaba lo que hiciera; la yegua estaba decidida a llegar a la casa, casi tirando a Amelia y a Maren con su velocidad.

Maren empezó a gritar. Amelia pensó que ella también quería gritar, pero, sobre todo, usó toda su fuerza para agarrar a Maren y las riendas. Tiró con fuerza y la yegua empezó a ceder. Pero, entonces, se

oyeron ladridos. De repente, apareció un perro junto a ellas y trató de mordisquear los cascos de la yegua. El animal se asustó.

—¡Merlín! —rugió una voz masculina.

Amelia se vio obligada a aferrarse a la yegua y a
Maren. Un jinete apareció junto a ella y acercó su
caballo al costado de la yegua. Ella pensó que se res-
balaría de silla y los caballos lo pisotearían, pero él
logró tirar de las riendas de la yegua y la obligó a
disminuir la velocidad mientras frenaba a su caballo y los detenía a todos.

El perro que había perseguido a la yegua se adelantó a grandes zancadas, luego se giró y volvió al
trote. Cuando los caballos se detuvieron por completo, Maren empezó a sollozar. Se retorció en los
brazos de Amelia, rodeándole el cuello y apretando
el poco aliento que le quedaba en los pulmones.

—¿Qué demonios está haciendo?

Ella se dio cuenta, de inmediato, de que era Marley. Por supuesto. Su pecho subía y bajaba con cada
respiración furiosa.

—Quería enseñarles a montar...

—¿Montar? ¡Podía haberse matado usted y haber matado a la niña!

Maren gritó al oírlo.

—No, cariño, no, no, no podía haberlo hecho
—dijo Amelia, y miró al duque con enojo. Fuera verdad o no, no le veía sentido a asustar a la niña—.
Nadie ha estado cerca de morir, lo juro. He hecho
esto miles de veces.

Aunque no exactamente así, fuera de control y
temiendo por su vida. Le acarició a Maren la mejilla
enrojecida y manchada de lágrimas.

—Quiero ir a casa —dijo la niña, entre sollozos.

—Ya lo sé —respondió ella, con dulzura.

Todavía estaba temblando y, además, necesitaba

pensar en cómo iba a explicarle a la madre de la niña lo que había sucedido. Tuvo un escalofrío al imaginar la reacción de Blythe.

Oter y Fabian llegaron hasta ellos, ambos sin aliento. Se los imaginó corriendo hacia sus caballos en el prado y, luego, galopando tras ella, probablemente, seguros de que iba a morir y de que ellos serían culpados y decapitados. Estaban absolutamente horrorizados.

Marley había logrado recuperar el aliento, pero le caía un hilo de sudor por la sien hasta la barba.

—¿Así es como protegen a su princesa? ¿Dejándola correr desenfrenada? —les espetó a los guardias.

—¡No estaba corriendo desenfrenada! —insistió Amelia—. Íbamos un poco rápido, sí, pero yo tenía las riendas en la mano.

Al menos, eso pensaba. Los últimos segundos eran tan borrosos que no lo recordaba.

—¡Su perro asustó a la yegua!

El perro había regresado jadeando, mirándolos a ella y a Marley, buscando aprobación.

—Esa yegua ya estaba descontrolada antes de que el perro la alcanzase.

Oter desmontó y se acercó para tomar en brazos a Maren. Después, caminó de regreso a su caballo, hablándole en tonos tranquilizadores para calmar sus sollozos. Amelia se inclinó para acariciar al perro y evitar la mirada oscura de Marley, pero se sentía débil, como si se le hubieran agotado todas las fuerzas.

—Señora, perdóneme, pero es demasiado imprudente.

Amelia no podía mirarlo. Parecía que no podía concentrarse en absoluto.

—Las cosas se descontrolaron un poco.

—¿Un poco?

Más que un poco. Había sido terriblemente tonta. Sabía lo que podía haber sucedido; su recuerdo de la duquesa de Tartavia cabalgando con desenfreno era muy agradable, pero se negaba a recordar también, convenientemente, que la pobre mujer había muerto de una fractura de cuello. Años después de que Amelia y Justine la vieran cabalgar como el viento, se enteraron de que se había caído de un caballo.

—Perdió el control.

Ella no podía argumentar de manera convincente lo contrario y, además, le latía el corazón con tanta fuerza que pensó que iba a salírsele del pecho.

—Perdí el control, sí.

Él resopló con satisfacción.

—Pero solo un momento. Si su perro no hubiera asustado a la yegua, la habría controlado.

Su voz sonaba demasiado alta y aguda, y no conseguía recuperar el aliento. No importaba, porque Marley estaba hablando y no la escuchaba. Se había quitado el sombrero y se pasó los dedos por el pelo mientras parloteaba.

—Casi me mato intentando detener a la yegua —dijo. Volvió a calarse el sombrero y la miró—. ¿Se encuentra bien?

—Sí —dijo ella, débilmente.

Trató de sonreír, pero algo se torció en su interior. Vio que Marley saltaba de su caballo y avanzaba a grandes zancadas. Parecía que se movía con lentitud. O quizá ella se movía demasiado rápido. Entonces se dio cuenta de que se estaba inclinando hacia un lado y se estaba resbalando de la silla.

Él la atrapó antes de que cayera al suelo. Ella jadeó, asustada por la falta de sensibilidad en sus piernas, y se agarró con fuerza a sus brazos.

—Creo que me estoy muriendo.

—No se está muriendo, se está desmayando —dijo él, y la sostuvo—. Respira profundamente varias veces.

Lo intentó, pero le costaba concentrarse. Tenía la mirada fija en el pañuelo azul del cuello del duque y los dedos hundidos en sus antebrazos. Detectó un aroma ligeramente picante y dulce, algo que ella asociaría con una colonia para hombres. No le parecía de los que usaban colonia, y se preguntó si alguien se la había echado... Y, en realidad, ¿en qué estaba pensando? Estaba pensando en que, de cerca, el duque era extraordinariamente guapo, siempre y cuando no estuviera frunciendo el ceño.

—¿Está bien? —preguntó.

Amelia miró hacia los dos lagos de montaña que la observaban.

—Estoy... —estaba tambaleándose, como borracha, y se sentía un poco separada de su cuerpo—. Estoy bien.

Iba recuperando lentamente la sensación en las piernas. Se sentía un poco más firme. Y tonta. Pero más firme.

Él la miraba con escepticismo.

—¿No puede enviar a uno de los guardias a buscar un carruaje?

¿Y alertar a Blythe de la catástrofe?

—¡Un carruaje! —exclamó ella, y sacudió la cabeza—. No soy ese tipo de princesa.

—Espero que no sea el tipo de princesa que intenta montar después de semejante susto. Está muy pálida.

—Es mi naturaleza. Mi abuela decía que casi podía ver a través de mí de lo pálida que me ponía. Especialmente en los meses de invierno. Con un frío tan intenso, no hay muchas oportunidades de salir al aire libre. Pero estoy bien, de veras. Solo un poco nerviosa, eso es todo.

—Si usted lo dice...

Con una mano callosa, cautelosamente, le quitó los dedos de su brazo. Ella no se había dado cuenta de que todavía estaba aferrada a él. Y ¿por qué tenía la mano encallecida? Eso no tenía sentido.

—Tienes un agarre impresionante —dijo Marley.

De repente, las niñas pasaron a toda velocidad junto a ellos. Maisie le gritó para que viera lo rápidas que eran. Maren ya no sollozaba, lo cual era una señal alentadora. Tal vez todo se olvidase. Tal vez nunca tuvieran que volver a mencionarlo.

Ella se apartó del duque, carraspeó y se metió el pelo detrás de las orejas. Se dio cuenta de que su sombrero había desaparecido.

—Quizá esté fuera de lugar, pero, realmente, debería tener más cuidado, señora —dijo Marley—. Podría haber traumatizado a la niña para toda la vida.

—¡Estará bien! Una vez, cuando era pequeña, iba cabalgando con el capitán de la guardia y me caí de un caballo; estuvo a punto de pisotearme un regimiento, pero míreme, estoy muy bien.

—¿De veras? —preguntó él, dubitativamente.

—Aprecio su ayuda. A nosotros los Ivanosen no nos echan del juego fácilmente.

—Ah. Bueno, me hace feliz haber estado a mano para intervenir antes de encontrarla muerta en el camino de entrada de Hollyfield.

—Veo que está decidido a amonestarme —dijo ella, con una leve sonrisa—. Pero, recuerde que «errar es humano. Perdonar es divino».

Una de sus espesas cejas se alzó por encima de la otra.

—Las palabras de un papa muerto hace mucho tiempo no calmarán mi preocupación.

—Si las palabras de un papa muerto hace mucho tiempo no le conmueven, entonces, tal vez, prefiera las palabras de un poeta: «La dulce misericordia es la verdadera insignia de la nobleza».

—Somos demasiado dulces en misericordia, ¿no? —dijo Marley, y se inclinó hacia delante.

Se acercó lo suficiente como para que ella tuviera que mirar de nuevo aquellos ojos de color pizarra. Una oleada de calor le recorrió la columna vertebral tan rápidamente que olvidó de qué estaban hablando.

—«La necedad es la hermana de la maldad». ¿Qué le parece eso, alteza? —le preguntó él.

No lo entendía. Sus pensamientos eran un poco confusos. Francamente, toda ella se sentía confusa, nerviosa, y estaba segura de que no tenía nada que ver con el paseo a caballo.

—Muy buena cita. *Monsieur* Klopec, que era nuestro tutor, creía firmemente que la memorización es el camino hacia un cerebro sano —dijo ella, y se dio un golpecito en la cabeza con un dedo—. Lo felicito.

Él casi sonrió. Casi.

—¿Alguien le ha dicho alguna vez que es una mujer muy peculiar, alteza?

—No. ¡Pero gracias! Lo tomaré como el cumplido que estoy segura que pretendía hacerme. Y, nuevamente, le doy las gracias por su ayuda.

—Se refiere a que me da las gracias porque la he salvado del desastre.

—Eso, también —dijo ella.

Se volvió hacia su yegua, dispuesta a hacer una salida increíblemente ágil. Solo había un problema, y tuvo que volverse hacia él.

—¿Podría ayudarme a montar?

Con una sonrisa de superioridad digna de un rey,

el duque ahuecó las manos. Ella puso su pie en ellas y, cuando él la levantó, se acomodó en la silla y tomó las riendas. La yegua estaba dócil, como agotada por su explosión de energía incontenible. El duque puso una mano firme sobre su pierna.

—¿Tiene las riendas? —le preguntó. Su contacto le quemó la tela del vestido y la piel.

Amelia sonrió con gracia.

—Control total.

Y con eso, espoleó a la yegua para que trotara, apartando la mano del duque de su pierna con el movimiento.

Sin embargo, esa parte de la pierna le quemó todo el camino hasta Iddesleigh.

Capítulo 14

El señor Eugene Cox llegó de Londres a Hollyfield exactamente a las dos y media. Era un hombre puntual, algo que Joshua apreciaba. El señor Cox era el administrador de las propiedades del ducado. Era el tipo de hombre al que no le importaba quién fuese el duque, siempre y cuando le pagaran por su trabajo.

Entró en el despacho más redondo que la última vez que lo había visto; los botones de su chaleco tiraban contra su vientre. Lo saludó como si fueran viejos amigos y dejó caer una carpeta de documentos en el escritorio. Tal y como se le había pedido, había revisado todas las propiedades del ducado para determinar de qué podía y no podía deshacerse el duque.

En aquel momento, no parecía que al señor Cox le preocupara o interesara lo más mínimo el motivo. Si hubiera preguntado, él le habría dicho que necesitaba la revisión para poder tomar algunas decisiones. Las mismas decisiones que había estado intentando tomar desde la muerte de Diana, hacía dos años.

¿Qué iba a ser de su vida? Esa pregunta lo mantenía despierto por las noches. Le impulsaba a cortar leña, como si tratara de sacarse a sí mismo la respuesta a golpes.

Por desgracia, el señor Cox no llevaba buenas noticias.

—Hay viejas disposiciones que requerirán más investigación —dijo—. Y hay que tener en cuenta los impuestos que deben pagarse. Sin mencionar las restricciones de la escritura.

Había tantas cosas que considerar que él dejó de escuchar. Cuando el señor Cox terminó de enumerar todas las razones por las que no debía sopesar ni el más mínimo cambio en las propiedades del ducado, colocó las manos sobre su vientre redondo y se sentó, esperando sus órdenes. Él se rascó la barba mientras consideraba sus opciones.

—Entiendo sus preocupaciones, señor Cox. Sin embargo, me gustaría que usted determinara lo que se debe hacer para poder vender Hollyfield y abandonar el título. Solo pido esto por mi propio conocimiento del asunto. Le pido una investigación discreta, por supuesto.

—Por supuesto.

El señor Cox se ofendió por la sugerencia de que podría ser de otro modo. Comenzó a recoger los papeles, claramente disgustado por la respuesta de Joshua a sus advertencias. ¿Y por qué debería estarlo? El señor Cox no era el duque. No tenía que asumir las responsabilidades del título.

El caballero se echó la bolsa al hombro, pero hizo una pausa.

—Le pido perdón, casi lo olvido. He recibido una solicitud de información para la compra de la abadía.

Joshua levantó la vista.

—¿Goosefeather? ¿La ruina?

El señor Cox asintió.

—Su ubicación es ideal para una fábrica.

Eso era interesante. La abadía, que estaba medio en ruinas, era uno de los misterios que había descubierto al asumir el título: nadie sabía a quién pertenecía. El hecho de que estuviera situada en el límite de tres propiedades y un río no era de ayuda. Se podía suponer que la propiedad había pasado de mano en mano a través de los siglos, pero, desgraciadamente, todos los registros se habían quemado en el mismo incendio que había destruido la mitad de la abadía, unas décadas atrás.

Poco después de la muerte de Diana, él le había rogado al señor Cox que hiciera una búsqueda de los registros de propiedad que incluyera todas las concesiones de tierras reales. Esa había sido una empresa larga y costosa, pero el señor Cox había descubierto que la abadía le fue concedida al primer duque de Marley hacía unos doscientos años.

—Una fábrica —murmuró—. ¿Y echarían abajo la abadía?

—Seguramente —dijo el señor Cox.

—Una pena.

—Entonces, ¿su respuesta es no, excelencia?

—¿Qué? Mi respuesta es sí. Véndalo. Venda Hollyfield. Venda todo lo que tenga que ver con el ducado. ¿Quién es el comprador?

—Un irlandés. El señor Liam O'Connor. Se ha hecho un nombre en Irlanda y le gustaría ampliar sus propiedades.

Él reflexionó sobre aquello. Una fábrica crearía más puestos de trabajo en la zona, lo que sería algo bueno. Pero que hubiera más puestos de trabajo significaría que habría más gente en aquella tranquila parte de Inglaterra. Y más gente significaría que habría más niñas con necesidades educativas.

También cabía la posibilidad de que la fábrica llevara un asilo de indigentes a la zona. Había oído hablar de las condiciones de vida tan deplorables de aquellos asilos, y no le gustaría ser el causante de aquel tipo de miseria.

Se preguntó si alguien echaría de menos aquellas ruinas. Algunas personas le tenían un apego irracional a las antigüedades; él, no. Los recuerdos más vívidos que tenía de su hermano, John, eran de la infancia. Siempre que visitaban a la familia del duque, en Hollyfield, jugaban a juegos medievales en la abadía con sus primos.

Normalmente, los recuerdos de su hermano John solían ir acompañados de una oscuridad que invadía sus pensamientos. En aquel momento, estaba ocurriendo eso precisamente. La oscuridad enterró todas sus preocupaciones y se encogió de hombros con indiferencia.

—Entonces, véndasela.

Se dio cuenta de que el señor Cox apretaba un poco la mandíbula.

—Sí, por supuesto, excelencia. Pero, si me lo permite, ¿puedo hacer una pequeña investigación para asegurarme de que no hay ninguna restricción sobre la abadía?

No había restricciones. Lo único que tal vez se encontrara el señor Cox sería un grupo dispuesto a luchar por la preservación del edificio en ruinas.

—Por supuesto. Pero, después, véndala.

Se levantó de la silla y se acercó a la ventana. Miró hacia el camino, por el que avanzaban dos carros a trompicones. Iban hacia Iddesleigh House.

—Espero noticias de sus progresos.

—Entendido, excelencia.

—Buenos días, caballeros —dijo Miles, al entrar por la puerta, quitándose la capa—. Les pido disculpas por la interrupción. Acabo de llegar del pueblo y le he pedido a Butler que traiga el té.

—Te acuerdas del señor Cox, mi administrador,

¿verdad? —preguntó él—. Señor Cox, el conde de Clarendon.

—¿Cómo está, señor Cox? Voy a salir a decirle a Butler que añada una tercera taza.

—No se preocupe, *milord*. Ya me iba.

El señor Cox le hizo a Joshua un seco gesto de despedida y se marchó.

Miles esperó hasta que ya no se oían sus pasos y le preguntó:

—¿Qué estás vendiendo?

—Esto y aquello.

Miles esperó una mejor explicación.

—Hollyfield —dijo él—. Este lugar decrépito.

—Sí, ya sé a qué lugar te refieres. Cuando me lo dijiste la primera vez, pensé que te habías tomado un par de cervezas. No lo entiendo, Joshua. ¿Estás endeudado?

—No, que yo sepa. No lo quiero, Miles. No quiero la molestia. Es enorme y muy costoso.

Su amigo lo miró con incredulidad.

—¿Te has vuelto loco? Te lo pregunto de nuevo: ¿qué pasa con el mayorazgo? No puedes venderlo así como así. Las disposiciones legales deben de ser bastante complicadas.

—Sí, lo son —dijo él—. Muy complicadas para un hombre que tenga un heredero. Pero yo no lo tengo, así que no tengo la obligación de perpetuar ninguna propiedad para las generaciones venideras, porque no las hay. Creo que, seguramente, puedo hacer lo que quiera.

—No hay generaciones venideras todavía —dijo Miles—. Hablas como si tuvieras setenta y cinco años, cuando tienes treinta y tres.

—Setenta y cinco o treinta y cinco, no va a haber más Parker después de mí y, por lo tanto, no habrá más duques.

—Tu madre...

—Ya no puede tener hijos.

Miles dio un resoplido.

—¿Cómo puedes estar tan seguro de que no hay más parientes y de que dejarán de existir los Parker? ¿Cómo puedes predecir el futuro con tanta ligereza?

—No puedo predecirlo. Pero puedo deducir lo que seguramente ocurrirá, teniendo en cuenta el presente.

—Creo que estás loco.

—Es muy posible.

Miles cabeceó.

—Voy a hablar con tu madre. Ella debe estar al tanto de lo que pretendes hacer.

A su madre no le importaría. Al morir John, habían muerto también sus esperanzas. Su otro hijo no había sido nunca tan importante para ella. Y, cuando murió Diana, fue como si lo culpara tanto como él se culpaba a sí mismo.

—Te deseo suerte con eso.

Miles estaba exasperado.

—No sé qué te pasa —dijo.

Se acercó a la ventana y se puso a su lado con los brazos cruzados y la mandíbula apretada. Permaneció así unos instantes, hirviendo por su incapacidad de conseguir que él cambiara de opinión. Era lo mismo que sucedía cuando eran pequeños y no podía ganarlo en los combates de boxeo.

—Por ahí vienen más carros —dijo, distraídamente, al cabo de un rato.

Aquellos días, la carretera de Iddesleigh House había empezado a parecerse a una ruta comercial por la cantidad de carros y diligencias que iban y venían. Justo esa mañana, Miles había señalado una fila de carros que transportaban cajas de quién sabía qué cosas hacia la mansión.

—Creo que esto va a ser un gran baile. Me pregunto si el tesoro de Wesloria está al tanto del gasto extravagante que supondrá —comentó Miles, y se alejó de la ventana.

Él se quedó mirando los carros hasta que desaparecieron detrás de una elevación del terreno. Había tratado de no pensar en aquel maldito baile, pero era imposible. En el pueblo, todos hablaban de ello. Era sorprendente la cantidad de cosas que se estaban transportando a Iddesleigh House. ¿De veras un baile para una princesa generaba tanto alboroto? Tal vez. Ella era tremendamente excéntrica. Cabía la posibilidad de que entrara al baile a caballo.

Excéntrica y temeraria. Y, también, hermosa de un modo que lo inquietaba.

—¿Qué es eso? —preguntó Miles.

Él se dio la vuelta y vio que Miles estaba señalando una capota. No le había contado a su amigo nada sobre la princesa loca. Miles ya creía que se quejaba demasiado de ella tal y como eran las cosas. Él había encontrado el sombrero después de que las niñas, los guardias y ella se hubieran ido trotando después del conato de catástrofe. ¿Qué habría pasado si él no hubiera estado en el camino de entrada en ese momento?

Miles tomó la capota. Era amarillo y tenía pequeños capullos de flores de seda blanca adheridos en varios lugares. Él había visto que dos de los capullos estaban cubiertos de tierra. De una de las tiras del sombrero colgaba un mechón de pelo dorado; él se imaginó a la princesa atándose las cintas bajo la barbilla, atrapando un poco de pelo al hacerlo. Miles lo miraba con una nueva expresión, como si quisiera sugerir que no sabía a quién estaba mirando.

Él se volvió hacia la ventana.

—Me lo encontré.

—¿Que te lo encontraste? ¿Dónde?

—En el camino del pueblo —dijo él, encogiéndose de hombros.

No era una completa invención. Si alguien tenía intención de ir a Iddesleigh, tendría que tomar el camino desde Hollyfield.

—¿Y lo recogiste?

Miles se estaba preparando para el interrogatorio, así que él se sintió aliviado cuando Butler entró en el salón con la bandeja del té. Miles dejó la capota. Butler colocó la bandeja entre dos sillas.

—¿Necesitan algo más?

—No —dijo él.

—Sí —dijo Miles, al mismo tiempo—. Por favor, Butler, traiga las cosas que le di antes.

Butler asintió y salió.

—¿Qué cosas? —preguntó él, mientras se dirigía a la mesa.

—Ya lo verás —dijo Miles. Sirvió dos tazas de té, aunque él no se lo había pedido. Después, tomó la suya, le dio un sorbo y añadió—: Sarah va a venir al baile, ¿te lo había dicho?

El maldito baile. Miles llevaba presionándolo toda la semana, a pesar de que él insistía en que no quería ir.

—¿Para qué me lo dices? —preguntó, intentando que su tono fuera de desinterés.

Sin embargo, lo que sentía no era desinterés, sino confusión. Tenía sentimientos confusos hacia Sarah. Pensaba que era la única persona a la que había amado más allá de toda medida. Pero cuando su padre había rechazado su propuesta de matrimonio y ella se había casado con Wexham y, después, él se había casado con Diana... se había preguntado más de una vez si el amor que había sentido por Sarah era tan real como creía cuando estaba en medio de su enamoramiento.

Lo que sentía por Diana había sido diferente del anhelo palpitante que sentía por Sarah. Por Diana nunca había sentido un amor ardiente y devorador, pero se respetaban mutuamente y tenían compatibilidad en algunas cosas, lo que, en retrospectiva, apreciaba más que su pasión por Sarah.

Hacía mucho tiempo que no la veía, y la idea le ponía ansioso. ¿Y si todavía existía una llama? ¿Podría soportar otra llama además del infierno que ya ardía en su interior?

Pero había alguien más que le ponía nervioso por el baile, y esa era la princesa, que seguramente absorbería todo el aire de la habitación. Su ansiedad tenía más que ver con la curiosidad que sentía hacia ella. La princesa le intrigaba de una manera a la que no estaba acostumbrado.

—Te lo cuento porque todavía no has dicho que asistirás —respondió Miles—. Pero tengo la intención de verte allí.

—Sí, bueno, gracias por tu diligencia... pero no estoy seguro de si tengo ropa adecuada —dijo él—. Hace mucho que no me pongo un traje.

—Sí, la tienes —dijo Miles—. Butler y el señor Martin se lo han pasado deliciosamente bien quitando telarañas de tu armario. Ah, aquí viene.

Él miró por encima de su hombro cuando el ayuda de cámara entró en el salón. El señor Martin llevaba unas tijeras, una toalla y una navaja de afeitar.

—¿Qué es esto?

—Unas tijeras, excelencia.

—¿Para qué?

—Para tu pelo, muchacho —dijo Miles—. Y para tu barba. Necesitas un buen repaso.

Él se llevó la mano a la barba.

—¿Qué tiene de malo?

—Todo. Es un nido de pájaros. Y habrá damas presentes. Siempre es necesario ir arreglado cuando se trata de damas.

—Las damas no tienen nada que ver, Miles.

—Mi querido amigo, todo Devonshire tiene algo que ver. ¿No es así, señor Martin?

Él miró a su ayuda de cámara.

—Martin, ¿te paga *lord* Clarendon el sueldo?

—No, excelencia —dijo el señor Martin, pero no se movió. Permaneció allí, sujetando las tijeras con firmeza.

Maldición. Sospechó que tenía un aspecto horrible. Sin embargo, si cedía, estaba accediendo a ir al baile. Fulminó a Miles con la mirada.

Miles estaba sonriendo porque sabía que había ganado.

—Demonios —murmuró él.

—Ahí lo tiene, señor Martin, es lo más cercano a una aquiescencia que vamos a oír. Prepare el baño, por favor. Va a tener que dejarlo cocerse un poco para poder quitarle la mugre antes de meterte con el pajar que tiene en la cabeza.

—¿Vas a dejar de darle órdenes a mi ayuda de cámara como si fuera tu empleado? —gruñó él.

—Puedes recuperarlo cuando me vaya. Adelante —dijo Miles, y movió los dedos en dirección a la puerta.

Capítulo 15

El día de baile, Amelia había visto entrar en Iddesleigh House carros llenos de flores, sirvientes y
músicos, y más comida y bebida de la que parecía
necesaria. En un momento dado, Donovan y ella se
habían asomado a la barandilla de la entrada a mirar cómo se transportaban las cosas al interior de la
casa. Donovan dijo que aquel era el evento social
más esperado en Devonshire desde hacía años.

—¿De verdad? —preguntó ella, porque la sorprendió. Si viviera allí, haría un baile cada dos meses.

—Sí, de verdad —confirmó Donovan—. Hay bailes campestres y cosas por el estilo, pero ¿bailes formales? Para eso hay que ir a Londres, y ni siquiera
allí son tan grandiosos como este. Beck no ha esca-
timado en gastos.

Entonces, lo mejor que podía hacer era disfrutar,
pensó ella.

Sin embargo, con tantos preparativos, sentía ansiedad. Eso era sorprendente, porque siempre le
había encantado asistir a bailes y reuniones. Pero
había una diferencia: en Wesloria la recibían caras
sonrientes que la habían visto crecer bajo la mirada
pública o personas que habían tenido relación con

su familia durante generaciones. Contaba con la atención de gente que, por el hecho de conocerla, tenía todo que ganar. Por el contrario, en Inglaterra la habían recibido con más frialdad.

La otra diferencia era que el San Edys, la extravagancia de los bailes a los que asistía era algo habitual, normal. Allí, sin embargo, todo aquello era solo para ella. Se sentía un poco aprensiva por ese motivo.

Lila le había dicho que no lo pensara, que Beck y Blythe estaban felices de celebrar aquel baile. Y que su hermana, la reina Justine, se había encargado de que se aprobara el presupuesto para ese tipo de cosas.

«Ese tipo de cosas» significaba un baile para que una princesa encontrara marido en el mercado matrimonial del extranjero, ya que no lo había encontrado en su propio país.

Cuando llegó el momento de vestirse, Mathilda, Maren y Maisie se colaron en su suite y se maravillaron con su vestido, que estaba colgado en un maniquí cerca de la ventana. Lordonna había colocado en la cómoda todas las joyas y accesorios, entre otros, una banda de color verde oscuro que llevaría cruzada en el pecho, sobre el vestido. Desde hacía mucho tiempo, los weslorianos tenían la costumbre de llevar un trozo de tela verde prendido a la vestimenta como símbolo del orgullo nacional. Se lo ponían en el cuello de la camisa, o en una manga, o incluso cosido en algún dobladillo.

En el caso de la familia real, el símbolo se llevaba en forma de cintas o bandas. Se sujetaban a la cintura con la insignia de seda azul de la orden de la familia real, en cuyo centro estaba el retrato de su padre, el difunto rey Maksim. Llevaba otra insignia de la orden real en el hombro, con la imagen de

Justine y, en la manga, la estrella de oro y diamantes con una cinta verde que representaba la Orden del León. Su hermana se la había otorgado al poco de subir al trono.

La tiara dorada con incrustaciones de rubíes que iba a ponerse había pertenecido a su tatarabuela y su madre la había utilizado en la ceremonia de compromiso con su padre.

Las niñas se turnaban para colocarse la tiara en la cabeza y desfilar frente al espejo de cuerpo entero. Amelia notaba que Lordonna estaba muy tensa mientras lo hacían; ella trataba las joyas como si fueran sus hijas. Incluso la joven criada a la que habían enviado para ayudar a su doncella se tambaleaba hacia las niñas, como si pensara que iban a romper la tiara.

Por suerte, las joyas fueron rescatadas en un golpe de suerte. Donovan apareció a llevarse a las niñas.

—Pero ¿adónde vamos? —preguntó Mathilda—. Yo quiero quedarme aquí.

Tenía la cinta enrollada en el cuello como si fuera un pañuelo.

—Creo que debes vestirte para el baile, niña —le dijo él.

Mathilda se animó.

—Mamá dijo que no se nos permitía ir.

—¿Ah, sí? Pues, entonces, es una suerte que yo hablara con ella y la convenciera de que deberías poder ir durante la primera hora para ver la entrada de su alteza real antes de subir a acostarte.

Mathilda jadeó. Se giró a mirar a sus hermanas con los ojos abiertos como platos. No parecía que Maren ni Maisie hubieran entendido lo que había dicho Donovan, pero ellas también jadearon.

Donovan abrió la puerta.

—La señora Hughes os está esperando.

Mathilda se quitó la cinta del cuello y la dejó en el diván antes de salir corriendo de la habitación. Sus hermanas la siguieron de cerca. Ella la oyó informar en voz alta a Maisie de que debía ponerse el vestido blanco y no el azul, que el blanco era para ocasiones formales y el azul para pícnics.

Donovan cerró la puerta detrás de ellas y sonrió a las damas en la habitación.

—Las niñas son de armas tomar, ¿no?

Lordonna se relajó y la criada volvió a planchar las enaguas rosas de Amelia.

Donovan se apartó de la puerta y se acercó al tocador, donde Lordonna estaba peinándola. A ella ya no le sorprendía la libertad con la que se movía Donovan en Iddesleigh House. Era bien recibido en todos los rincones, desde la cocina hasta el desván.

Él se detuvo junto a Amelia y señaló la raya blanca en su cabello.

—Una vez conocí a un hombre que tenía un mechón blanco muy parecido.

—¿Sí? Pensaba que solo la familia Ivanosen tenía este rasgo. Mi hermana, mi padre, mi abuelo... todos nosotros tenemos un mechón de pelo blanco. A mi hermana se le nota porque su cabello es oscuro. Y mi padre tenía un círculo blanco justo aquí —dijo, señalándose la sien—. Cuando era pequeña, siempre me parecía que alguien le había tirado una bola de nieve al rey.

Donovan se rio entre dientes.

—Apenas se nota en un cabello tan claro como el suyo, ¿verdad? Pero debería notarse. Claramente, es la marca de la realeza.

Se inclinó y miró hacia abajo, al tocador, donde Lordonna había colocado horquillas con incrustaciones de diamantes y cintas de raso rosa. Había un poco de alambre fino de filigrana dorada que la doncella iba a usar para sujetar algunos de los rizos en la parte posterior de la cabeza de la princesa.

—¿Puedo? —preguntó Donovan, señalando el alambre.

—Por favor.

Él tomó el trozo de filigrana y lo examinó.

—Señora, si me permite —le dijo a Lordonna, y extendió la mano para tomar el peine.

Lordonna se lo entregó.

—¿Qué está haciendo? —le preguntó ella.

—Algo especial.

Procedió a trenzar con mano experta el largo mechón blanco con la filigrana. Cuando terminó, le entregó el extremo de la trenza a Lordonna, que se la entrelazó en los rizos de la coronilla. Ella había pensado que todo era muy divertido, pero en verdad, el efecto era sorprendente. Nadie habría notado el cabello blanco si él no lo hubiera tejido con el oro.

—Señor Donovan, ¿cómo es que sabe peinar a una dama?

—Supongo que podría decir que he tenido el placer de conocer a muchas damas. ¿Qué le parece?

Era el hombre más misterioso que había conocido, un hombre de muchos talentos.

—Me encanta —le dijo. Se apoyó en el tocador, de espaldas al espejo, mirando la trenza mientras Lordonna continuaba peinándola.

—Qué noche para usted, alteza. Esta noche, se mostrará ante cientos de invitados, todos ellos ansiosos por conocerla. Pero, me pregunto, ¿hay alguno que haya llamado su atención? ¿Alguien a quien *lady* Aleksander haya conseguido que desee usted conocer?

—Todos los caballeros me llaman la atención,

señor, pero aún no he encontrado a uno que posea lo que quiero.

Donovan arqueó una ceja.

—Y, dígame, ¿qué es lo que quiere usted?

Por desgracia, ella no estaba completamente segura.

—Lo mismo que todos, supongo.

Tal vez no supiera exactamente lo que buscaba, pero sí tenía muy claro lo que no quería.

—¿Un matrimonio de fortuna y posición?

Por supuesto, no. Hizo un gesto negativo con la cabeza.

—Demasiado convencional.

—Ah. Una princesa tiene derecho a anhelar algo más —dijo él.

—No creo que eso sea cierto. Todos anhelamos... algo.

—¿Y qué es eso? ¿Parentesco? ¿Más estatura?

Amelia se echó a reír sin poder contenerse.

—¿Parentesco y más estatura? ¡No! Casi no sé explicarlo, pero lo que quiero es el tipo de compatibilidad que se me ha escapado hasta ahora. El tipo de compatibilidad que Justine tiene con William. Son muy perceptivos y realistas el uno con el otro. Yo también quiero eso. Pero toda mi vida me han dicho que soy demasiado atrevida, demasiado exuberante, demasiado irreprimible... —explicó. Se le ocurría otra media docena de otras cosas sobre sí misma que a la gente que no le agradarían—. ¿No es así, Lordonna

—Sí, es tan cierto como la lluvia.

—Lordonna me conoce desde hace mucho tiempo.

—Ya veo —murmuró Donovan—. Buscas a alguien que comparta tu gusto por la vida.

—Por supuesto que sí. ¿No es eso lo que hace

todo el mundo? Como Beck y Blythe —dijo ella—. Son compatibles entre sí, pero creo que ninguno de ellos es particularmente compatible con nadie más.

Donovan se echó a reír.

—Por lo menos, quisiera un compañero al que no le importe mi exuberancia y que me acepte como soy. No sé si me estoy expresando con claridad —le dijo a Donovan.

—Al contrario, alteza, creo que se estás expresando con excesiva claridad. Le gustaría tener un compañero que no se deje intimidar por una mujer que dice lo que piensa y que disfruta de la vida, y que no necesita que le digan qué hacer. Alguien que la apoye incluso cuando los demás la desaprueben. Que respete sus gustos y disgustos y al que no le importe que coincidan perfectamente con los suyos. Alguien que sepa ver su espíritu y lo iguale, tal vez, incluso, alguien a quien le gusten los caballos rápidos y los perros grandes y las largas noches de invierno delante del fuego cuando fuera ruge una ventisca. Alguien que le permita apretar los pies fríos contra sus piernas cálidas debajo de las sábanas las mañanas gélidas y a quien no le parezca mal bailar hasta después del amanecer. Alguien que entienda cómo piensa, a quién ama y lo importante que es Wesloria para usted.

Amelia parpadeó y lo miró asombrada. Lordonna dejó de rizar su cabello para mirarlo también.

—Eso es exactamente lo que quiero decir, Donovan. Pero, ¿cómo puede usted saberlo?

Él sonrió.

—Se me da bastante bien adivinar. Y, como dije, he sido compañero y confidente de algunas mujeres en mi vida. Al final, todas quieren lo mismo. Le deseo toda la suerte del mundo, alteza. Según mi experiencia, los hombres no son difíciles de encontrar.

Pero los hombres buenos sí lo son —dijo, y le guiñó el ojo—. Espero su entrada con impaciencia. Y a juzgar por el reloj en la repisa, tiene un poco más de una hora. Los invitados ya han comenzado a llegar.

Donovan atravesó la habitación, pero, cuando llegó a la puerta, se volvió hacia ella.

—Por si le sirve de algo, se merece lo que quiere y más. No permita que nadie le diga lo contrario.

Inclinó la cabeza y salió, cerrando la puerta. Amelia miró a Lordonna en el espejo de su tocador.

—*Vanredan* —dijo Lordonna, en wesloriano.

Ella estaba de acuerdo: era un hombre extraordinario.

Cuando Lila llegó a buscarla, Amelia se había olvidado por completo de Donovan. Había cometido el error de mirar por la ventana y había visto los carruajes que se alineaban en el camino de entrada y más allá. Había muchísimos.

Lila se detuvo en seco cuando Amelia se apartó de la ventana.

—Oh, Dios mío —dijo la dama, mirándola de arriba abajo—. Su alteza real, está... impresionante.

Ella se sonrojó.

—Gracias.

El vestido, hecho por la modista francesa preferida de su madre, le quedaba perfectamente. El corpiño era de corte bajo y las mangas tenían unas cintas que le caían por los hombros. La falda era de color verde pálido pero estaba dividida por delante para dejar entrever una enagua rosa adornada con docenas de pequeños capullos de rosas blancas que combinaban con los que cubrían la tela de la falda.

—¿Ha comenzado el baile? —preguntó.

—Sí, ya ha empezado. Hay trescientos veinticuatro invitados, que son veinticuatro más de los que fueron invitados —dijo Lila, y se rio—. Hace una tarde perfecta. El sol es cálido, el césped está impecable, el salón de baile está transformado...

Ella respiró hondo.

—¿Estás lista?

—No lo sé —admitió ella.

—¿No? ¿Qué le falta? ¿Un abanico?

Lila miró a su alrededor por la habitación y tomó uno que le había dejado Lordonna.

—Es que... —murmuró ella. Hizo una pausa y se apretó la cintura con las palmas de las manos. Estaba experimentando una repentina y poco característica falta de seguridad en sí misma—. ¿Y si no les importo? A veces la gente no se preocupa por mí, ¿no lo ha notado? En Wesloria es diferente, porque tienen el deber de preocuparse por mí. Quiero decir que nunca deben decir nada desagradable sobre mí. Sonreirían y...

—La van a adorar, alteza —dijo Lila, suavemente—. ¿Cómo no iban a adorarla?

Agradecía a Lila que tratara de calmarla, pero se conocía a sí misma.

—Es posible. Mi madre dice que mis perspectivas mejorarían mucho si no hablara tanto.

Lila se rio de nuevo.

—No tiene de qué preocuparse. Estas personas han recorrido kilómetros para conocerla. Quieren oírla hablar. Estoy segura de que será muy admirada —dijo, y le tendió la mano. Amelia la tomó a regañadientes, y Lila se la apretó—. Nunca la he visto más que serena y segura de sí misma. Incluso en la abdicación de su padre y, de nuevo, en su funeral... mantuvo la cabeza en alto. Este baile no es nada comparado con esos momentos. Esto es algo que le encanta hacer. No deje que el hecho de que sean ingleses y un poco aburridos apague su luz.

Amelia sonrió lentamente.

—Me encanta bailar —admitió— Y, es cierto, a veces pueden ser un poco aburridos, ¿verdad?

Lila sonrió.

—¿Vamos?

Ella había esperado un mes y, por un ataque de nerviosismo, no iba a perderse un baile.

—Sí.

Bajaron las escaleras y cruzaron el gran corredor que comunicaba la parte nueva de la casa con la antigua. Caminaron hasta la parte superior de las escaleras donde el mayordomo, Garrett, la esperaba para anunciarla. Blythe y Beck también estaban esperándola con sus trajes formales. Blythe tenía las mejillas sonrosadas, y eso significaba que había bebido un trago de whisky. Y, por si había alguna duda al respecto, Blythe jadeó tan fuerte cuando la vio, que tuvo una mano en la boca.

—Que Dios nos ayude a todos, su alteza real. Es una visión. Su vestido es hermoso.

—Gracias.

—¡Y su cabello! —exclamó la dama. Estaba mirando la trenza blanca. Ella se la tocó.

—Me la hizo Donovan.

—Magnífica —dijo Blythe, abriendo los brazos—. ¡Sencillamente, magnífica!

—Sí, cariño, está magnífica, pero repetirlo una y otra vez no lo incrementa —dijo Beck—. Alteza, bienvenida a su baile. ¿Está lista?

Ella sonrió.

—Creo que sí.

—Yo estaré al pie de las escaleras para hacer las presentaciones —dijo Lila, y pasó junto a ellos para bajar rápidamente.

—Nosotros, también —le aseguró Beck—. No voy a permitir que los humildes hombres de Inglaterra la acosen como abejas en una colmena.

Amelia se echó a reír. Se estaba sintiendo ella misma de nuevo. Impaciente. Lista para bailar, para coquetear, para reír. Beck asintió con la cabeza hacia Garrett. Garrett, a su vez, golpeó un gong que hizo que ella se sobresaltara un poco. La música de abajo cesó de repente y, detrás del mayordomo, Beck sonrió a Amelia y le tendió el brazo.

—Su alteza real, la princesa Amelia Katrina Ivanosen de Wesloria —gritó Garrett, y se hizo a un lado.

Beck y ella se dirigieron a lo alto de las escaleras para comenzar a descender hacia el salón de baile. Lo primero que notó fue el brillo de la media docena de arañas de cristal, que reflejaban millones de fragmentos de luz. Había unos candelabros dorados espaciados de manera uniforme por toda la habitación, de modo que el salón de baile estaba resplandeciente. Más allá se abrían las puertas que daban al jardín, donde parpadeaban una docena de antorchas. Frente a ella, los músicos tocaban desde un entrepiso sobre el abarrotado salón de baile.

El mar de invitados comenzó a avanzar para verla mejor, y ella tuvo un escalofrío que le recorrió la columna vertebral. Miró hacia abajo, a los rostros inclinados hacia arriba, y su nerviosismo desapareció. Allí era donde mejor estaba. Sentía impaciencia por conocer a todos los caballeros, por seducirlos con su encanto. Beck le dio una palmadita en la mano y comenzó a guiarla por las escaleras, lentamente. Ella se sentía como si flotara en una nube. Giró la cabeza a su alrededor, asimilando las expresiones de admiración, las miradas de curiosidad y...

No. ¡No! ¿El duque de Marley estaba allí? Sí,

claramente, era él. Estaba al fondo del salón. Su barba había desaparecido y le habían cortado el pelo,
pero lo reconocería en un camino oscuro y, mucho
más, allí. De repente, se acordó de cómo la había
mirado, tan fijamente, al agarrarla para que no se
cayera de la yegua, y el corazón se le aceleró de una
manera extraña.

¡Maldito fuera el duque! Ya lo estaba estropeando todo.

Capítulo 16

Joshua aborrecía muchos aspectos de su estado mental de aquellos últimos tiempos. No le gustaba estar triste y distante. Odiaba ser petulante con Miles cuando Miles solo quería ayudarle. Le desesperaba llegar a ser tan sensiblero y lacónico. Y tenía callos en las manos de haber cortado tanta leña.

Sin embargo, había una cosa que no era: un mentiroso. Y estaría mintiendo si se dijera a sí mismo o le dijera a cualquier otra persona que la princesa de Wesloria era menos que hermosa.

La mujer que bajaba las escaleras era la imagen de una mujer con la que la mayoría de los hombres solo podían soñar. De repente, las cosas que había oído decir sobre ella en el pueblo cobraron sentido: que era una belleza, un ángel, un sueño, etcétera, etcétera, etcétera.

Era curioso que hubiera comenzado a notar aquellas cosas. Casi no la había mirado cuando creía que era una granjera, lo cual, pensándolo bien, le hacía cuestionarse su capacidad de observación en general. Había evitado cuidadosamente su mirada en el pícnic, cuando su risa tintineaba y su alegría de vivir le molestaba. Y se había puesto tan nervioso cuando ella estuvo a punto de matarse a caballo que solo podía pensar en lo frágil que era, a pesar de las muchas señales de lo contrario.

Había que reconocer la princesa sabía cómo hacer una entrada. Ya fuera a caballo o bajando por una escalera, su objetivo era que se fijaran en ella. Y, aquella noche, lo había conseguido. Como el resto de los invitados que se agolpaban en el salón de baile, él no podía apartar los ojos de su persona.

Su sonrisa alcanzaba a todos mientras descendía del brazo de Iddesleigh, moviéndose con una elegancia y un porte que no eran naturales para la mayoría. Notó miradas masculinas fijas en ella, con lujuria, y miradas femeninas fijas en ella con admiración... y, algunas, con envidia.

Al final de las escaleras, estaba esperando *lady* Aleksander para presentarle a una fila de personas. La princesa Amelia se movió entre la multitud, deteniéndose cada pocos metros, sonriendo cálidamente y hablando con cada uno. Las personas que recibían aquella calidez se derritieron un poco o, al menos, a él se lo pareció. La observó hasta que la multitud la rodeó y lo único que pudo ver fue la tiara que llevaba en la cabeza.

Entonces miró su copa de champán y se dio cuenta de que estaba vacía.

Le llevó un tiempo encontrar un sirviente, ya que todos estaban intentando echarle un vistazo a la princesa. Cuando por fin tuvo una copa llena en la mano, se dio cuenta de que había algo de movimiento en la pista de baile. Ah, la princesa estaba a punto de empezar su primer baile. Joshua se puso de puntillas para ver quién había obtenido el puesto privilegiado de ser el primero en su tarjeta de baile. Movió la cabeza; por supuesto, era Miles. Siempre perfecto en situaciones como aquellas, siempre sabiendo exactamente cómo proceder y cómo hacer que la noche comenzara.

Joshua se movió entre la multitud para poder verlos. Miles, con una sonrisa encantadora, conversó un poco cuando los pasos del baile los reunían a la princesa y a él. Era un caballero consumado. En su juventud, era un soltero imprudente que se tomaba pequeñas libertades en la pista de baile, con las que conseguía una sonrisa o una bofetada.

Cuando el baile terminó y la princesa se vio arrastrada a otro con una nueva pareja, Joshua se retiró a un rincón de la sala para beber champán. Estaba estudiando la pista cuando escuchó una voz femenina que decía su nombre. Reconoció de inmediato la voz... pero no podía pensar a qué mujer pertenecía.

Levantó la vista hacia su derecha y su corazón dio un vuelco. Sarah. ¿Cómo era posible que no hubiera sabido al instante de quién era la voz? Se enderezó rápidamente y miró a su alrededor en busca de un lugar donde dejar el champán, pero, al no encontrar nada, se volvió hacia ella.

—Sar... *Lady* Wexham —dijo, e hizo una reverencia. Ella sonrió amablemente.

—Soy Sarah. Nos conocemos desde hace demasiado tiempo como para caer en formalidades a estas alturas —respondió ella, y posó la mano sobre su brazo.

Él se puso tenso al notar su contacto. Le resultó... incómodo. Su mano no debía estar allí y a él no le gustaba que estuviera allí.

—¿Cómo estás, Joshua? —preguntó ella, suavemente. —He oído que tú... que tal vez tú...

—¿Habías perdido la cabeza?

Ella se llevó la mano a la garganta.

—No. He oído que has vuelto a Hollyfield.

Una pequeña mentira piadosa.

—Estoy bien, gracias. Los rumores sobre mi fallecimiento son solo rumores. Obviamente, tú estás muy bien —dijo él, y miró su vientre hinchado—. Enhorabuena. ¿Tu tercer hijo, si no me equivoco?

—Sí, es el tercero. Esperamos que sea niña esta vez.

Él se preguntó si ella había perdido algún hijo antes de que naciera. Si sabía el dolor que eso causaba.

—Que Dios te bendiga —dijo él.

Una mano invisible le rodeó el cuello para ahogarlo. «¿Que Dios te bendiga?». ¿Qué demonios estaba diciendo? Él nunca hablaba así.

—Gracias —dijo ella, y se acercó un poco más a él, acariciándose el vientre de un modo protector—. He pensado en ti a menudo, ¿sabes? Lo que soportaste es impensable. Ojalá pudiera decirte algunas palabras que te calmaran.

¿Calmarlo? No, no había palabras que pudiera ofrecerle. Las únicas palabras que lo calmarían serían las de Diana, y eso era imposible.

—No es necesario, de veras, no debes molestarte.

—Es solo que espero...

—¡Marley!

Ambos se sobresaltaron al oír la voz retumbante de su esposo. Allí estaba él, su caballero andante, justo a tiempo para salvar a su esposa de las garras de su malvado examante. Él sospechaba que el marido sabía todo sobre la tórrida historia de amor que había tenido con su mujer antes de que se casaran. O, quizá, no lo supiera con toda certeza, pero, sin duda, sabría que no era el primer hombre que se acostaba con ella.

Probablemente, eso le carcomía. Wexham le parecía el típico hombre que pensaba que la virginidad de su esposa era de su exclusivo dominio.

Había aún menos dudas de que Wexham sabía que los padres de Sarah habían rechazado la oferta de matrimonio de Joshua. Parecía que estaba nervioso. Su mirada iba de un lado a otro entre Joshua y Sarah. Joshua sintió pena por él; quería decirle que la llama que ardía en él por su esposa se había apagado hace mucho tiempo.

—¿Has venido a unirte a la lista de pretendientes? —preguntó Wexham mientras rodeaba posesivamente a su esposa con un brazo.

—¿Qué? Absolutamente no.

—¿De verdad? Pero si es encantadora —dijo Sarah—. Bastante hermosa.

La belleza de la princesa no tenía nada que ver.

—Deberías considerarlo —dijo Wexham jovialmente—. Tengo entendido que sería una buena vida en Wesloria. La nación está ocupando su lugar en el mundo, ya sabes. Reformas, crecimiento económico, ese tipo de cosas.

—Tengo ese tipo de cosas y una buena vida aquí —dijo Joshua—. Tal vez tu hermano prefiera una vida wesloriana.

Wexham desvió la mirada; Joshua la siguió. Su hermano, el señor Wiltshire, estaba bailando. A él le pareció que su pareja era la hija del señor Rowan, un rico terrateniente. Esa sería una buena pareja para un hijo destinado a la iglesia, como supuso que era Wiltshire. Le sonreía a la joven de una manera que él reconoció en algún lugar de las cenizas de su alma. A Wiltshire le gustaba la muchacha. Aunque hubiera una princesa en la habitación, solo tenía ojos para la heredera. Lo que él sentía, se dio cuenta de repente, era anhelo. ¿Anhelo? Y ¿qué demonios anhelaba? ¿Volver a tener una vida? ¿Sentir ese deseo por una mujer? ¿Quizás, no tener que ver a la mujer que una vez había amado tanto embarazada del hijo de otro hombre?

—Cariño, has estado un buen rato de pie. Tal vez

deberías sentarte —dijo Wexham. Los excusó de la presencia de Joshua, y Sarah le lanzó una sonrisa lastimera que lo irritó.

Al cabo de un instante, recorriendo el perímetro del salón de baile, fue hacia la sala de juego.

Un par de rostros familiares lo tentaron a jugar. Perdió algunas libras y se levantó de la mesa. No estaba muy seguro de qué hacer, así que regresó al salón de baile. Era asombroso pensar que alguna vez hubiera frecuentado los salones de baile de toda Inglaterra con facilidad y que, en aquel momento, se sintiera como un pez fuera del agua.

Quería irse, una vez que había hecho su aparición, y se preguntó distraídamente lo difícil que sería sacar el carruaje de Hollyfield de la larga fila de coches. Probablemente, los cocheros estaban inmersos en sus propios juegos, porque nadie se iría hasta varias horas después, y habrían preparado sus mantas para tirar los dados. Alguien habría llevado cerveza.

—¡Aquí estás!

En aquella ocasión, supo de inmediato de quién era la voz femenina. Suspiró para sí mismo y se dio la vuelta.

—*Lady* Aleksander. Lila.

—¡Llevo toda la noche buscándote! —dijo ella, como si hubieran acordado encontrarse allí.

—¿Por qué?

Ella chasqueó la lengua.

—Porque quiero ver que te estás divirtiendo, y porque hay alguien a quien me gustaría mucho que conocieras.

—No —dijo él, de inmediato—. Te lo dije...

—¡Ni siquiera sabes quién es! Al menos, conoce a la joven y, si no te gusta, no diré ni una palabra más.

—Lila —dijo, y suspiró—. Pensé que había sido claro.

—Ella también es viuda.

Joshua la miró consternado.

—¿Cómo puedes pensar que eso me atraería?

—Solo quiero decir que tenéis eso en común. Estoy segura de que tienen muchas otras cosas más agradables en común.

—Debes parar. Agradezco tu preocupación, de verdad. No eres la primera persona que piensa que otra esposa curará mi desánimo. Pero no quiero que me busques pareja. No estoy dispuesto a casarme de nuevo. Así que, si te parece bien, te deseo buenas noches.

Le hizo una breve reverencia con la cabeza y se dio la vuelta, con la intención de marchar entre la multitud. Pero en lugar de eso, se topó de frente con la princesa Amelia, que salía de la pista de baile del brazo de un hombre a quien él no conocía.

Ella se quedó tan sorprendida como él. Estaba sonrojada y tenía un poco de brillo en la frente, pero, como toda buena princesa, llevaba la tiara bien firme en la cabeza. Él se fijó en que se había ensartado unas hojas de oro en el mechón de pelo blanco.

—¡Excelencia! —exclamó ella, sorprendida—. Casi no lo he reconocido —dijo, y se inclinó hacia delante—. Creo que le falta la barba.

—Su alteza real.

—El efecto es muy agradable.

—¿Le apetecería un refrigerio, su alteza real? —le preguntó su acompañante.

—¿Umm? —murmuró la princesa, y lo miró—. Oh, no, gracias. Muchas gracias por el baile.

El caballero lo miró con engreimiento. Después, le hizo una reverencia a la princesa y se alejó.

Ella se giró hacia él.

—Me ha pisado tres veces en un solo baile. ¿Por qué a la gente no le enseñan a bailar bien?

—Yo... no... Yo no sabría...

—¡Me sorprende verlo aquí esta noche! Debo decir que *lord* Iddesleigh es muy persistente a la hora de enviar las invitaciones a Hollyfield.

Se lo merecía.

—Por fin, tenía libertad para asistir.

—Libertad —repitió ella, y se echó a reír—. Entonces, ¿se está divirtiendo?

Él miró a su alrededor, consciente de que los estaban observando.

—No me gustan demasiado las aglomeraciones —respondió él.

Ella sonrió.

—Imagínese, un duque al que no le gustan las multitudes. En Wesloria, los duques son conocidos por las multitudes que atraen. O son traidores, o pertenecen al partido político equivocado, o son famosos por sus lujosas veladas. Es parte de la naturaleza de ser duque, ¿no?

—Aquí es un poco diferente.

—Umm. ¿Antes lo he visto hablando con *lady* Aleksander?

—Sí, pero porque nos conocemos. Yo no estoy ocupado en la búsqueda.

—¿En la búsqueda de qué?

¿Por qué era tan difícil? ¿Y por qué, por el amor de Dios, le brillaba tanto la mirada?

—Me refiero a que no he venido aquí en calidad de pretendiente.

Ella se echó a reír.

—Por supuesto que no.

Él sabía que no debía morder el anzuelo, pero ella había respondido con tanto convencimiento que lo había ofendido.

—¿Por supuesto que no?

—¡Por supuesto que no! —confirmó ella,

alegremente—. No pensaría que yo había preguntado por usted, ¿no? Después de que haya sido tan... No
se me ocurre la palabra en inglés. ¿Molesto, quizá?

Él se quedó desconcertado. Era exactamente lo
que él le diría a Miles sobre la princesa. Salvo que él
se lo diría a Miles, no a ella.

—¿Perdón?

—¿No es esa la palabra correcta? Algunas veces
me falla el inglés, lo siento. ¿Cuál es la palabra para
una compañía difícil?

Él la miró con asombro. Era la imagen de la ino-
cencia y, además, le dijo:

—No es mi intención ofender.

—No veo cómo no va a ser su intención no ofender.

—Oh... Lo siento muchísimo...

—No me ofendo —dijo él, aunque estaba profundamente ofendido—. Pero debo corregir su opinión
sobre mí: yo no soy molesto. Mi compañía es agradable la mayor parte del tiempo. Y parece que es
usted una desagradecida, teniendo en cuenta que le
salvé la vida a principios de esta semana.

—Estoy muy agradecida por ello, aunque deberíamos ponernos de acuerdo en si me salvó o me
ayudó. Sin embargo, mi gratitud no me impide ser
testigo de la inquietud que demuestra cuando está
a mi alrededor.

Eso sí que lo dejó completamente desconcertado. En el pasado, él era bastante divertido. Podía
preguntárselo a cualquiera de los presentes. O, pensándolo bien, tal vez sería mejor que no se lo preguntara a ninguno de los presentes.

—Le pido disculpas si he estado un poco cansado en las ocasiones en las que nos hemos visto.

Maldita sea, ¿era esa su excusa? ¿Que había estado cansado? Casi puso los ojos en blanco.

—Oh, le pido perdón, excelencia. No me había

dado cuenta— dijo ella. Le puso una mano en el brazo, suavemente, y añadió—: Tal vez no debería haberse esforzado por venir esta noche.

Se irritó, sobre todo, porque ella fuese tan bonita y, claramente, estuviera disfrutando de aquella conversación, mientras que él parecía un bufón. Además, estaba paralizado por algo que no sentía desde hacía mucho tiempo. El contacto de su mano en el brazo era muy diferente al de Sarah. No le importó.

—Estoy hablando en términos generales, señora. No quiero dar a entender que tenga mala disposición para asistir a un baile.

Francamente, no tenía idea de lo que quería dar a entender, porque tenía y había tenido muy mala disposición para asistir a aquel baile.

—Entonces, ¿hay otra razón por la que desearía no estar aquí?

—No he dicho que... —comenzó, pero dejó de hablar. No sabía lo que había dicho—. Eso no era lo que pretendía transmitir.

—¡Maravilloso! Ahora que estamos de acuerdo en que está en perfecto estado de salud y feliz de asistir al baile, puede pedirme un baile.

Más asombro. ¡Como si estuviera esperando en la fila! ¡Como si hubiera estado merodeando por el perímetro de la pista de baile con la esperanza de bailar con ella!

—Le pido perdón, pero...

Ella dio un jadeo.

—No pensará rechazarme, ¿verdad? ¡Vaya, eso es maravilloso! —exclamó, y se rio con deleite—. Nadie rechaza nunca la oportunidad de bailar conmigo. ¡Creo que debe de ser el único caballero presente que se atrevería! Estoy deseando escribir a mi hermana para contárselo.

El brillo en sus ojos lo estaba destruyendo.

—Creo que es usted la única mujer presente que le pediría a un hombre que baile con ella.

—¿En serio? —preguntó ella. Paseó la mirada por el salón y, después, se inclinó hacia él—. ¿Es demasiado peculiar?

—Está bien —dijo él, asintiendo—. Ya veo lo que está haciendo.

La princesa le estaba tomando el pelo.

—¿Es inapropiado? ¿Atrevido? Es probable. Constantemente me sorprende lo que se considera inapropiado y atrevido respecto a una mujer, pero se ve como algo muy normal si se trata de un hombre. ¿Alguna vez ha notado que es verdad? Oh, pero usted no quiere hablar de eso, ¡está demasiado cansado! No se preocupe, excelencia. Si no puede soportar bailar conmigo, ciertamente no insistiré.

Él la miró fijamente.

Ella sonrió con serenidad. No se inmutó. Solo estaba pasando el tiempo. Charlando. Y, mientras tanto, la gente a su alrededor estaba esforzándose por escuchar cada palabra. Él le tendió la mano.

—Sería un honor.

—Vaya, no me había dado esa impresión en absoluto.

—Debo insistir.

Ella levantó la vista de su mano, y él vio que el brillo en sus ojos se había vuelto completamente deslumbrante.

—Debería revisar mi tarjeta de baile —dijo la princesa, y entrecerró los ojos—. ¿Cree que me está haciendo un favor? —preguntó—. ¡Pues es cierto! Pero no el que cree. El señor Caster viene hacia aquí, en dirección a mí, como si estuviera liderando una carga militar cuesta arriba. ¿Podría quedarse hasta que el avance del señor Caster se vea frustrado? Tal vez en ese momento podría considerar la posibilidad de bailar conmigo; es completamente posible que disfrute haciéndolo. Nunca entendí a la gente a la que no le gusta bailar. Parece bastante... grosero, ¿no?

—Llámeme grosero todo lo que quiera; me han llamado cosas mucho peores. ¿Dónde está el señor Caster?

Ella miró por encima de su hombro y luego se inclinó hacia adelante, ligeramente, para susurrarle:

—Justo detrás de usted.

—¿Está segura? —susurró él—. ¿O es otro intento de salirse con la suya?

—Oh, no tengo que intentarlo, excelencia, generalmente, consigo todo lo que quiero. Al menos en Inglaterra. Es cierto que ha habido momentos en Wesloria en los que no había nada que pudiera hacer para salirme con la mía, salvo reunir un ejército y asaltar el palacio.

Él la miró fijamente.

—No se alarme tanto. No tendría la menor idea de cómo reunir un ejército. Pero le haré el honor de bailar con usted, porque ahora nos ha puesto en esta situación imposible de solucionar y ha llamado la atención de todo el mundo, y el señor Caster está a punto de atacar.

—Me encantaría argumentar que nos he puesto en alguna situación, pero no tengo la menor idea de cómo.

—Espléndido. ¡Bailemos!

Ella deslizó su mano en la de él. Parecía que todo su cuerpo brillaba de absoluto deleite, o tal vez era aquella tiara que le guiñaba el ojo, pero, fuera lo que fuera, parecía ser directamente proporcional a su incomodidad. Cerró los dedos alrededor de la pequeña y delicada mano enguantada. Parecía que no podía pertenecer a la mujer intrépida que correspondía a su sonrisa. La acompañó hasta el centro de la pista de baile mientras los músicos comenzaban la presentación de la siguiente pieza. La miró y le hizo una reverencia. La princesa se la devolvió con gracia y se irguió con una sonrisa descarada que no solo lo irritó, sino que le recordó que ella era verdaderamente hermosa. Y él, en aquel momento, comprendió por qué la gente que estaba reunida alrededor de la pista prácticamente se subían uno encima del otro para verla más de cerca.

Tomó su mano de nuevo y colocó la otra en su espalda. Ella inclinó la cabeza hacia atrás y lo miró con sus ojos color avellana.

—Por favor, no se canse demasiado, excelencia.

Su respuesta a eso fue hacerla girar con las primeras notas de un vals. El movimiento la tomó por sorpresa y se echó a reír alegremente. Al instante, se adaptó a su ritmo como una experta bailarina.

Otra pequeña verdad sobre él era que era un buen bailarín. Cuando era joven, su madre había insistido en que él y su hermano recibieran lección tras lección. «No permitiré que mis hijos se amontonen en la pista de baile como hacendados del campo», decía, imperiosamente.

—¡Me sorprende, excelencia! No habría imaginado que es un excelente bailarín. Normalmente, se me da muy bien predecir quién baila bien y quién no. ¿Sabe cómo?

—No —dijo él, y la hizo girar de nuevo, acercando sutilmente su cuerpo al de ella. Ella se adaptó ágilmente a su paso rápido con los ojos todavía brillantes. El efecto era embriagador.

—El secreto está en la forma de agarrarme la mano. Cuanto más la aprieta, menos seguro está un caballero. Si no la aprieta en absoluto, es tímido.

—¿Y yo lo hago bien?

—Oh, no, su agarre es demasiado fuerte.

Era la mujer más contradictoria y desconcertante que había conocido jamás. Lo que le sorprendió fue que no le molestaba. Le fascinaba.

—Creo que interpreta mi falta de curiosidad como incertidumbre.

—¿Su falta de curiosidad sobre qué?

—Sobre princesas y herederas ricas. No soy de los que se preocupan por esas cosas.

—Ya somos dos —repuso ella, y se echó a reír—. ¿Por qué no comparte su don para el baile con todas las damas? Se lo agradecerían mucho.

—Hay parejas de baile más que suficientes para todas las damas —respondió él, bruscamente—. ¿No ha oído lo que le he dicho?

—¿Que no le gustan las princesas? Lo oí claramente.

Él hizo que giraran de nuevo.

—¿Por qué eso le hace fruncir el ceño? —preguntó la princesa—. ¿Pensaba que me angustiaría? No es así. La realeza no es para todos. Demasiada pompa y solemnidad, si uno lo piensa bien.

Ella no lo entendía. Y él tampoco la entendía a ella.

—Permítame hablar con claridad.

—Por supuesto, excelencia. Pero creo que la única forma de hablar con más claridad sería que lo repitiera en wesloriano —le dijo.

Su sonrisa era deslumbrante.

—Solo quiero explicar que su tiempo estaría mejor invertido si bailara con hombres con intenciones claras. Yo no las tengo.

—Eso debe de hacerle la vida bastante fácil —dijo ella, mientras él los hacía avanzar por la pista—. No puedo imaginarme la vida sin intenciones. Mi intención es bailar. Pero no debe inquietarse, no le quitaré más tiempo que este, ya que tampoco tengo ningún interés en usted. Ni el más mínimo.

Era una buena réplica, pero él estaba descubriendo que podía estar seguro de que la princesa Amelia le permitiría saber cada uno de sus pensamientos. Sin embargo, no estaba dispuesto a permitir que tuviera la última palabra en aquel encuentro.

—Si quiere coquetear, tiene una forma muy extraña de hacerlo.

—¡Coquetear! —exclamó la princesa, y se rio de él otra vez—. Si quisiera coquetear con usted, algo que no haría nunca, no tendría usted ninguna duda al respecto. Coquetear es uno de mis principales talentos.

Él hizo que giraran de nuevo para no ver su sonrisa. Buscó en su mente una palabra que la describiera. ¿Intrépida? No, no exactamente, porque esa palabra implicaba temeridad. Más bien, era poco convencional.

—Hay escuadrones de caballeros desesperados por que coquetee con ellos. No entiendo por qué no les pide que bailen con usted.

—Ah, ya entiendo. Si un caballero desea mi atención, debo concedérsela, ¿no es así?

—No he dicho eso.

—¿No? Vaya, justo cuando creo que mi inglés es perfecto, me quedo perpleja otra vez. Pero tiene razón, no sabe cuántos caballeros desean mi atención. Los sirvientes... ahora hay muchos que trabajan diligentemente para no mostrar el más mínimo interés en mí. ¿Ni siquiera va a intentar adivinarlo?

—¿Qué debo adivinar?

—Cuántos caballeros buscan mi atención.

¿Estaba bromeando con él? Porque no se sorprendería lo más mínimo que quisiera que lo adivinara.

—Digamos que son legión.

—Exactamente. No haría nada más que bailar todo el día, todos los días, si me obligaran a prestarles atención a todos los caballeros que la desean.

Él giró para alejarse de un grupo de bailarines.

—Debe de ser agotador que haya tanta demanda de una misma entre todos los caballeros del mundo.

—Puede burlarse si quiere, pero no he dicho nada que no sea cierto.

—Sin poder evitarlo, me pregunto por qué está buscando pareja en Inglaterra. ¿No hay decenas de caballeros en Wesloria que buscan su atención?

—¡Cientos! Pero lo conveniente era un cambio de escenario.

—¿Por qué?

—Porque...

Por primera vez, la princesa apartó la mirada de él y, cuando lo hizo, él no pudo evitar notar la repentina ausencia de chispa.

—A veces soy impetuosa. Eso es lo que dice mi madre. Francamente, ella dice muchas cosas, pero en esto... puede que tenga razón.

Él se quedó intrigado por su admisión.

—¿Es usted impetuosa?

—Terriblemente. ¿No lo ha adivinado?

—Sí, ya lo había adivinado.

Amelia se echó a reír, y él se preguntó por qué habría sido conveniente ese cambio de escenario. Era difícil imaginar qué podría haber sucedido; no parecía que la princesa fuese fácil de alterar, rasgo que, admitió a regañadientes, le gustaba de ella. Supuso que, ya que podía elegir entre escuadrones de caballeros, no había tenido reparos en hacerlo. Así que algo debía de haber sucedido.

—¿Sabe que es usted el único que no ha buscado mi atención en Iddesleigh? ¿Es por su tragedia personal? —preguntó ella.

Él se quedó tan sorprendido que estuvo a punto de chocar con otra pareja.

—¿Disculpe?

—Es lógico.

Él estaba atónito. Lo que decía era cierto, pero la gente no debía decirlo en voz alta, ¿no? Se rio de pura sorpresa.

—Creo que no es usted consciente de su audacia, señora.

—No, no lo soy. No creo haber dicho nada que otros no hayan pensado. Tal vez usted no sea consciente de su propia tristeza.

Él se quedó estupefacto. Y, acto seguido sintió un pequeño temblor de pánico al pensar que ella quisiera diseccionar su vida en aquel momento y en aquel lugar. No iba a permitir que sucediera algo así. La llevó bailando hasta la esquina de la pista de baile y se detuvo. Hizo una marcada reverencia.

—Por más placentero que haya sido el baile, no me conoce, su alteza real. No está en posición de hacer una sola suposición sobre mí. Gracias por el placer del baile.

Y con eso, se dio la vuelta y se alejó, dejándola allí plantada. ¿Cómo se atrevía? ¿Cómo se atrevía a señalar su tristeza? Eso era cosa suya... o de Miles, en esos momentos en los que él no estaba dispuesto a admitirlo. Dios santo, con una tiara y una banda real llena medallas, con una trenza dorada y blanca, de repente, la princesa se había convertido en una experta en un hombre al que no conocía. Él se llevaría su miseria a otra parte, gracias. Y parecía que, quisiera o no, también se llevaría el recuerdo de unos ojos brillantes de color avellana y de una sonrisa seductora.

Capítulo 17

Amelia no recordaba que nunca, en toda su vida, la hubieran dejado sola al borde de una pista de baile. Sorprendentemente, no fue tan traumático como hubiera imaginado. Pero tampoco fue agradable.

Estaba arrepentida. Como de costumbre, había hablado sin pensar. No era su intención ofender al duque, pero había asumido que para él también era obvio por qué se resistía a divertirse en un baile. Sin embargo, no tuvo tiempo de darle más vueltas al asunto, porque *lady* Aleksander llegó de inmediato. Parecía que una princesa no debía quedarse sola con sus pensamientos ni un instante.

Lila tenía cara de preocupación. Siguió con la mirada al duque de Marley hasta que él desapareció entre la multitud. Después, la miró a ella.

—¿Se encuentra bien? Está sonrojada.

Amelia se presionó las mejillas con las yemas de los dedos.

—Es por el esfuerzo del baile. Creo que me gustaría ir a la sala de descanso.

Lo que realmente le gustaría era pasar un momento sin que nadie le hablara. Necesitaba pensar en lo que había ocurrido. O, mejor dicho, en cómo se sentía. Aquel hombre tenía algo que le provocaba un extraño cosquilleo en el estómago.

—Por supuesto —dijo Lila, y señaló una puerta a unos pocos metros de ellas—. Está justo ahí. Yo la espero aquí. El señor Richard Cassidy es el siguiente nombre que figura en su carnet de baile. El pobre hombre me ha preguntado más de una vez si estoy segura de que su nombre está en la lista.

El señor Richard Cassidy. Amelia lo recordaba del repaso que había hecho Lila de todos los caballeros que asistían al baile con el deseo de conocerla. Un soldado de alto rango que había heredado una fortuna de su abuela. ¿Ojos azules, tal vez?

Bueno, lo que fuera que hubiera aprendido sobre él, no había estado entonces o no estaba terriblemente interesada.

—Estaré solo un momento —dijo, y salió del salón de baile, mirando al frente.

Cuando necesitaba un momento para respirar, era mejor no establecer contacto visual con nadie. Cuando establecía contacto visual, la gente lo confundía con una invitación a hablar.

Encontró la sala de descanso con bastante facilidad. Al abrir la puerta había un biombo de seda que habían colocado para bloquear la vista de las mujeres que estaban dentro, pero, al final del biombo, se veía una hilera de espejos y tocadores con taburetes. Había una mujer sentada en uno de ellos; se veía la tela de su falda derramándose sobre el taburete contiguo. Amelia se detuvo para recomponerse antes de entrar. Quienquiera que estuviera dentro, sin duda querría hablar con ella.

—¿No oíste lo que le dijo a *lady* Bricking? —preguntó una mujer. Así pues, había al menos dos mujeres sentadas delante de los espejos—. Yo casi no podía creerlo.

Lady Bricking... aquel nombre le resultaba familiar. Amelia había conocido a tanta gente en el baile que no podía recordarlos a todos.

—¡No! ¿Qué dijo? —preguntó la segunda mujer, que parecía ansiosa por chismorrear.

—Dijo que tenía entendido que su marido había sido almirante de la Marina Real y que debía de recibir una buena pensión.

Oh. Estaban hablando de ella. Porque ella le había dicho exactamente eso a *lady* Bricking. ¿Estaba equivocada? Se lo había oído decir a un inglés en una cena de estado en San Edys. Estaba sentado a su lado en la mesa y se había vuelto más parlanchín a medida que fluía el vino. Dijo que había sido almirante de la Marina Real y se jactó de que podría navegar dos veces alrededor del mundo con la pensión que había recibido al jubilarse.

—No es posible —dijo la segunda dama.

—Oh, pues lo dijo.

Amelia se apartó lentamente del borde de la pantalla. Estaba desconcertada. ¿No debería haberlo mencionado?

—¡Y eso, después de lo que le dijo a *lord* Garland! Una tercera voz femenina.

—¿Qué dijo? —preguntó ansiosa.

—Dijo, delante de mi hermana, que pensaba que él era demasiado mayor como para cortejarla.

Dos jadeos idénticos de sorpresa.

—¿Se lo dijo a la cara? —preguntó una de ellas, con una voz que se había vuelto chillona.

—¡Directamente! El pobre hombre se puso tan rojo como una manzana. Dijo que lo entendía y se fue. ¿Qué otra cosa podía hacer?

—Qué horrible. Qué grosería.

¿Horrible? ¿Grosero? Había sido *lord* Garland quien había hecho la broma. Había dicho algo sobre que él pensaba que era demasiado mayor como para ser uno de sus pretendientes y, como debía de sacarle unos cuarenta años, ella había mostrado su acuerdo con él. ¿Eso era grosero?

—Es demasiado... engreída, ¿no?

—Su problema es la falta de tacto —dijo otra—. Un gran contraste con su hermana, la reina. Conocí a la reina, ya sabes, cuando estuvo aquí hace unos años. Muy elegante y sumisa. Su hermana, sin embargo... deseaba toda la atención para sí.

Eso no era justo. Ella deseaba algo de la atención, pero no toda. ¡Si una de aquellas mujeres pasara toda la vida con una hermana que iba a ser la reina, también querría algo la atención!

—Recuerdo que tenía la costumbre de intervenir en una conversación cuando participaba su hermana y llevar la voz cantante. Todo era muy... no sé. ¿Inapropiado?

Amelia se quedó pálida. Eso no era verdad. No sabían que Justine siempre había tenido fobia a las multitudes. Ni que ella había aprendido, a una edad muy temprana, a intervenir para ahorrarle a su hermana la agonía. ¡Justine siempre lo había aceptado! Ya había conseguido dominar su pánico y se desenvolvía mucho mejor entre la gente, por supuesto, puesto que era la reina y tenía a William a su lado, pero, durante muchos años de su etapa de heredera casi no podía aparecer en público sin tener un ataque de nervios. Ella, por el contrario, siempre había tenido facilidad para hacerlo.

—*Lady* Iddesleigh me confesó que no se gana en absoluto el cariño de su familia.

Amelia se cruzó de brazos. Le preguntaría a Blythe qué tenía que hacer para ganarse su cariño, ya que a su anfitriona le parecía adecuado mencionárselo a todos.

—Bueno, es obvio por qué la han enviado a Inglaterra a buscar marido, ¿no? Probablemente ha ofendido a todos los solteros de Wesloria.

Ese comentario fue seguido por algunas risitas de las tres mujeres. A se le cayó el alma a los pies.

—Mi predicción es que tampoco encontrará a su pareja aquí. A los caballeros no les gustan las damas tan atrevidas, sea cual sea su título. Además, tampoco es princesa de Francia o Inglaterra, ¿verdad? No creo que yo pudiera señalar Wesloria en un mapa.

—¿Atrevidas? Creo que quieres decir groseras, querida.

—Desagradable. Eso es —dijo otra.

—Sí, eso es —dijo otra, y las tres se rieron.

Desagradable. Como si oliera a podrido.

De repente, se abrió la puerta y entró una mujer que estuvo a punto de chocar con ella.

—¡Oh! Le pido perdón, su alteza real. No la había visto.

—Por favor —dijo Amelia, y le hizo un gesto a la dama para que rodeara el biombo y entrara en la habitación. Y, cuando la dama se movió, ella salió por la puerta antes de que ninguna de las mujeres pudiera fingir ignorancia o tratar de convencerla de que no querían decir lo que habían dicho. Le ardían los ojos a causa de las lágrimas, espesas y calientes.

—¿Su alteza real?

No sabía qué mujer la había llamado, y no quería averiguarlo. Nunca había tenido la intención de ofender a nadie. ¿Por qué todos se ofendían tan fácilmente?

Se apresuró a alejarse del salón de baile y buscó un lugar donde poder recuperarse, si era posible. La gente la había castigado toda su vida por las cosas que decía, pero ella no podía comprender por qué lo que decía era tan problemático.

Al final del pasillo había una escalera que subía a un rellano. Se recogió la falda del vestido y, al subir corriendo los escalones, se encontró con un balcón oscuro justo delante, cuyas puertas estaban abiertas para que entrara el aire nocturno y refrescara la casa. Salió al balcón, se puso las manos en la cintura y respiró profundamente varias veces. Allí arriba estaba oscuro, pero abajo había luz. Respiró unas cuantas veces más, se secó las lágrimas y se agarró con ambas manos a la barandilla.

En el césped, las parejas se arremolinaban bajo las antorchas. Gente feliz. Seguramente, gente que no ofendía a los demás con su mera presencia como parecía que sucedía con ella. Ojalá estuviera allí Justine. Su hermana lo pondría todo en perspectiva, pero, sin su hermana, ella no sabía hacerlo.

Se inclinó sobre la barandilla y respiró profundamente unas cuantas veces más para mantener a raya sus lágrimas. Llorando no lograría absolutamente nada. Habían herido sus sentimientos, pero ella no iba a estropear la velada con el llanto.

Tenía veintiséis años. Veintiséis años, y todavía esperaba lo que no podía pedir: amor. ¡Un marido! No podía pedir hijos, ni un propósito para la vida. ¿De verdad era tan difícil encontrar a alguien que la amara y no la encontrara desagradable? Ella se consideraba una persona agradable. Una compañía fácil. Una persona sincera. Le dolía que la gente pensara mal de ella. Le dolía alejar a la gente con facilidad. Se creía refinada, pero era evidente que no entendía las reglas de la cortesía.

Le llamó la atención un movimiento y miró hacia el césped. Allí, entre las sombras, detrás de un seto que separaba la parte iluminada del césped del resto del jardín, había dos figuras. Al principio, no estaba segura de lo que estaba viendo, pero, cuando se le acostumbró la vista a la oscuridad, se dio cuenta de que era una pareja bailando a la luz de la luna, al son de los débiles sonidos de la música que llegaba desde el salón de baile. Era terriblemente romántico y la conmovió. Se inclinó sobre la barandilla para observar mejor aquel vals, que era lento y sensual. Le pareció extraño que ambos estuvieran vestidos de negro.

Y entonces comprendió por qué. No eran un hombre y una mujer, sino dos hombres. Y no unos hombres cualquiera; oyó la risa de uno de ellos y, al instante, supo que era Donovan. El otro era el señor Peterborough. Los dos estaban bailando en privado detrás de un seto.

Se apartó de la barandilla con un poco de envidia. Con ellos, eran tres los caballeros que estaban allí esa noche y que no tenían ningún interés en ella: Marley, Donovan y el señor Peterborough. Sus posibilidades disminuían antes de haber comenzado.

Se le llenaron los ojos de lágrimas otra vez. Se las enjugó y decidió volver al salón de baile. Enfrentarse a la multitud como una guerrera. Bailar como le gustaba hacerlo. Conocer al resto de los malditos pretendientes con la cabeza en alto. Era una princesa, por el amor de Dios.

—¿Quizá esté aquí arriba?

Reconoció aquella voz. Era una de las mujeres de la sala de descanso. La estaban buscando. Ella se quedó paralizada por miedo a que la encontraran llorando después de sus comentarios. Eso era inaceptable. Una cosa era estar herida y otra muy distinta dejar que alguien lo supiera.

—¿Probamos en el balcón?

El corazón le dio un vuelco. No creía que pudiera tener una actitud despreocupada y tranquila delante de ellas. Empezó a retroceder de puntillas, sigilosamente, sin perder de vista las puertas que daban al balcón. Sus voces y sus pisadas se acercaban. Extendió las manos hacia atrás para evitar golpear una pared o caerse por la barandilla. Justo cuando una de las damas salió al balcón, ella se colocó detrás de la maceta de un árbol... y topó con el inconfundible cuerpo de un hombre.

Capítulo 18

Habría sido una suerte demasiado grande el poder esconderse. Joshua solo quería un momento de paz y tranquilidad, evitar durante un rato las conversaciones banales y las bromas, pero, en aquel momento, se veía en una situación insostenible. Agarró a la princesa del brazo y tiró de ella hacia las sombras antes de que gritara y pusiera sobre aviso a todos de que estaba en un rincón oscuro con un hombre al que apenas conocía. Eso le recordó que uno nunca debía meterse en los rincones oscuros de los balcones, porque podía ocurrir lo que estaba ocurriendo. ¿Quién sabía qué problemas le aguardaban?

Y ¿qué diablos estaba haciendo allí la princesa, intentando esconderse en su balcón? ¿Por qué no estaba en algún lugar dejándose admirar? Y ¿por qué respiraba tan agitadamente? Él tenía la respiración agitada con bastante frecuencia, pero, generalmente, eso estaba relacionado con su desesperación en general. Ella no estaba desesperada. Al menos, él no lo había notado. ¿Por qué no estaba riéndose con un montón de admiradores o contando alguna fantástica historia real?

Cuando Amelia salió al balcón, él, naturalmente,

pensó en avisarla de que también estaba allí, pero vaciló porque no quería que creyera que la estaba siguiendo, que también estaba de cacería. Le había dicho expresamente que no era así. Sin embargo, antes de que pudiera avisarla, ella respiró profundamente y se secó las lágrimas. Y, después, retrocedió de puntillas.

Al ver que unas mujeres salían al balcón, entendió por qué y la arrastró más hacia las sombras.

Como era de esperar, la princesa abrió la boca para gritarle, pero, rápidamente, él presionó dos dedos sobre sus labios y movió la cabeza. Luego, con la barbilla, señaló silenciosamente a las mujeres.

Amelia lo entendió, pero se apartó su mano de la boca y lo empujó en silencio. Luego, como si lo hubieran acordado, los dos se adentraron más en las sombras del rincón. Así fue como se encontró presionado contra ella detrás de un árbol que apenas los tapaba. La parte delantera de sus cuerpos se tocaba en todos los lugares equivocados.

La princesa lo miró con enojo, casi como si pensara que él podía hacer otra cosa que no fuese aplastarse contra ella. Tenía que darse cuenta de que no era así. Estaban tan cerca uno del otro que notó algo más a la luz de la luna: el rastro muy débil de una lágrima que se le caía por la mejilla. Se inclinó hacia adelante para ver mejor. Ella lo empujó hacia atrás con demasiado brío. Él le puso el dedo en los labios otra vez. Ella le apartó la mano de nuevo.

—Me siento absolutamente miserable —dijo una de las mujeres—. Nunca pensé que ella nos iba a oír.

—No es culpa tuya, querida —dijo otra—. No se te puede culpar por notar lo que todos los demás han notado. La princesa es muy brusca.

Él se dio cuenta de que Amelia se ponía rígida a su lado.

—Me gustaría ser tan franca con mi esposo —dijo otra.

—Por favor, Mary, nunca podrías ser tan presuntuosa o grosera.

—Quizás la princesa te enseñe —dijo otra.

Las tres mujeres se rieron.

Él estaba confundido. Claramente, estaban hablando de la princesa. ¿Qué habría dicho para justificar aquellos comentarios?

—Francamente, por mucho que Robert me moleste, no me gustaría hablarle con tanta falta de delicadeza. No merece crueldad.

¿Crueldad? Amelia decía todo lo que se le pasaba por la cabeza, sí, pero no era cruel.

La princesa abrió la boca y hubo un destello de verdadera consternación en su semblante, algo que él nunca había visto. Ella respiró profundamente, y él se dio cuenta de que quería hablar. Le agarró la muñeca y se la apretó. Ella miró su mano y luego a él, frunciendo el ceño. Él negó con la cabeza. Se puso un dedo en los labios para indicarle que debía guardar silencio.

—Me pregunto... —dijo una de las mujeres, pero su voz se apagó.

—¿Qué te pasa, querida?

—No debería decirlo.

—Estás entre amigas.

—¿Creéis que su hermana la envió a Inglaterra para librarse de ella? Imaginaos cómo debe ser tenerla al lado cuando estás intentando gobernar un país.

La princesa se quedó paralizada. Después, hizo un movimiento, como si quisiera salir. Él no tenía idea de lo que podía hacer, pero se la imaginaba abalanzándose sobre ellas o, peor aún, diciendo algo que después se repetiría por todas partes. Por no mencionar que, si llamaba la atención hacia ella, también lo haría hacia él. No estaba pensando con claridad y solo se le ocurrió una idea para mantenerla callada hasta que las urracas se hubieran ido. La agarró por la barbilla y la obligó a mirarlo. Y, entonces, como en un sueño loco, unió sus labios con los de ella.

En realidad, hizo más que unirlos. Apretó, moldeó, mordisqueó sus labios, y la sensación hizo que se estremeciera. No se había imaginado que fueran tan suaves como el terciopelo. No esperaba rodearle la nuca con una mano y atraerla hacia sí. Y, ciertamente, no esperaba que ella le correspondiera, que abriera los labios, que elevara el pecho para presionarse contra él, que deslizara la mano hasta su cuello ni que sus dedos le acariciaran la oreja.

Él le rodeó la cintura con el brazo y la estrechó. Se debatía entre abrazarla lo más fuerte que pudiera o jadear para tomar aire. ¿Sentía ella su corazón golpeándole en las costillas? ¿Adivinaría la princesa cuánto tiempo había pasado desde que él había besado a una mujer? Una eternidad, ese era el tiempo que había pasado.

Pero, pensara lo que pensara ella, con su forma de besarlo transmitía la misma necesidad que él. Además, ella le estaba controlando el cuerpo. No de forma completamente física, sino, también, como un vínculo.

Movió sus labios sobre los de ella y sintió cada centímetro de su cuerpo, suave y maleable, y, sin embargo, lleno de fuerza. La presión del beso aumentó, y ella debió de suspirar, porque, de repente, su lengua en su boca, tocando sus dientes, su lengua y los valles de sus mejillas.

Se había vuelto loco. No podía dejar de besarla, y ella no dio señales de querer que se detuviera. Estaba besando a aquella mujer como si hubiera algún acuerdo entre ellos, como si ella hubiera aceptado ser su amante. Y ella le correspondía como si fuera su prometida, como si le estuviera dando un atisbo de lo que sucedería en una noche de bodas. Oh, Dios, había perdido la cabeza, y pensó que iba explotar en aquel rincón con todo aquel deseo.

Ella se curvó contra él, se derritió contra él, y él oyó que las otras mujeres se iban. Todavía estaban hablando, hablando, hablando. Podrían hablar toda la noche y él besaría a la princesa toda la noche. Aquel era el beso más excitante de su vida y, para borrar toda duda, su cuerpo estaba duro y presionado contra su vientre mientras se apoderaba de él una pasión sin igual.

Sin embargo, justo cuando las damas se iban, él oyó el tintineo de su tiara, que se le había desprendido del cabello y había caído al suelo.

De mala gana levantó la cabeza y miró su cara. Ninguno de los dos habló. Él le pasó la yema del pulgar por el labio.

Ella lo miraba como si no se hubiera dado cuenta de quién la había estado besando hasta ese momento.

—¿Qué ha sido esto? —susurró.

Excelente pregunta.

—No se me ocurrió otra manera de salvarte.

—¿Salvarme? —preguntó ella, en tono de incredulidad, como era lógico.

—Si hubieras hecho ruido, te habrían visto escondida en un rincón con un hombre que apenas conoces. Puedes estar segura de que esa noticia habría llegado al salón de baile y a oídos de todos los presentes antes de que te arreglases la tiara.

Se agachó y recogió su tiara. La frotó con la manga y le apartó a la princesa el mechón blanco trenzado con oro de la sien, y le colocó la tiara en la cabeza. Ella lo observó mientras lo hacía, por una vez, completamente muda. La tiara quedó un poco torcida, pero estaba seguro de que no volvería a caérsele. A menos que... bueno, no iba a besarla de nuevo, obviamente. Le habría enviado un mensaje equivocado.

La princesa estaba asintiendo lentamente, como si acabara de entender algo. Como si estuviera viendo una aparición. Tal vez a él estuviera ocurriéndole lo mismo, porque tampoco podía apartar la mirada de ella. Le sorprendió lo luminosa que era a la luz de la luna. Su cabello parecía plateado y dorado, y él tenía tantas cosas dando vueltas por su cabeza que no podía formar un pensamiento coherente. Como, por ejemplo, la pregunta de por qué su cuerpo había respondido como no lo había hecho en años. Se había quedado muy tenso. Dios, ojalá pudiera cortar algo de leña en aquel momento.

Lo peor de todo era que no sabía qué hacer a continuación, cómo alejarse de la experiencia de aquel beso a la luz de la luna. ¿Cómo iba a alejarse, si la sensación que le había transmitido el beso todavía vibraba en él? Pero ¿qué alternativa tenía? Quedarse sería fortalecer el incipiente vínculo de familiaridad. Irse sería como salvarse.

Sí, eso haría. Pero no pudo evitar acariciarle la mejilla con los nudillos antes de irse. Y, cuando bajó la mano, ella tocó con las puntas de sus dedos el pedacito de piel que él había acariciado.

—Probablemente te estén buscando —le dijo a Amelia.

—Que me busquen.

—¿Puedo darte un consejo?

Ella no dijo nada. Tan solo lo miró fijamente.

—No les hagas caso. Están muy equivocadas

contigo. No pueden reprimir sus celos por tu apariencia o tu posición.

Sus deliciosos labios se separaron y él recordó el beso una vez más.

—¿Dices eso para ser amable o realmente lo crees?

—No solo lo creo, lo sé.

No se atrevió a decir más. Cualquier otra cosa abriría demasiadas puertas que debían permanecer cerradas.

—Parece que el balcón está despejado. Yo iré primero. Buenas noches, su alteza real.

Salió de detrás del árbol. Parecía que la princesa tenía los ojos desorbitados mientras él se alejaba y, justo antes de pasar por la puerta, miró hacia atrás por encima de su hombro. Ella todavía lo estaba mirando. Pero se había arreglado la tiara.

Capítulo 19

Al día siguiente, por la tarde, mientras los sirvientes limpiaban el salón, lavaban y colgaban las mantelerías y llevaban los ramos de flores al cementerio para distribuirlas entre las tumbas, Lila se reunió con la princesa para repasar la noche y las amistades que había hecho.

Hubiera preferido tomar el té para poder mirar con tranquilidad sus notas, pero la princesa estaba en el césped con su sencillo vestido marrón y sus botas de las caminatas. Así que Lila se metió su cuaderno de cuero bajo el brazo y se acercó a saludarla. Tenía una buena impresión acerca del baile. La princesa Amelia se había reído mucho con el señor Beasley y había bailado dos veces con *monsieur* Archembeau. Había conocido a muchos otros caballeros y, aunque ninguno fuera de su agrado, habían tenido un comienzo de verano prometedor. No tenía dudas de que Amelia Ivanosen estaría prometida para cuando regresara a St. Edys.

Estaba convencida hasta el momento en que vio a la princesa de cerca.

Su alteza siempre iba impecablemente arreglada , pero aquel día tenía ojeras. Y no se había peinado; llevaba el pelo suelto como una cortina dorada por

la espalda. Portaba un bastón que no dejaba de cla-
var en el suelo.

—¡Buenas tardes, su alteza real! Hace un día espléndido, ¿no?

La princesa Amelia apenas le dedicó una mirada
a Lila.

—Sí, sí.

—Oh, Dios. ¿Se siente un poco mal?

—¿Qué? No —respondió la princesa, y la miró
con curiosidad—. Estoy perfectamente bien. Pero
tenía intención de salir a caminar. ¿Esto llevará mucho tiempo?

La paciencia de la princesa para evaluar a los caballeros había sufrido un declive precipitado durante la última semana. Era curioso: la mujer a la
que le encantaba estar rodeada de caballeros no quería hablar de ellos.

—Eso depende de usted —dijo Lila, y señaló un
banco debajo de un olmo—. ¿Nos sentamos?

La princesa se encogió de hombros y caminó hacia el banco, clavando su bastón en el suelo a cada
paso.

—Si me lo permite —dijo Lila, sentándose a su
lado—, parece un poco desorientada. ¿Ha dormido
bien?

—Estoy un poco cansada porque dejé el baile a
las dos y media.

—Es una lástima, porque el baile todavía estaba
en pleno apogeo. Creo que los últimos invitados se
fueron al amanecer.

—Oh, ya lo sé —dijo la princesa, apoyándose en
el respaldo del banco—. Oí el ruido toda la noche.

Así pues, estaba agotada, eso era todo. Y ¿quién
podía culparla? La princesa había sido el centro de
atención toda la noche, había bailado casi todos los
bailes.

—¿Puedo preguntarle una cosa? —pidió la princesa, girando en su asiento para mirarla—. ¿Me encuentra usted desagradable?

—¡Qué pregunta tan absurda! Por supuesto que no.

La princesa puso los ojos en blanco y se apoyó de nuevo en el respaldo.

—No la creo. Ni siquiera sé por qué se lo he preguntado.

—¡Soy sincera! ¿Por qué pregunta una cosa así?

La princesa negó con la cabeza. Alguien le había dicho algo. Algo que ella, probablemente, había malinterpretado. Su inglés era excelente, pero, de vez en cuando, usaba mal alguna palabra o la interpretaba mal.

—¿Dijo usted... tal vez... algo que pudiera ser percibido como incorrecto?

La princesa soltó una risa amarga y miró al cielo.

—No sabría decirle. Parece que muchas cosas de las que digo se consideran incorrectas. He llegado a la conclusión de que los ingleses se ofenden fácilmente.

A ella le parecía que la mayoría de las personas se ofendían fácilmente por una cosa u otra. Todos tenían una cruz que cargar.

—¿Un caballero...?

—No, nada de eso —dijo Amelia, y miró hacia otro lado—. Los caballeros que he conocido son todos bastante correctos y educados. Muy ansiosos por agradar. ¿Qué significa «pagada de sí misma»?

Lila se rio, pero, ante la mirada directa de la princesa, suspiró. Ninguna sutileza o insinuación por parte de aquella dama.

—Significa... demasiado segura. Un poco arrogante o engreída, tal vez.

La princesa asintió.

—Supongo que eso me describe, entonces.

Lila no podía imaginar quién había tenido el descaro de decirle algo así.

—Creo que nos describe a todos en un momento u otro.

La princesa se encogió de hombros.

—¿Alguno de los caballeros lo sugirió?

—No.

Eso fue un pequeño alivio. Lila habría despelle-jado a cualquiera de ellos que se hubiera atrevido a decirle algo así a la princesa. Ciertamente, la prin-cesa era impredecible y decía cosas que otras perso-nas seguramente pensaban y callaban. Pero también era encantadora, vivaz y muy hermosa y, lo más importante, tenía buenas intenciones. Lila tenía debilidad por ella. Cuando la conoció en Lon-dres, hacía dos años, pensó que la princesa tenía todo lo que un hombre podría desear, pero necesi-taba algo de tiempo para aprender a vivir en un mundo que no estuviera lleno de privilegios y expe-rimentar lo que otros soportaban para encontrar el amor.

—Me alegra oírlo. Hablando de los caballeros que conoció... ¿fue alguno de su agrado?

—Ninguno —dijo, rotundamente, la princesa.

Vaya, esa era una noticia decepcionante. Ella pensaba que había reunido a algunos de los mejores candidatos de su lista. Claramente, iba a ser difícil emparejar a aquella joven, pero ella no se intimidó. Todavía.

—¡Estoy asombrada! —dijo alegremente—. Esta-ba segura de que al menos uno o dos destacarían. Seguramente fue así. Bailó y bailó, y pensé que esta-ba bastante encandilada con *monsieur* Archem-beau.

La princesa arqueó una ceja hacia ella.

—El tío de Archembeau es primo de mi madre. Somos prácticamente hermanos.

—Afortunadamente para todos nosotros, no es así como funcionan las relaciones familiares. Pero ¿podría decirme qué defectos le encontró a *monsieur*?

—¡Ninguno! No encontré ningún defecto en ninguno de los hombres que me presentó. Todos eran perfectamente educados y estaban ansiosos por agradar, como le he dicho.

¿Qué diablos era lo que le estaba molestando tanto?

—¿Qué tal fueron las cosas con el señor Cassidy? Su familia es muy conocida en toda Europa.

La princesa puso los ojos en blanco. Lila reprimió un suspiro.

—¿Y *lord* Frampton?

—¿Quién?

—Señora, alguien tuvo que destacar para usted. No quiero sugerir que encontró al hombre con el que desea casarse, pero creí que habría encontrado alguna cosa admirable, alguien que hubiera despertado al menos un poco de interés. Cuanto más información pueda darme, más facilidad tendré para reducir la lista y presentarle a alguien que cumpla con sus deseos.

La princesa resopló.

—El único que me llamó la atención fue el duque de Marley, y no por las razones que a usted le gustarían. Por favor, explíqueme por qué insiste en invitar a alguien como él al baile o a cualquier otro evento social. Ese hombre me dejó plantada al borde de la pista de baile. Y eso, después de tratar de negarme un baile. Ha dejado muy claro que no es un pretendiente. Es sombrío.

¿Era aquello una chispa de interés? Hasta la

fecha, nadie había despertado ese tipo de emoción en la princesa. Que su respuesta no fuera halagadora para Marley no venía al caso; lo que importaba era que sus sentimientos eran fuertes.

—Bueno, él ha vivido...

—Una tragedia, lo sé, lo sé. No tiene ningún deseo de estar aquí, así que no entiendo por qué lo invitó. No lo invite otra vez. Por favor.

—Oh, no lo haré —dijo Lila—. Pero yo no lo invité.

La princesa frunció el ceño y miró a Lila por el rabillo del ojo.

—¿No puede pedirle a lord Iddesleigh que no lo invite, entonces?

—¡Por supuesto! —dijo ella, alegremente.

Sin embargo, no lo haría, sería una tonta si le pidiera eso a Beck, si le prohibiera las visitas al único hombre del que la princesa había hablado desde que llegó a Inglaterra.

—Sin duda lo intentaré. Pero... son vecinos.

—No me importa. No quiero verlo.

—Pero... Tal vez Beck sí quiera verlo.

De hecho, Lila pensó que lo mejor que podía hacer en aquella situación era sugerir que organizaran una cena con Marley en un lugar destacado de la lista de invitados. Beck estaría encantado. No había nada que disfrutara más que una buena comida con buen vino y buena compañía. Marley no era una compañía particularmente buena, pero eso no disuadiría a Beck.

—¿Hay alguien a quien le gustaría volver a ver?

La princesa suspiró con tanto cansancio que cualquiera podría imaginar que había estado arrastrando un arado por un campo embarrado.

—No lo sé, *lady* Aleksander. Todos los caballeros me parecen iguales. No quiero ser problemática, de verdad que no. Uno parece tan bueno como el otro, pero, sinceramente, estoy decepcionada. Tenía la esperanza de que apareciera alguien y me cautivara.

Lila no sabía si, alguna vez, alguien cautivaría a la princesa tal y como ella deseaba, pero esperaba que al menos encontrara a alguien que, con el tiempo, la cautivara.

—Está bien. Tengo tantos en mi lista...

—Debo de tener algo malo. Los únicos hombres que me han atraído eran inadecuados. Lo único que quiero es que alguien me emocione, pero, quizá más importante aún, que me estime, Lila. A mí. No mi posición en una familia real, sino a mí. Por desgracia, soy desagradable y engreída.

Lila deseaba saber quién le había dicho algo tan horrible a la princesa Amelia. Sonrió comprensivamente.

—No es desagradable ni engreída. Creo que la gente espera que sea de una manera y usted es de otra, y no están seguros de qué hacer con eso. Es una princesa y ellos tienen sus ideas sobre lo que significa eso. Pero anhelan conocerla, estar con usted y ver sus ideales en usted. Puede que no entiendan que tiene su propia personalidad y que no puede complacerlos a todos.

La princesa se cruzó de brazos y miró hacia el césped.

Lila comprendía su decepción. La princesa Amelia no era diferente a cualquier otra joven: quería a alguien que la amara y la admirara. Quería a alguien que la aceptara tal como era. La princesa había renunciado a encontrar a ese hombre, pero ella no tenía ninguna duda de que había decenas de caballeros que podrían amarla. El verdadero problema no era la falta de hombres adecuados, sino que la princesa deseaba a alguien complicado y emocionante. O, tal y como acababa de expresarlo, a la persona equivocada.

Sin embargo, ella sabía muy bien que, a veces, la persona equivocada era la persona idónea. Y, a pesar de que la princesa no pudiera verlo, alguien había destacado para ella en el baile, aunque no de la manera que esperaba. Cuanto más pensaba en ello, más convencida estaba de que un matrimonio entre Joshua y Amelia sería hermoso para ambos. Estaba impaciente por hablar con Beck sobre aquella cena.

A un preocupado residente de Devonshire:

Hemos recibido su carta sobre los inaceptables sucesos del lunes. De hecho, fue una de nuestras jóvenes estudiantes a quien usted vio «con sus propios ojos» abrir la puerta de la finca Harrington para permitir que las vacas deambularan por la propiedad vecina. La estudiante insistió en que, claramente, las vacas querían ser liberadas, y ella no se sentía en posición de negar sus deseos. ¡Qué afortunados somos de que usted estuviese presente para presenciarlo todo! De lo contrario, no habríamos sabido cómo las vacas llegaron a estar en el prado equivocado. Naturalmente, le pedimos disculpas por haber atraído a su perro para que se uniera al mal comportamiento de nuestra estudiante, pero supongo que los perros son más felices cuando persiguen a niños, animales y pelotas.

En cuanto a su pregunta sobre qué pasó con el antiguo refrán según el cual «la letra con sangre entra» y sobre por qué no se tiene en cuenta a la hora de educar a niños malcriados, no podemos ofrecer ninguna explicación, pero pensamos que tal vez existan otros medios más efectivos para evitar que los niños sean malcriados. ¿Es posible que los padres deseen hijos malcriados? ¿O es que la gran cantidad de hijos los ha agotado? Tener a un solo niño y educarlo para que sea un modelo de disciplina es todo un desafío. Tener dos o más hijos para educarlos al mismo tiempo debe de ser abrumador. Por lo tanto, es lógico pensar que malcriar a los niños puede ser algo inevitable. Una verdad decepcionante.

Últimamente hemos estado pensando mucho sobre la decepción. ¿Alguna vez ha considerado que no importa cuánto se esfuerce uno por no caer en ella, al final, simplemente, no se puede evitar? Es como si algunas personas llegaran a nuestras vidas para sorprendernos y otras para decepcionarnos. Las circunstancias de nuestra vida personal pueden hacernos proclives a una serie de decepciones. Un pensamiento que nos hace reflexionar y, lo confesamos, que nos ha dejado un poco deprimidos.

Atentamente, La Escuela Iddesleigh para Niñas Excepcionales

A la Escuela Iddesleigh para Niñas Desobedientes:

Para ser justos, debo disculparme por el comportamiento del perro. No había previsto un colapso total de la disciplina.

Leí su carta con mucho interés. Compartimos este pensamiento, ya que yo también he pensado mucho sobre la decepción, sobre todo, en el tipo de decepción que es resultado de las elecciones de uno. Creo que el crimen más abominable de nuestra nación es que les damos a los niños demasiadas esperanzas de felicidad y prosperidad. ¿Por qué nos decimos a nosotros mismos que la vida será magnífica? ¿Quién puede prometer esto? ¿No encontraremos todos la tristeza y el dolor en algún momento de la vida? Y, sin embargo, albergamos expectativas tan elevadas que nos conducen a la aplastante decepción ante la menor catástrofe. Puede que piense que soy un pesimista, pero la vida me ha enseñado esta valiosa lección. Haríamos un favor a nuestros hijos si les enseñáramos a esperar la felicidad, pero sabiendo que, en algún momento, se sentirán decepcionados. De ese modo, serán perseverantes, y la perseveración es lo que mejor nos sirve.

Supongo que debemos tener cuidado de no crear tantas expectativas de felicidad ni dar tantas esperanzas. Lo único que podemos someter a nuestra voluntad en este mundo es nuestra propia conducta. La vida debe vivirse momento a momento, día a día, y no en un futuro soleado de la mente. La alegría se encuentra en la parte cotidiana de la vida, si tan solo la buscamos. Tal vez deberíamos decidir vivir cada día como viene y esperar lo mejor. Mis más sinceros deseos de que se libere de sus decepciones personales.

Mientras tanto, le ruego encarecidamente que explique a sus estudiantes el concepto de la propiedad privada.

Un preocupado residente de Devonshire

Capítulo 20

Aquellos últimos días, Joshua había reflexionado más de una vez sobre la consternación del director ante las decepciones de la vida. Sentía una cierta afinidad con él: imaginaba que eran dos hombres que habían esperado algo diferente de lo que la vida les había dado y que luchaban por enderezar sus pequeños barcos.

Y, por otra parte, tal vez estuviera sacando demasiadas conclusiones de una sola carta. De cualquier modo, sentía su camaradería y esperaba haber podido infundirle algo de ánimo.

Se preguntó si había sido demasiado pesimista. No valía la pena vivir la vida sin algo de esperanza. Haría hincapié en eso la próxima vez que escribiera.

Sorprendentemente, había encontrado un rayo de esperanza en el lugar más inesperado. Había llegado en forma de beso y había despertado un deseo incipiente que se iba arraigándose en él. Se había sentido vivo de nuevo. Había vuelto a sentir ciertas partes de su cuerpo. Tenía la extraña idea de que tal vez pudiera salir de la miseria que había creado.

Aquel día estaba lloviendo. De lo contrario, él estaría con su leña, cortando aquellos sentimientos inesperados. Miró a sus perros, que estaban acostados de lado, delante de la chimenea, uno frente al otro. Artemis se había acomodado en el escritorio, sobre el libro de contabilidad de la propiedad, y estaba ronroneando.

Al menos, los tenía a ellos tres. Y un buen caballo. Tenía a sus tres compañeros, un buen caballo, una finca y bastante dinero. De lo contrario, su vida sería verdaderamente decepcionante, ¿no? No podía imaginar una vida de pobreza además de su malestar general.

—¿Qué estás haciendo? No has abierto las cortinas.

La entrada de Miles en el estudio interrumpió el silencio al que sus compañeros y él se habían acostumbrado desde su regreso del continente. Los perros se despertaron sobresaltados. Bethan comenzó a ladrar en dirección a la estantería.

—¡Bethan! —exclamó Joshua, y el perro se dio la vuelta. Al ver a su persona favorita, trotó para unirse a Merlín, que ya había presentado su barriga para que Miles se la acariciara. Una vez más, él dudó de la utilidad de sus perros como protectores. Incluso Artemis se sintió animado por la presencia de Miles: se levantó y se estiró y, luego, presumiblemente porque se sentía bien, golpeó un candelabro vacío hasta que se cayó del escritorio.

Miles se arrodilló, para saludar como de costumbre a los perros.

—Veo que todavía estás en Hollyfield —dijo él.

—Ya lo sabías. Cenamos aquí anoche. Y me has visto de nuevo esta mañana, en el desayuno.

—Pensé que seguramente después de que hubieras tenido la oportunidad de conocer a la princesa y fueras descartado, te habrías ido a casa.

—¿Cómo sabes que fui descartado? —preguntó Miles, mientras se erguía y se quitaba el pelo de perro de las piernas—. Podría estar en lo más alto de su lista.

—Si estuvieras en lo más alto, *lady* Aleksander estaría golpeando nuestra puerta en este mismo momento.

Miles se rio.

—¿Y tú, qué tal con la princesa? Me sorprendió ver que sigues siendo un buen bailarín. Sigues teniendo elegancia. Debo elogiar al profesor que contrató tu madre para enseñaros a John y a ti. Fue un dinero bien gastado.

—Le transmitiré tus felicitaciones. Y, por cierto, la princesa me obligó a bailar con ella.

—Te obligó —dijo Miles, burlonamente.

—No importa —dijo Joshua—. No estoy pensando en el baile.

Lo cual era una terrible mentira, ya que no había pensado otra cosa. Excepto en el beso, por supuesto. Eso se le había grabado a fuego en el cerebro.

—Pero tú lo mencionaste.

Joshua gruñó. No sabía por qué le molestaba tanto que ella hubiera logrado seducirlo para bailar cuando no quería. Hubo un tiempo en que habría hecho lo mismo, o algo peor. Había convertido en un juego seducir a las mujeres jóvenes para que hicieran lo que él quería. Seguramente, no le gustaba que lo vencieran en su propio juego. Y, después, ella había dicho algo que trascendió todo lo demás. Había dicho la verdad: que él era como era debido a su pérdida.

Se había sentido completamente expuesto. Sin embargo, todos sabían que era verdad. Y si Miles supiera lo que le había dicho la princesa, aprovecharía la oportunidad para dejarlo bien claro.

Hablando de Miles, lo estaba mirando fijamente en aquel momento. Seguramente, estaba intentando leerle la mente.

—De nuevo, ¿por qué estás aquí, Miles? —soltó—.

Seguramente el conde de Clarendon tiene asuntos de los que ocuparse, una casa que debe ser atendida, inquilinos que deben ser escuchados.

—Tu hospitalidad es, como siempre, deplorable. Tienes razón, tengo asuntos que atender, pero, como cualquier hombre con propiedades sustanciales, tengo a gente para asegurar que las cosas sigan adelante mientras estoy fuera. Si quieres saber por qué no te he dejado pudrirte en tu oscuridad, es porque he desarrollado algo más que un interés pasajero en la señorita Allison Carhill.

Él levantó la vista.

—Allison Carhill. ¿La del cabello castaño oscuro y la piel pálida? —preguntó, y se giró en su silla hacia Miles—. ¿Esa cosita menuda?

—No, la del cabello color té, los ojos azules luminosos y la piel de alabastro. Esa Allison Carhill. Es curioso que dos hombres puedan mirar a la misma mujer y ver dos seres tan diferentes.

En aquel momento, Butler entró en la habitación. Llevaba la maldita bandeja de plata del correo, sobre la que había un grueso sobre de color crema. Él negó con la cabeza.

—Llévatelo, Butler. No lo quiero.

—Bueno, pues yo sí lo quiero —replicó Miles, y tomó el sobre de la bandeja de Butler. Lo levantó con una sonrisa—. Resulta que está dirigido a mí.

—¿Ahora vas a recibir tu correo aquí?

Miles ignoró sus quejas, abrió la carta y la leyó. Sonrió. Lo miró.

—Nos han invitado a cenar.

—¿Qué quieres decir con eso de «nos»?

—Me refiero a ti y a mí, obviamente. ¿Te gustaría saber quién ha hecho la invitación?

Él dio un resoplido.

—No es necesario. Iddesleigh no puede dejar

pasar una semana sin hacer una invitación a una cosa u otra.

—Su hermana, la hermosa *lady* Caroline Hawke, y su marido, el príncipe Leopoldo de Alucia, llegarán a Iddesleigh el jueves.

Él gimió. Devonshire no necesitaba que llegara más realeza y causara más alboroto. Se suponía que el campo era bucólico y tranquilo, no que estaba repleto de realeza.

—Te ruego que me expliques por qué ese hombre no acepta un no por respuesta. Tuve el ceño fruncido todo el tiempo que estuve en el baile. ¿Qué más necesita?

—Oh, ojalá lo entendiera yo también. En su lugar, no solo habría dejado de invitarte, sino que te habría cerrado la puerta. Pero parece un tipo afable, dispuesto a perdonar y olvidar. Deberías recibir esta invitación con entusiasmo.

—¿Por qué?

—Porque ya estás arreglado, y Butler y el señor Martin han hecho un gran esfuerzo para renovar tu guardarropa. Tengo entendido que te van a llegar camisas nuevas.

Él miró fijamente a su mayordomo. Butler levantó la barbilla ligeramente.

—¿Quién te dio permiso para ir y gastarte mi dinero?

—Usted, excelencia.

Lo miró fijamente. Eso era cierto. Butler tenía permiso para comprar todo lo que fuera necesario y él confiaba plenamente en su mayordomo.

—Nadie te pidió que renovaras mi vestuario.

—Le pido perdón, excelencia, pero *lord* Clarendon lo solicitó rotundamente.

Miles sonrió, claramente satisfecho de sí mismo.

—No tengo intención de asistir a una maldita

cena para hablar del tiempo y las cosechas durante una velada interminable.

—Pero debes hacerlo —replicó Miles—. Carhill será más proclive a creer que soy un buen partido para su hija si voy en compañía de un duque. Ya sabes cómo son estos padres: deben ver los contactos y sentir los contactos si un hombre quiere tener una oportunidad con su hija. Tú me proporcionas la posición que necesito.

—Mi presencia no ayuda, Miles, ¿es que se te ha olvidado que todos piensan que estoy loco?

—Todos no piensan que estás loco. Yo, sí. Aunque no me sorprendería que Iddesleigh también lo pensara. Sin embargo, el señor Carhill aún no ha comprobado cuál es tu estado mental en estos momentos, por lo que tenemos un poco de tiempo antes de que se forme una opinión desfavorable de ti —dijo Miles. Sonrió y le entregó la invitación a Butler—. Por favor, envía nuestros más cálidos saludos y la confirmación de que asistiremos.

—Espera un minuto —dijo Joshua.

Pero su mayordomo ya se había dado la vuelta y salió rápidamente de la habitación. Los perros trotaban detrás de él, como si sospecharan que Butler iba a darles uno o dos huesos.

Él miró con el ceño fruncido a su amigo.

—Tienes que parar esto, Miles.

—¿Parar qué?

—Dejar de administrar mi vida. De dirigir a mis sirvientes. De recibir aquí tu correo y de renovar mi maldito guardarropa.

—¿Quieres que pare para que puedas seguir revolcándote en la miseria?

—¡Perdí a una esposa y un hijo!

—Los perdiste hace dos años, Joshua. Dos años has estado hundido en el dolor y con una vida aún por vivir. Te voy a decir lo que nadie más te dirá, porque te quiero como a un hermano: estás usando sus muertes como escudo. No sé si te das cuenta de lo profundamente que te has adaptado a esta melancolía, pero como amigo tuyo que soy, haré todo lo que pueda para sacarte de ella.

—No me he adaptado a la melancolía. Resulta que estoy planeando un viaje a la provincia de Canadá.

No estaba planeando ningún viaje, pero la idea acababa de ocurrírsele.

Miles se quedó desconcertado.

—¿A Canadá?

—Sí, a Canadá.

—¿Por qué?

—A cazar. Osos. Allí hay osos.

En realidad, no sabía qué había en la provincia y nunca había pensado en cazar osos, pero hacía poco había leído un diario de viaje de un caballero que había recorrido gran parte de Canadá y había descrito a los osos. Parecía emocionante. Parecía remoto. Parecía perfecto para alguien que no quería nada más que a sus perros y a su gato y que lo dejaran solo.

Esperaba un sermón de Miles, pero el rostro de su amigo se llenó de alegría. Él casi no podía contenerse. Y, al final, se echó a reír.

—No vas a cazar osos, Joshua. Maldita sea...

—¡No puedo hacer más esto, Miles! —exclamó él, y se puso de pie de repente. Estaba avergonzado, sabía que era ridículo. Se pasó los dedos por la cabeza. ¿Cómo admitía uno que no sabía qué hacer consigo mismo?

—¿No puedes hacer qué? ¿Deprimirte? Magnífico. Entonces estás de acuerdo conmigo.

—Estoy hablando de esto —dijo, señalando el

estudio con un movimiento del brazo—. No puedo ser duque. No se puede esperar que yo engendre un heredero. No puedo asistir a bailes y cenas y fingir que estoy a gusto en esta casa, con esta vida.

La expresión de Miles se suavizó.

—Podrías estar a gusto si vivieras tu vida. Podrías encontrar otro amor, alguien con quien traer un heredero al mundo. Pero ni siquiera lo intentas, Joshua. Rara vez sales de esta casa. Vagas por el campo de noche...

—¿Quién te ha dicho eso?

—No importa. Lo que importa es que no puedes continuar así. Precisamente tú tienes la mejor razón para ir a cenar con tus vecinos. Porque, si no comienzas a vivir de nuevo, morirás. Y yo, por mi parte, no me voy a quedar mirando de brazos cruzados.

Miles se dio la vuelta y salió por la puerta, harto de la conversación. Su amigo era tan testarudo como él. Miró abatido a Artemis, que le devolvió la mirada sin impresionarse. Extendió la mano para acariciarlo, pero Artemis lo apartó de un golpe, saltó con gracia del escritorio y salió detrás de Miles, con la cola en el aire. Incluso el gato estaba en su contra.

Fue a la ventana y abrió las cortinas. Luego las persianas. Contempló el día húmedo y sombrío. Pensó de nuevo en el baile con la princesa Amelia. Sobre todo, pensó en cómo se había sentido en sus brazos. Era tan increíblemente suave. Y su pelo, esa mezcla de oro, crema y blanco. Pensó en las cosas que decía, en la forma en que hablaba, con tanta verdad. Pensó en el beso y sintió que la sangre se le agitaba de nuevo. Suspiró, apoyó una mano en el marco de la ventana y esperó a que el deseo se apagara.

¿A quién estaría considerando como futuro marido la princesa? ¿Qué oportunista la perseguiría? Aunque tuviera un título real y riqueza, y fuera atractiva, Amelia tenía claramente una fuerte personalidad. Para algunos hombres, eso era desconcertante. Sobre todo, para los pavos reales.

Personalmente, le gustaba eso de ella.

Pero ella no le gustaba.

Capítulo 21

Mayo de 1858, Inglaterra.

A su majestad la reina Justine:

Querida, te pido disculpas por no haber respondido a tus cartas recientes hasta hoy, pero no ha sucedido nada digno de mención desde el baile y hubiera sido una misiva muy breve. Pero esta mañana, la hermana de lord I, lady Caroline, y su marido, el príncipe Leopoldo de Alucia, llegaron para pasar el fin de semana. Las chicas estaban tan emocionadas por su llegada que se convirtieron en pequeños derviches giratorios como los que vimos hace unos años, cuando el sultán visitó Rohalan. Desafortunadamente, todos los gritos hicieron llorar a Birdie y luego hubo tal conmoción que pasaron quince minutos antes de que la pareja me fuera presentada debidamente.

Lady Caroline es hermosa y encantadora, y me habló como si nos conociéramos. Ella dijo que nos habíamos conocido en la casa de su hermano en Mayfair hace muchos años, lo cual, por desgracia, no recuerdo. Su marido, el príncipe Leopoldo, afirmó haberme conocido cuando todavía estaba en pañales, en la Cumbre de Kestrotov. Dijo que papá me estaba enseñando con orgullo a todos los que habían acudido. ¿No es esa la cumbre en

*la que nuestro padre y el rey aluciano no pudieron lle-
gar a un acuerdo sobre aquel pedazo de tierra y se mar-
charon enojados? Creo que ese fue el comienzo de la
Guerra de Brezlin, ¿no?*

*Le dije al príncipe que, si bien no recordaba ese en-
cuentro, sentía que lo conocía porque su reputación siguió viva mucho tiempo en los salones de San Edys. Yo
solo quería decir que todos lo recordaban, pero* lady I
*casi se desmaya. Su alteza se rio y preguntó si su repu-
tación era buena o mala, y le dije que dependía de a
quién le preguntara. Se rio de nuevo, pero* lady I *le murmuró algo a Lila y no creo que fuera muy amable. Realmente no entiendo sus nervios, te doy mi palabra.*

Entramos a tomar el té y lord I *se unió a nosotros con
el pañuelo del cuello desabrochado. Dijo que estaba en
el baño, y que* lady C *le había dicho que llegarían tarde.
Ella replicó que había querido decir que llegarían tarde
por la mañana. Llevaba una capota, y se la quitó y la
arrojó sobre una silla. Entonces, uno de los lacayos que
la habían acompañado se acercó para recogerlo. Como
estaba justo frente a mí, le sonreí y él me devolvió la
sonrisa. Era alto y guapo, y el uniforme le quedaba muy
bien. Es una lástima que no todos los hombres estén
obligados a llevar algún tipo de uniforme. Me gustan
especialmente los uniformes de los soldados weslorianos. ¿Recuerdas al que estaba de pie frente a la habitación de papá? Me obligaste a fingir que era él para que
tú pudieras fingir que os casabais. Me río mientras escribo esto. Sé que no querrías que nadie supiera de nuestros juegos tontos de cuando éramos niñas.*

*Me hubiera gustado mirar al lacayo un poco más,
pero ¿quién apareció como por arte de magia?* Lady A,
*por supuesto. Se puso justo entre el lacayo y yo e inter-
cambió muchas bromas con el príncipe y* lady C, *y luego
alguien preguntó por su esposo, y ella dijo que no vendría hasta dentro de unas semanas debido a unas*

*elecciones en Dinamarca. Después parloteó bastante,
todo porque quería interponerse entre el lacayo y yo.
Está decidida a que no coquetee con otro sirviente. Es
una aguafiestas, y te juro, Jussie, que creo que la has in-
citado a ser así.*

Después de que terminara su soliloquio sobre las
elecciones danesas, todo se sumió en el caos. Las niñas
estaban dando saltos por todos lados, exigiendo atención, y lady I estaba en su estado habitual de pánico
porque había mucho que hacer para la cena de este fin
de semana, pero entonces llegó Donovan para calmar
toda la ansiedad y anunció que la cena del día siguiente
estaba en orden. Parece que lo único que tiene que hacer
es decir una cosa y todos creen que es verdad, lo sea o no.

Saludó afectuosamente a lady Caroline y a su esposo,
y ella le echó los brazos al cuello y lo abrazó. Le preguntó si Peter había venido, que es el ayuda de cámara de
Donovan, pero en realidad no es un ayuda de cámara.
Él le dijo que había tenido noticias de los Tricklebank, y
que le habían enviado sus saludos más cariñosos y espe-
raban que lady Caroline fuera a visitarlos nuevamente.

Entonces, lady Caroline me preguntó qué había estado haciendo desde mi llegada a Inglaterra, y yo le
informé obedientemente de que había caminado bastante y ayudado en la escuela de las niñas. Lady I dijo
que pensaba que no era bueno para mi piel estar tan a
menudo al sol, pero yo dije que tenía muchos sombreros,
y luego pregunté qué más debía hacer, ya que todos los
demás estaban muy ocupados, y si una persona más
sugería que leyera un libro, podría gritar, ya que había
leído tantos en los últimos dos años que seguramente
debería ser considerada erudito en alguna materia.

El príncipe Leopoldo dijo que había hecho lo mismo
cuando llegó a Inglaterra, toda esa lectura, pero que le
gustaba leer y que acababa de terminar un tomo sobre la
caída del Imperio Romano, y ¿alguien más lo había leído?

Fue entonces cuando se decidió que todos se retirarían y descansarían para la cena.

Naturalmente, Lila me siguió a mi suite con su diario. Deberías verlo, Jussie, es bastante grueso, lleno de pergamino y papel, y trozos de cinta y plumas de ave viejas que marcan varias páginas. ¿Quién sabe lo que realmente ha escrito allí? Quería contarme algo sobre el invitado especial que iba a venir a cenar este fin de semana, y supongo que bostecé, porque ella dijo que, por mucho que yo fingiera que todo era aburrido, no iba a distraerla de su deber. Dijo que el señor Swann era de especial interés. Le pregunté por qué y ella dijo que era apuesto, que su madre era una princesa india y su padre un rico terrateniente del distrito de los Lagos. Dijo también que es un hombre científico y que, en su tiempo libre, desarrolló un método por el cual se destilaba queroseno a partir del carbón. Lila estaba muy complacida con este descubrimiento.

Yo le dije que no podía imaginar qué tenía que ver eso conmigo. Lila dijo que había hecho del señor S un hombre muy rico y que pensaba que me gustaría mucho, y yo dije que probablemente así sería, ya que me gustan todos los caballeros, pero que todavía no había encontrado a uno que pudiera estimar durante más de una velada. Eso me hizo pensar en el lacayo de lady C. ¿Por qué siempre pienso en hombres que no son tan adecuados para mí? Tal vez porque es más emocionante que el queroseno.

Antes no quería contarte esto, porque había puesto muchas esperanzas en ello, pero el baile me ha dejado desilusionada. Me siento como si estuviera dando vueltas como un trompo. ¿Es posible que esté destinada a estar sola toda mi vida y que solo William y tú estéis a mi lado para cuidarme? O tal vez esté destinada a hacer algo más significativo que amar a alguien y tener hijos. Tal vez debiera estudiar cosas como destilar queroseno a partir del carbón, o algo que todos aprecien. Algo útil *para la humanidad. Ojalá algo más interesante que el queroseno.*

Gracias a Dios, por fin lady Aleksander salió de mi habitación y, cuando lo hizo, releí una carta que recibí en la escuela. Las escribe un anciano, y dice que nuestras altas expectativas son la causa de nuestras decepciones. Tiene sentido, ¿no? Creo que estoy demasiado impaciente por conocer a alguien que esté conmigo para toda la vida y, por lo tanto, estoy constantemente decepcionada porque él no ha llegado aún.

De verdad, creo que puede ser demasiado tarde para mí, Jussie. Tengo veintiséis años, mucha más edad que la mayoría de las mujeres cuando se casan. He conocido a algunos caballeros encantadores aquí, tan encantadores como todos los caballeros de Wesloria, pero ninguno de ellos ha despertado en mí el más mínimo sentimiento. Ni una sola chispa, arco iris o relámpago. No he estado sin aliento ni ansiosa desde hace años y, de hecho, la única vez que he estado sin aliento desde que llegué a Iddesleigh fue... bueno, una vez que estuvieron a punto de atropellarme en la carretera y casi se me para corazón del susto. Y, también, durante unos momentos, cuando Marley me tomó en sus brazos en la pista de baile y me hizo girar. Eso fue emocionante.

Me da la impresión de que pienso en él en lugar de en los caballeros que han venido a conocerme. No entiendo por qué, aparte de que me moleste. Si asiste a la cena de este fin de semana, lo estropeará todo. Casi no puedo pensar en un hombre rico gracias al queroseno con la presencia sombría del duque. Pero no debes preocuparte; mientras no esté sentado a mi lado, sobreviviré.

Mis saludos a mamá y William. ¡Pronto presidirás el festival de las flores! Es mi actividad favorita en primavera. Extraño a Wesloria y a los perros.

Tu hermana, A

Capítulo 22

Amelia no estaba sentada al lado del duque de Marley, como temía, sino peor aún: justo enfrente de él.

Estaba convencida de que él no asistiría, de que rechazaría la invitación como le gustaba hacer, y de que ella se libraría de su presencia opresiva y, por lo tanto, también de la curiosidad y lascivia que sentía hacia él. Eso era todo: le gustaba que la besaran y hacía mucho tiempo que nadie la besaba, y el beso del duque había despertado todas esas cosas que a ella le gustaba sentir.

No podía ser más que eso, ya que él, no era el indicado. Sinceramente, esperaba que no asistiera a la cena para poder centrar toda su atención en el señor Swann y su queroseno, pero, en el último momento, fue como si una fuerte ráfaga de viento los arrastrara a *lord* Clarendon y a él al interior de la casa y dejara posado su semblante oscuro en el salón.

Estaba segura de que Lila había obrado su hechicería y lo había llevado allí. Cuando los dos caballeros entraron en el salón, en el rostro de la dama se dibujó una pequeña sonrisa que hizo que Amelia sospechara de ella inmediatamente. Trató de mirar con más dureza en dirección a *lady* Aleksander, pero Lila era una maestra a la hora de evitar su mirada cuando quería.

Los invitados se reunieron en el salón para tomar una copa de vino antes de la cena, y Marley se quedó apartado, de espaldas a la pared, con su mandíbula afeitada y apretada. Clarendon lo había abandonado para hablar con la señorita Carhill, una cosita que había llegado en compañía de sus padres. ¿Cómo sobrevivían las personas pequeñas en un mundo cruel? Esperaba que a la señorita Carhill nunca la sorprendiera una tormenta, porque el vendaval la arrastraría como a una hormiga.

No dijo en voz alta lo que pensaba. Blythe podía suspirar de alivio, si quería.

El señor Swann era, como había prometido, un hombre atractivo. Cuando se lo presentaron, le sonrió y la miró con unos ojos tan cálidos y marrones como el chocolate caliente. Sin embargo, inmediatamente después, se enfrascó en una conversación con el príncipe Leopoldo. Los dos se pusieron junto a la chimenea, riéndose de una broma privada como si fueran viejos amigos.

Ella estaba con *lady* Caroline y su hermano, escuchando su conversación sobre Maisie. Por lo que pudo deducir, mientras visitaba a su tía, a Maisie le habían prohibido llevar porcelana al río para hacer un barquito con ella, y luego había pronunciado palabras que no eran apropiadas para una jovencita decente.

—No puedo responsabilizarme de eso —se quejó Beck—. Son cinco, por el amor de Dios, Caro. ¿Quién sabe las cosas que oyen?

Se imaginó lo que el viejo gruñón tendría que decir a eso: estaría fuera de sí de indignación. Sonrió hacia su copa de vino, pensando en que podría escribirle y decirle que al menos un padre afirmaba que no podía enseñar a sus hijos correctamente porque eran demasiados.

—Hablas como si hubieran aparecido en tu puerta y no tuvieras ni idea de cómo han llegado hasta aquí. Te dije que sucedería esto —dijo *lady* Caroline—. Te dije que tres niñas ya eran demasiados para un viejo soltero.

—Hablando de conversaciones inapropiadas —resopló Beck. *Lady* Caroline puso los ojos en blanco y luego desvió la mirada hacia ella.

—¿Está bien, su alteza real?

—¿Qué? —preguntó ella, y se miró a sí misma—. Sí. ¿Por qué lo pregunta?

—Parece un poco apagada.

—Oh. Yo... Creo que sus bromas hacen que me dé cuenta de lo mucho que extraño a mi hermana.

—¡Querida! —exclamó *lady* Caroline, y le puso un brazo sobre los hombros para reconfortarla—. Lo único que tiene que hacer es elegir a uno de los caballeros que *lady* Aleksander le está presentando y *voilá!* Podrá escapar a San Edys inmediatamente.

Ella se echó a reír.

—Ojalá fuera tan fácil.

Miró al otro lado de la habitación y, sin darse cuenta, se fijó en Marley. Para su sorpresa, él también la estaba mirando. Se sobresaltó, porque sintió un calor que le recorrió el cuerpo y la desequilibró. Se volvió hacia *lady* Caroline y sonrió forzadamente.

—Lo entiendo —dijo *lady* Caroline—. Yo fui muy particular en mi época, ¿no es así, Beck?

—Se me ocurren palabras más apropiadas que particular —respondió él—. Obstinada. Testaruda...

—Sí, está bien, lo has dejado bien claro —lo interrumpió su hermana—. Lo que quiero decir es que no me gustaba que me dijeran lo que tenía que

hacer y creía que necesitaba a alguien que no intentara decírmelo. Pero, en realidad, lo que necesitaba
era alguien que no tuviera miedo de decirme qué
hacer. ¿Entiende lo que quiero decir?

—Ummm... No estoy segura.

—*Milord* —dijo Garrett, el mayordomo, que se
había acercado sigilosamente a Beck—. La cena está
servida.

—Excelente. Damas, prepárense para sentir cosquillas en la lengua y satisfacción en el estómago
—les dijo Beck, y dio un paso hacia el centro de la
sala—. Damas y caballeros, la cena está servida. Podemos pasar al comedor.

El paseo se organizó rápidamente: Beck y Blythe,
por supuesto, como anfitriones. *Lady* Caroline y su
príncipe. Y, para su gran disgusto, a ella la escoltaría
la siguiente persona de mayor rango en la sala: el
duque de Marley.

Él hizo una reverencia sin decir palabra y presentó su brazo.

—Volvemos a encontrarnos. En una habitación
bien iluminada y sin música. Es un mundo nuevo
—dijo ella.

—El mundo me parece muy similar. ¿Puedo
acompañarla a su asiento?

Ella puso la mano, suavemente, sobre su brazo.
No podía tocarlo sin pensar en el beso. ¿Y él? ¿Pensaba en eso? ¿O era algo que acostumbraba a hacer
en todos los bailes?

Comenzaron a caminar en silencio. Era absurdo,
caminar como un matrimonio de ancianos sin nada
que decir. Ella no lo soportaba.

—¿No tiene nada que decir esta noche?

Él mantuvo su mirada fija al frente.

—¿Hay algo que le gustaría que dijera?

—Debería hacer un intento, por mera cortesía.

Preguntar por mi salud. Cuánto tiempo pienso estar en Inglaterra, si alguien más me ha besado. Ese tipo de cosas.

—Parece que está usted en perfecto estado de salud, su alteza real. Es la imagen de la juventud. Y *lady* Aleksander le ha dicho a todo el mundo, desde Cornualles hasta Londres, que estará usted en Iddesleigh hasta finales de verano. El resto no es asunto mío.

Todo eso era cierto, pero lo educado era, al menos, indagar. Ella debería haberlo dejado ahí, haberse sentido agradecida de que, por una vez, no tuviera que mantener una charla trivial. Por otro lado, nunca había sentido gratitud por el hecho de que los hombres no le prestaran atención. Tampoco era de las que permitían que el silencio llenara un paseo. La pregunta que tenía grabada en la mente salió de su boca.

—¿Por qué me miraba en el salón?

—¿Perdón?

—En el salón. Me miraba.

—No la estaba mirando a usted. Estaba mirando al espacio por necesidad de algo mejor que hacer y usted ocupaba ese espacio.

Ella lo miró fijamente.

—¿De verdad espera que crea eso?

Una comisura de su boca se curvó hacia arriba.

—Desde luego espero que no. Está bien, la estaba mirando. La estaba mirando como todos los que estaban reunidos en el salón. Después de todo, es una mujer hermosa.

El cumplido fue inesperado e hizo que se sonrojara de nuevo.

—Y me preguntaba qué había pasado con su tiara.

Ella estuvo tentada de tocarse la parte superior de la cabeza para asegurarse de que no llevaba ninguna.

—Llevar la tiara da demasiados problemas como para llevarla en una reunión íntima.

—Todo parece un montón de problemas para una reunión íntima —dijo él, en voz baja, mientras entraban al comedor.

—¿Es realmente tan horrible?

—¿Qué?

—Cenar con tus vecinos. Con amigos. Conmigo.

—Cenar aquí con amigos y vecinos e incluso con usted no es nada horrible. Aquí está su asiento.

Él le soltó la mano y sacó la silla.

—Pero no disfruta de ello. No lo encuentra divertido.

—No.

Ella se recogió la falda y se sentó.

—Si no encuentras estas ocasiones horribles o divertidas, entonces ¿cómo las encuentras? Él empujó la silla hacia adentro, se inclinó ligeramente sobre su hombro y dijo:

—Disfrute de su comida, alteza.

Se alejó. Fue entonces cuando Amelia se dio cuenta de lo que le ocurría.

—Aburrido —murmuró ella, hacia su espalda. Él estaba aburrido.

Lo vio rodear la mesa, buscando la tarjeta con su nombre. Cuando la encontró y se dio cuenta de cuál era su puesto, levantó la mirada. Ella le sonrió.

El duque se sentó frente a ella. La gente todavía se movía en busca de su sitio. Ella se inclinó hacia adelante.

—Está aburrido.

El duque de Marley ahuecó una mano alrededor de la oreja, fingiendo que no la había oído. Amelia se negó a repetir lo que había dicho. Entonces, él se inclinó hacia atrás, se encogió de hombros con indiferencia y se giró para hablar con la pequeña señorita Carhill, que acababa de sentarse a su derecha.

Demonios, como hubiera dicho su madre. Maldito fuera el duque. Ella estaba muy molesta, pero también muy intrigada, porque no estaba interesada en él y no entendía cómo los dos, tan opuestos como la noche y el día, podían ser iguales en aquello.

Cualquiera que fuera la respuesta, en aquel momento estaba llena de interés y de enojo. Y era inexcusable no poder pensar en otra cosa, sobre todo, porque parecía que nadie más se había fijado en él y en su aburrimiento.

La situación le resultaba especialmente molesta porque el señor Swann era todo lo que Lila le había prometido. Tenía el pelo y las pestañas negras y espesas, la piel morena y los ojos marrones. La sorprendió hablándole en wesloriano; le explicó que era un estudiante de idiomas. No era tan seco como ella temía, sino mucho más animado de lo que podría esperarse de alguien que pasaba mucho tiempo con el queroseno. Había viajado mucho y amaba a los caballos. Dijo que una vez había asistido al Royal Lentkin en Wesloria, un evento anual dedicado al comercio durante el que se celebraban carreras de caballos.

—Fue hace unos años, lo admito —dijo, con su voz profunda y sedosa—. Pero recuerdo haberla visto allí, en el palco real. Era usted la más bella de todas.

Aquel cumplido exagerado apagó un poco la curiosidad que sentía por él. Era lo que todos decían y habían dicho toda su vida: Justine era la reina y ella, la belleza. Su apariencia la definía en su propio país. Sus atributos y cualidades, y todo lo que pudiera ofrecer al mundo, se reducía a eso. Hacía tiempo que había dejado de mostrar reticencia y ruborizarse, como le hubiera gustado a su madre, cuando alguien comentaba algo sobre su aspecto. Pero, en momentos como aquel, deseaba haber sido ella quien exprimiera el queroseno del carbón. Se imaginó la conversación. «Gracias. ¿He mencionado que mejoré el método de extraer el queroseno del carbón?».

—Es muy amable —dijo, y esbozó una sonrisa.

—Sin embargo, si me permite ser tan atrevido, me gustaría saber más —dijo el señor Swann—. La belleza en una mujer es apreciada, ciertamente, pero hay mucho más en una persona que la envoltura, ¿no está de acuerdo?

¿Le había leído el pensamiento?

—Sí.

—Quizá después de la cena podríamos pasear por los jardines y podrías contarme más sobre ti —le dijo en wesloriano—. Tengo entendido que habrá un eclipse lunar esta noche.

Él sonrió.

—Sí, tal vez.

Ella le devolvió la sonrisa.

Lord Clarendon aprovechó la oportunidad para preguntarle al señor Swann sobre sus esfuerzos científicos.

El encantador señor Swann tuvo a todo el mundo atento a sus explicaciones sobre la mejora del proceso. Su respuesta fue bastante enrevesada y una persona tendría que estar muy interesada en el carbón para evitar que su mente divagara. Y ella, sin querer, se puso a pensar en la escuela de niñas. ¿Por qué no enseñarles a hacer cosas como destilar queroseno a partir del carbón? ¿Por qué las mejoras de ese tipo siempre se dejaban en manos del sexo masculino? La simplicidad de la educación de las niñas le parecía ridícula, como si el mundo o, mejor dicho, los hombres, pensaran que las niñas eran incapaces de pensar científicamente. Se esperaba que las niñas aprendieran a ser buenas esposas y madres y se esperaba que los niños cambiaran el mundo. Era aún peor si la familia carecía de privilegios: había aún menos que aprender para una niña. Leer, escribir y aprender a hacer números y, después, a barrer, cocinar y lavar la ropa, y que no se le olvidara el bordado.

Pensó en las niñas que iban a la escuela en la vieja cabaña. Eran brillantes y creativas, y tenían una gran curiosidad por el mundo que las rodeaba. Ojalá pudieran crecer y convertirse en científicas, matemáticas y parlamentarias. Se las imaginaba con túnicas azules y delantales blancos, con monóculos alrededor del cuello y reunidas en torno a vasos de precipitados, estudiando los resultados de sus experimentos científicos. ¿No sería maravilloso que las niñas que estaban a cargo del señor Roberts presentaran a la reina Victoria hallazgos que revolucionaran una industria, nuevas formas de hacer algo de lo que se beneficiara todo el mundo? Y pensado, en su totalidad, por niñas.

El señor Swann estaba describiendo una nueva maquinaria que estaba desarrollando en aquel momento, pero a ella le resultaba evidente que el encantador caballero había perdido la atención de su público. Una cena con amigos tenía un arte, y era la capacidad de involucrar a todos. Amelia era bastante buena en ese tipo de cosas, y podía haberlo salvado. Sin embargo, no tenía ganas de arrebatarle ese momento. Reprimió un suspiro y miró su plato. Después, levantó la vista, por casualidad, justo hacia la mirada de los ojos grises de Marley. Él la estaba estudiando tranquilamente, impasible, como uno podría estudiar un pez que acababa de pescar para decidir si debía arrojarlo de vuelta al río. Se inclinó hacia adelante.

—Me está mirando de nuevo —susurró, justo cuando el señor Swann alcanzó el *crescendo* de su charla sobre máquinas.

Él hizo un gesto negativo y, con la barbilla, señaló algo que había más allá. Ella se dio la vuelta, pero lo único que vio fue el cuadro de un hombre gordo. Se giró de nuevo y arqueó una ceja. Él arqueó una ceja hacia ella, pero su gesto no era inquisitivo, sino desafiante.

—¿De qué están hablando ustedes dos? —preguntó Beck, de repente, con su voz retumbante. Se dirigía a Marley y a ella.

El señor Swann se detuvo a mitad de la frase y miró a su alrededor, sorprendido de que alguien hubiera estado hablando durante su discurso.

—Le pido perdón, es culpa mía —dijo Marley—. Estaba admirando el cuadro que está justo detrás de Su Alteza Real. Ella ha debido de pensar que la estaba mirando lascivamente.

—En absoluto —dijo Amelia, con ligereza.

—¿El segundo conde de Iddesleigh, creo? —le dijo Marley a Beck.

—El mismo —dijo Beck—. ¿Un tatarabuelo... o tío? —dijo Beck con incertidumbre y miró a su hermana en busca de confirmación.

—Primo —corrigió *lady* Caroline.

—Ah, sí. El legado de nuestro primo sigue vivo. Tenía gran afición por el oporto y los caballos y los buscaba excesivamente a ambos.

—¿No es él quien amplió originalmente la abadía de Goosefeather? —preguntó el señor Carhill—. Me parece recordar algo de historia sobre ella.

—Muy bien, señor Carhill. Pero no fue él quien la expandió. Ese debió haber sido su hijo, nuestro... —dijo Beck, y miró a *lady* Caroline de nuevo.

—Primo.

—Primo. Este —dijo, señalando el retrato— trató de derribar la abadía. No le gustaban los gansos, ¿sabe? Hubo una época en que se posaban allí todos los años y hacían un desastre terrible.

—¡Cariño! Por favor, estamos cenando —dijo Blythe.

—Pero es la verdad, querida. O lo era. La abadía ya no tiene muchos gansos.

—¿Qué les pasó? —preguntó *lord* Clarendon.

—¿A los gansos? Creo que han seguido el mismo camino que todo lo que tiene que ver con esa abadía; es un misterio. El lugar debe de estar maldito o embrujado, pero tenemos la intención de cambiar eso.

—¿Cambiar qué? —preguntó Marley.

—La abadía —dijo Beck, y le hizo un gesto al mayordomo para que volviera a llenar las copas de vino—. También limita con su propiedad, Marley. ¿Sabe algo al respecto? ¿Quizá a quién pertenece? —preguntó con curiosidad.

Marley tomó su copa y agitó el contenido.

—Seguro que sé tanto como usted, *milord*.

—Tenemos la intención de comprarla si conseguimos averiguar quién es su propietario.

—¿Para qué? —preguntó Marley—. Es una ruina. Un peligro, realmente.

—Sí, pero mi administrador cree que podría revitalizarse. Me asegura que al menos una parte puede ser útil.

El duque se llevó la copa a los labios.

—¿Útil para qué? —preguntó, justo antes de beber un sorbo.

—Para la Escuela Iddesleigh. Nuestra pequeña escuela ha tenido tanto éxito que debemos expandirnos.

Marley tosió de repente y estuvo a punto de

escupir el vino. *Lady* Caroline, a su derecha, le puso la mano en la espalda.

—Dios mío, excelencia. ¿Está bien?

—Sí, gracias —dijo él, con voz ronca.

—Una escuela para niñas —dijo el señor Swann—. Qué interesante.

—Mi hermano y su esposa fundaron la pequeña escuela calle abajo cuando se hizo evidente que faltaban opciones para educar adecuadamente a sus hijas —explicó *lady* Caroline—. Ha resultado ser beneficiosa y célebre que muchos desean enviar a sus niñas allí.

—Bravo, *milord*, *milady* —dijo el señor Carhill—. Aplaudo sus esfuerzos. A nosotros nos costó un gran esfuerzo encontrar un tutor adecuado para Allison y su hermana.

Beck inclinó la cabeza en reconocimiento.

—Necesitamos más maestros y más espacio. Como la abadía está vacía, parece la ubicación perfecta. Está en la carretera entre Iddesleigh y Hollyfield, no lejos de la escuela actual. Y se cruza con la carretera principal hacia el norte, lo cual es conveniente para el tren. Nos gustaría convertirlo en un internado.

Amelia no había oído hablar del internado.

— Pero ¡eso es maravilloso! —exclamó —. Siempre quise ir a un internado. Pensé que sería el momento más feliz estar rodeada de chicas de mi edad. Por desgracia, mi padre, el rey, estaba firmemente en contra. Nuestro tutor nos dijo que ya estábamos en un internado, en el sentido de que vivíamos en una parte del palacio separada de la de nuestros padres durante la mayor parte del año. Pero no era lo mismo.

—Creo que tuvo suerte de estar en San Edys, su alteza real —dijo el príncipe Leopoldo—. A mí me enviaron a una escuela militar en Fondaven, al norte de Alucia. Nunca he tenido tanto frío en mi vida.

Varios de los invitados se rieron.

—Nos gustaría mucho tener un internado —continuó Beck—. Pero, primero, debemos resolver el misterio de la propiedad.

—¿Por qué es un misterio? —preguntó Amelia.

—Los registros de propiedad se quemaron en un incendio que hubo en la abadía hace muchos años.

—Bueno, creo que es loable que dedique tantos pensamientos a la educación de las niñas, *milord* —dijo Amelia.

—¿Qué piensa usted, excelencia? —preguntó, inocentemente.

El duque la miró de repente. Claramente, le había sorprendido la pregunta.

—¿Que qué pienso de...?

—La escuela —dijo Amelia—. O, en general, de la educación de las niñas.

Echó un vistazo alrededor de la mesa.

—Creo que es necesaria.

Qué respuesta tan insulsa.

—Sí ¿y?

—¿Y...? —repitió él, y la miró con curiosidad—. Me complace que Iddesleigh se haya implicado tanto en ello.

—¿Cree que las niñas deberían ser educadas tan completamente como los niños? —preguntó.

—No —dijo rotundamente el señor Carhill.

Amelia observó a su hija, cuya mirada estaba fija en el plato. Se preguntó qué pensaría la señorita Carhill.

—¿Puedo preguntar por qué no?

—Creo que es obvio —dijo el señor—. No hay necesidad de ello. Las niñas serán esposas y madres. No hay necesidad de que estudien materias que no les valdrán de nada en su vida cotidiana. No necesitan saber, por ejemplo, cómo destilar queroseno del carbón.

Asintió con la cabeza hacia el señor Swann. El señor Swann asintió con la cabeza en señal de acuerdo con el señor Carhill.

—Creo que algunas materias son demasiado complicadas para el cerebro femenino.

Dios santo. ¿Aquellos dos caballeros pensaban que el cerebro femenino era una pequeña piedra que traqueteaba en las cabezas de sus propietarias?

—¡Qué interesante! —exclamó alegremente—. ¿Cree que el cerebro femenino es inferior al masculino?

—Bueno, en algunos aspectos, sí —dijo el señor Swann—. Nuestro Creador ha hecho nuestras mentes de manera diferente, ¿no es así? El cerebro femenino está dirigido a nutrir y dar vida. El cerebro masculino está dirigido a proteger y proveer, a resolver problemas.

—Le pido perdón, señor Swann, pero eso es absurdo. Puedo resolver problemas tan fácilmente como usted —dijo *lady* Caroline.

El señor Swann sonrió con un poco de condescendencia.

—Sí, por supuesto. No estoy hablando de nadie de los presentes. Estoy hablando en general.

—Pero ¿no cree que, con la misma educación, las mujeres también podrían resolver problemas complejos? —insistió ella—. A mi hermana y a mí nos enseñaron materias que a la mayoría de las niñas no se les enseñan porque ella sería reina algún día. La reina Justine resuelve problemas con frecuencia. Mucho más complejos que los problemas que pudiéramos tener cualquiera de los que estamos aquí.

—No tengo ninguna duda de que es una reina inteligente y llena de recursos —dijo el señor Swann—. Pero tiene consejeros masculinos y un marido que la protegen, la defienden y la guían.

A ella se le aceleró el pulso. Justine no necesitaba que los hombres le dijeran lo que había aprendido en las rodillas de su padre.

—Sé que hablo solo por mí, alteza —dijo Blythe—, pero, si tuviera que llevar las cuentas de Iddesleigh, bueno...

Lady Iddesleigh se echó a reír, y la señora Carhill y todos los hombres la siguieron.

Ella miró a *lady* Caroline. *Lady* Caroline frunció el ceño y luego desvió la mirada hacia Lila que, a su vez, miraba fijamente a Blythe con una expresión pensativa.

—Nunca tuve cabeza para los números —dijo Blythe con ligereza.

Ella no insistió en el tema. Parecía que Beck pensaba de manera diferente a su esposa, y eso era lo que importaba en aquella casa. Se recostó en el respaldo de la silla y sonrió con gracia.

—De todos modos, creo que todos podemos estar de acuerdo en que es una bendición para Devonshire tener una escuela para niñas.

—¡Por supuesto que sí! —exclamó el señor Carhill.

Hubo unos cuantos asentimientos en señal de acuerdo. Amelia miró al duque. Él también la estaba mirando, pero ella no supo interpretar su expresión. Seguramente, pensaba que había intervenido en un tema sobre el que no tenía derecho a opinar, que, cuanto antes se casara con alguien que le dijera qué era lo que tenía pensar, mejor. Frunció el ceño.

—Hablando de niñas y educación —dijo Blythe—. Nuestras niñas mayores han estado en su clase de

música y tienen un musical preparado para entretenerlos —explicó, y sonrió como si estuviera presentando una ópera londinense—. Vamos a tomar
el postre y luego podemos retirarnos al salón.

Amelia sonrió como la perfecta invitada que era.
No estaba allí para estropear el ambiente. Por casualidad, miró de nuevo a Marley. Él seguía mirándola, con una ligera sonrisa. Tan ligera, que ella no
estaba segura de que lo fuera, pero tenía la clara
impresión de que era una mueca. Él había disfrutado de la conversación y de su exasperación. Así
pues, no disimulaba tan bien como pensaba.

Sin embargo, no había duda de algo: el aburrido
era él, no ella.

Capítulo 23

Era la peor pesadilla de Joshua hecha realidad: una escuela de niñas, un internado, prácticamente en la puerta de su casa. Miró al viejo conde del cuadro. «¿Por qué no la quitaste, viejo idiota?».

Podía imaginar la agonía: el ruido, las voces agudas de las niñas que lloraban y reían alternativamente y, además, toda la conversación y el canto. Se las imaginó pisoteando jardines y liberando ganado y ovejas de sus prados y causando estragos por todo el valle.

—¿Qué estás haciendo? —le susurró Miles mientras los caballeros se levantaban para unirse a las damas.

Estaba tan absorto imaginándose la plaga de niñas que ni siquiera había oído la indicación de Iddesleigh de ir a reunirse al salón principal. Todos habían terminado de fumar sus puros y beber su oporto y se habían levantado de sus asientos.

Él los siguió por el pasillo.

Las damas ya estaban sentadas y, frente al hogar, un hombre que a él le resultaba vagamente familiar estaba colocando a las hijas de Iddesleigh según su altura. Había cinco niñas en total; la más pequeña no tenía más de dos años y estaba descalza, dando saltos. Las otras cuatro llevaban vestidos azules idénticos, con el cabello pelirrojo y rizado recogido en la coronilla.

Miles se acercó a él y se inclinó.

—Intenta aparentar que disfrutas, al menos —susurró—. Las niñas no merecen tu ceño fruncido.

¿Estaba frunciendo el ceño?

Miles caminó hasta situarse detrás de la señorita Carhill.

—Muy bien, señora Hughes —dijo el hombre.

Apareció una mujer de mediana edad con una cofia de encaje y se apresuró a sentarse al piano. Ordenó las partituras y colocó sus manos sobre el teclado. Lista.

El hombre dio un paso adelante e hizo una reverencia.

—Si me lo permiten, soy el señor Donovan, amigo de la familia y una especie de tío. Y esto —dijo, dando un paso atrás y haciendo un gesto con el brazo hacia las niñas— es el coro de Hawke.

Todos aplaudieron. Él, también, no era un ogro. Sin embargo, tenía la sensación de que aquella actuación iba a ser insoportable.

El señor Donovan le hizo un gesto a la señora Hughes y la música comenzó. Las niñas perdieron la nota inicial. El señor Donovan levantó la mano, la señora Hughes dejó de tocar y él caminó hacia la fila de niñas. Recorrió la fila, inclinándose, susurrándoles algo a cada una de ellas.

—Pero Birdie lo va a estropear —dijo una de las más pequeñas con un pisotón.

El señor Donovan hizo caso de la advertencia, tomó en brazos a la niña más pequeña y regresó a su lugar. La música comenzó de nuevo. En aquella ocasión, las niñas empezaron a cantar correctamente. Y a bailar, también. El señor Donovan dejó a la niña más pequeña e hizo los movimientos que se suponía que debían hacer también las niñas, para guiarlas.

—La pequeña señorita Cuidadosa cuando quieeeera —cantaron las niñas, mientras movían brazos y piernas hacia un lado y otro. Claramente, las dos mayores habían practicado los pasos. Las dos siguientes observaban a las mayores e imitaban sus movimientos. Y la pequeña, Birdie, saltaba alrededor del piano con ambos pies como un pollo, aplaudiendo con sus manitas regordetas y cantando una canción cuya letra solo conocía ella.

—Puede jugar con sus mejores platitos de té...

El canto era igual que el que había oído en la escuela: terriblemente desafinado. Y, sin embargo, algo se apoderó de él. Un cosquilleo cálido, la sensación que tenía uno cuando se sorprendía o se emocionaba. Empezó en su vientre y subió despacio, envolviéndole el corazón y retirando el hollín. Se extendió hasta sus extremidades y trepó por su cuello. Él trató de reprimir la sensación, pero, al ver a aquellas niñas cantar su canción y bailar su baile con tanta seriedad, no pudo hacer nada. La sensación se apoderó de él y los ojos se le llenaron de lágrimas.

Aquellas niñas, aquellos angelitos alborotadores, las culpables del ruido, de los pisoteos en el jardín y de la liberación de la vaca, se habían apoderado de su corazón con sus terribles cánticos. El recuerdo de lo que había deseado tan desesperadamente de Diana, el deseo abrumador que lo había impulsado a convencerla de que intentara de nuevo tener un hijo suyo cuando ella había sufrido dos abortos, estaba desbordándose.

Era lo único que había querido en la vida: ser padre. Quería ser como Iddesleigh, con su sonrisa radiante, mirando a todos a su alrededor para ver si apreciaban a sus hijas perfectas tanto como él. Y, cuando esa esperanza le fue arrebatada, había enterrado su deseo profundamente. Lo había sofocado. Lo había apagado. Lo había despreciado, lo había aborrecido, lo había culpado.

Y, en aquel momento, allí estaba, en el único lugar en el que no quería estar, a menos de un metro y medio de aquellas niñas, notando que el deseo resurgía como un ave fénix en su interior. La maldita esperanza, fresca y nueva, que se convertía en un dolor sordo.

La primera actuación había terminado. El público aplaudió y las niñas, lideradas por la mayor, se tomaron de las manos y se inclinaron.

—¿Eso es todo? —preguntó Iddesleigh con entusiasmo—. ¿No tenéis otra canción preparada para nosotros?

—Sí, papá —respondió una de sus hijas, que debía de ser la mediana, Maisie.

—¿Estás segura? No hemos practicado otra —dijo Donovan.

—Sí —dijo Maisie—. Es una que cantamos en nuestra habitación, papá.

—Entonces, por supuesto, vamos a escucharla —dijo Iddesleigh, y volvió a mirar a su alrededor, con orgullo, a sus invitados. La señora Hughes conocía la canción y comenzó a tocar. Las niñas se agarraron de las manos y comenzaron a caminar lentamente en círculo.

—En círculo alrededor de la rosa, con el bolsillo lleno de ramilletes, ¡adiós, adiós, todas nos caemos!

Solo una se dejó caer.

—Todavía no, Meg —dijo la mayor.

La princesa se echó a reír.

—Oh, Dios —dijo *lady* Iddesleigh—. ¿Donovan? ¿No deberíamos hacer algo?

—Muy bien, niñas, ya hemos tenido nuestra...

—¡El rey ha enviado a su hija a buscar un balde de agua, ¡buu, buu, nos caemos todas!

Meg tiró de la mano de Maisie, haciéndola caer. Maisie gritó; se puso de pie de un salto y, rápidamente, le tiró del pelo a Meg.

—¡Tilly, no! —gritó *lady* Iddesleigh cuando la mayor le dio un puñetazo a Maisie en la espalda.

Iddesleigh se levantó de su asiento y se enfrentó a sus invitados.

—Lamentablemente, la actuación ha terminado.

Detrás de él, el señor Donovan, la señora Hughes y *lady* Iddesleigh estaban trabajando para separar a las participantes en la pelea mientras la princesa se reía, claramente encantada.

—¿No dijo que podríamos ver un eclipse lunar esta noche, señor Swann? —preguntó Iddesleigh en voz alta.

—¡Sí! ¿Podemos salir a caminar por su jardín?

—Sí, creo que será mejor que caminemos hasta algún lugar y, cuanto antes, mejor —dijo Iddesleigh. Sacó al grupo del salón para alejarlo de las niñas, que seguían discutiendo.

Salieron a la terraza. El césped de abajo estaba a oscuras. Solo había un par de antorchas que iluminaban tenuemente el jardín.

—Esto es excelente —dijo el señor Swann—. Así, seguramente, podremos ver todas las estrellas. ¿Me siguen, por favor?

Bajó corriendo los escalones de la terraza hasta el césped. Las damas caminaron lentamente bajo la luz de la luna, y dos de ellas se agarraron del brazo de un hombre que estaba cerca. Cuando todos estuvieron en el césped, el señor Swann se adelantó y se paró junto a una fuente.

—Les ruego que se dispersen —dijo, usando

ambos brazos para demostrar cómo debían dispersarse—. Creo que se consigue mejor la observación
de las estrellas cuando uno siente que es el único
sobre la faz de la Tierra.

Joshua puso los ojos en blanco, pero hizo lo que
pedía el caballero y se alejó de todos... y de Miles y
la señorita Carhill en particular.

—Bien —dijo el señor Swann, y comenzó a señalar algunas constelaciones. Parecía que *lady* Aleksander era la más interesada de todas, porque
acribilló al hombre a preguntas. Él, sin embargo, no
estaba particularmente interesado en la conferen-
cia cosmológica del señor Swann y se retiró más
hacia las sombras, cerca del seto.

—¿Intenta escapar?

Una voz femenina le causó un sobresalto. Se dio
la vuelta. Allí estaba la princesa, apoyada en el seto.
Su vestido azul pálido se mezclaba con la luz de la
luna.

—¿Y usted?

—Todavía, no. Me gustaría ver un eclipse lunar,
nunca he visto uno. ¿Y usted?

Él negó con la cabeza y miró al cielo. Las estrellas
estaban brillantes aquella noche. Bajó la mirada
hacia ella.

—¿Es capaz de entender el eclipse? ¿O requerirá
explicación?

La princesa lo miró fijamente. Él sonrió sin poder evitarlo. Ella lo miró con curiosidad.

—Debo de estar soñando. ¿Ha sido una broma,
excelencia? ¿Un poco de humor?

—Creo que sí.

—Verán, cuando la Tierra gira... —dijo el señor
Swann en voz alta, desde la fuente. Estaba claro que
era un hombre muy erudito, pero de los eruditos
que estaban convencidos de que todos los que

estaban a su alrededor querían aprender de sus conocimientos.

Joshua miró hacia la luna. No vio ninguna señal de eclipse.

—Esperaba ver una sombra.

La princesa también miró hacia arriba.

—¿Qué ve cuando mira la luna? —preguntó con curiosidad.

—Una liebre.

—¿Una liebre?

—Sí, mire —dijo la princesa. Señaló la luna y trazó una forma que a él no le pareció la de una liebre.

—¿Lo ves?

—No. La luna no se parece a una liebre.

—¡Sí se parece! —exclamó ella.

Se acercó a él y señaló de nuevo. Él se colocó a su espalda e intentó seguir su dedo. Le distrajo el olor a agua de rosas en su cabello, la dulce fragancia de su perfume.

—Justo ahí está la constelación de Orión.

La voz del señor Swann se oyó por el jardín hasta donde estaban la princesa y él.

—Se llama así por un cazador de la mitología griega. Se pueden distinguir su garrote y su escudo —explicó, y señaló hacia el cielo, haciendo un gesto.

—¿Lo ve ahora? —preguntó la princesa, ignorando el discurso del señor Swann.

—No.

Ella suspiró con exasperación y giró la cabeza para mirarlo.

—Entonces, ¿qué ve?

—Dos cosas. Veo a un hombre.

—¿Dónde?

Él se acercó. Sin saber por qué, colocó una mano en su cintura e inclinó la cabeza sobre su hombro.

—Está un poco torcido, pero mire las dos

manchas oscuras allí —dijo, señalando lo que debían de ser unas depresiones del terreno en la luna.

La princesa apoyó la cabeza contra su hombro y miró hacia arriba. Su pelo le hizo cosquillas en la nariz. No sabía qué hacer con aquel pequeño y extraño momento de intimidad entre ellos, pero no dejó de señalar y no la apartó, porque le gustaba cómo se sentía teniéndola apoyada en el pecho. Era algo natural. Se sentía como si ella debiera estar apoyada en él todo el tiempo.

—Y la nariz, justo debajo —dijo, dibujando un trazo en el aire, como había hecho ella.

—Ah —dijo ella.

—¿Lo ve?

—No. ¿Qué más ve usted? —le preguntó la princesa, y se apartó de su cuerpo, dando un paso hacia adelante, cruzando los brazos sobre su cintura. Él notó el vacío en el espacio que había ocupado Amelia. Se sintió como expuesto a los elementos.

—Veo el infinito.

—¿Qué quiere decir?

—Quiero decir que la luna sigue y sigue, aparece cada noche, desaparece cada mañana. No hace nada más que girar alrededor de la Tierra. Una y otra vez. Parece tedioso, ¿no?

Ella resopló.

—Está describiendo la vida excelencia. Nos vamos a dormir, nos levantamos a la mañana siguiente y lo hacemos de nuevo. Lo mismo todos los días.

Ella recorrió su rostro con la mirada y se detuvo en su boca. A él se le agitó la sangre. Amelia estaba pensando en el beso tanto como él.

—¿De ahí se deduce que nuestras vidas son tediosas?

—¿Lo preferiría de otra manera? —preguntó él—. La alternativa es sombría.

Ella se rio suavemente.

—No, por supuesto que no. Duermo por la noche y me levanto al día siguiente, me visto y, tal vez, monto a caballo y, tal vez, leo y, tal vez, tengo visitas... Pero sobre todo, espero. Espero y espero y espero. Lo único que hace que toda esa espera sea soportable son las sorpresas que llegan cuando menos las espero.

—Debe de experimentar muchas sorpresas, alteza. Y una de ellas debe de ser la marcha constante de admiradores a los que entretener —dijo él, con una sonrisa encantadoramente torcida.

—De nuevo, asumiendo que, como me admiran, debo entretenerlos. La marcha constante de caballeros no es una sorpresa. Espero que los hombres me admiren. Es predecible. Y aburrido. No es sorprendente.

—Ummm —dijo él, admirando la curva de su cuello—. Hace que toda esa admiración suene desagradable.

—No es desagradable en absoluto. Me gusta. Pero no es sorprendente —dijo ella, y se encogió de hombros—. Todos nacemos en un cierto camino.

—¿Usted cree?

—Sí. Yo nací para ser admirada y usted nació para ser hosco. Y somos esas cosas hasta que nos sorprenden.

Amelia inclinó la cara hacia arriba para sonreírle. La luz de la luna iluminaba sus rasgos y él sabía que ella le estaba tomando el pelo, pero había estado sumido en la tristeza durante tanto tiempo que no sabía cómo responder. Su deseo era sorprenderla en aquel momento, besarla de nuevo, abrazarla de nuevo. Quería sentir que su sangre fluía, que el calor de su cuerpo aumentaba y su corazón latía con fuerza. En otras palabras, quería sentirse parte de los vivos otra vez.

—Desearía poder sorprenderlo —dijo ella—. Desearía...

—Su alteza real, ¿ha visto? La sombra está co-
menzando a cubrir la luna.

Y, entonces, llegó el señor Swann y estropeó el
momento, metiéndose en medio de ellos para des-
viar la atención de la princesa de él y dirigirla hacia
el cielo. ¿Qué deseaba Amelia? ¿Qué demonios deseaba?

No le sorprendió que alguien hubiera aparecido
y hubiera estropeado el momento.

Pero sí le sorprendió que le importara.

Capítulo 24

Unos días después de la cena, Lila y Blythe estaban en el camino de entrada a Iddesleigh House y vieron al señor Swann y a la princesa alejarse seguidos de los guardias reales. El señor Swann había llegado un poco antes con una amplia sonrisa y un caballo de regalo para la princesa.

—He oído decir que es usted una amazona consumada —dijo mientras le presentaba al caballo árabe.

—Es cierto —confirmó ella, sin dudarlo. Miró al caballo y luego al señor Swann—. Gracias, señor Swann. Su regalo es muy considerado... pero demasiado valioso. Me temo que no puedo aceptarlo. Entre otras cosas, no podría transportarlo a San Edys y, aunque pudiera, se quedaría en los establos con todos los demás caballos del palacio.

Evidentemente, el señor Swann había previsto esta respuesta y parecía bastante desconcertado. Probablemente, había pensado que lo elogiarían de un extremo a otro de Devonshire por su regalo. Pero, como era un hombre inteligente, giró suavemente.

—Entonces, tal vez... Quizá pudiera considerarlo un préstamo mientras esté en Inglaterra.

Amelia miró al caballo de nuevo.

—Me gusta bastante la yegua ruana que he estado montando.

La sonrisa del señor Swann se apagó.

—Señor Swann, es usted muy generoso —dijo Blythe—. Mi marido y yo estaríamos encantados de alojar en nuestro establo al caballo para su alteza real durante su estancia.

Lady Iddesleigh la miró fijamente, pero ella estaba acariciando el hocico del caballo y murmurándole algo.

Una hora más tarde, cuando por fin los dos se alejaron, Blythe suspiró con cansancio.

—No tiene por qué ser cruel.

—¿Fue cruel? —preguntó Lila—. A mí me ha parecido que estaba en su derecho de decir que era demasiado. ¿Quién regala un caballo? Un perro, un gatito, tal vez. Pero ¿un caballo?

—Pues a mí me ha parecido que es encantador. Es obvio que la estima.

Lila juntó las manos en su cintura.

—No estaría tan segura de eso, Blythe. Mi experiencia ha sido que, a menudo, los que se esfuerzan demasiado están más preocupados por ganar que por otra cosa.

Blythe miró a Lila con desconcierto.

—Bueno, por supuesto que lo está. Hay una gran ventaja para el ganador de este concurso, ¿no? ¿Por qué lo invitaste aquí si esa no es tu intención?

—Nunca se sabe realmente el tipo de pretendiente que será un hombre hasta que conoce a la dama —respondió Lila, y se encogió de hombros.

No podía tener razón sobre todos ellos. Las pocas veces que había hablado con el señor Swann le había parecido un hombre encantador. Hasta la cena no se dio cuenta de lo pretencioso que era.

—En mi opinión, es un candidato perfecto para la princesa.

—Tal vez lo sea, pero ella aún no ha dicho lo que piensa de él.

—¿No? —preguntó Blythe—. ¿No ha dicho nada?

No, la princesa Amelia no había dicho mucho, y ese era el problema.

—Que no tenía queja de él y que lo consideraría.

De hecho, la princesa nunca se quejaba de nadie más que de Marley. Según ella, el duque la había molestado al insinuar que estaba aburrido en la cena. Pero, más tarde, esa misma noche, mientras el señor Swann estaba señalando estrellas y constelaciones y el comienzo de un eclipse, ella se dio cuenta de que ni la princesa ni el duque estaban a la vista. Se enfadó consigo misma por su falta de atención, porque debería haber tenido los ojos puestos en la princesa Amelia para evaluar cómo respondía al señor Swann. Sin embargo, estaba enamorada del cielo nocturno y parecía que el señor Swann sabía mucho.

Ese era el otro problema: el señor Swann quería tanta atención como la princesa Amelia y la había conseguido. Cuando la princesa Amelia reapareció con el señor Swann, y Marley detrás de ellos, sonrió y les contó todo sobre un astrónomo ruso que había llegado a la corte de Wesloria con un telescopio muy potente.

—Parecía casi como si estuvieras de pie sobre las estrellas —dijo—. Nombró una estrella en mi honor. Y otra en honor a mi hermana, también.

—Qué maravilloso —dijo el señor Swann—. ¿Dónde está la estrella?

—En el cielo, señor.

Todos se habían reído.

—Creo que deberías tratar de convencerla, Lila —dijo Blythe—. No es la persona más fácil de querer, ¿verdad? Pero parece que el señor Swann se lo toma con calma.

Lila pensó que, probablemente, sería muy fácil querer a la princesa Amelia si Blythe tratara de entenderla. Pero Blythe, era como la mayoría de la gente en el sentido de que tenía una idea establecida de cómo debía ser una princesa real, y la princesa Amelia no encajaba en ese ideal. Lila no podía culpar a nadie por ello: a toda Inglaterra se le presentaban a las princesas ideales cada día, porque las hijas de la reina Victoria eran las niñas de sus ojos.

Sin embargo, la princesa Amelia tenía su propia personalidad y no estaba dispuesta a ser alguien que no era. Había que admirar a una mujer dedicada a ser fiel a sí misma.

Al menos, ella la admiraba.

—Hablaré otra vez con la princesa —dijo, solo para apaciguar a Blythe.

Era obvio que iba a tener que hacer una lista nueva de posibles pretendientes. Su marido, Valentin, iría a Londres desde Dinamarca dentro de pocas semanas, y ella estaba desesperada por verlo. Se preguntó si tal vez un cambio de aires fuese bueno para la princesa Amelia. Podrían ir a Londres. La mayoría de las personas que quería presentarle a la princesa estaban haciendo el equipaje para irse al campo durante los meses de verano. Pero a la princesa le gustaba ir de compras y, en general, le gustaba conocer a personas que no estuvieran en la lista de posibles pretendientes para ella.

Se reunió con la princesa la tarde siguiente para presentarle su plan. Amelia había ido a la escuela aquella mañana con las niñas, pero, en vez de regresar una hora después, más o menos, se había quedado en el campo todo el día. Llevaba su vestido de paseo marrón y se había hecho una coleta larga que le caía por la espalda. El sombrero que llevaba para protegerse del sol era tan grande que solo se le veía la barbilla. Aquello también era poco habitual en la princesa. Desde que la conocía, Amelia siempre había sido meticulosa con su apariencia, pero, durante las últimas semanas, había dejado de preocuparse por las enaguas y los peinados por completo.

—¡Aquí está! —exclamó, mientras bajaba a su encuentro por el camino de la entrada a Iddesleigh House—. He estado trabajando en una nueva lista de pretendientes para que la revisemos.

La princesa Amelia suspiró.

—Creo que dos de los caballeros que tengo en mente despertarán su interés —dijo ella.

La princesa se quitó el sombrero y la miró.

—¿De verdad cree que hay dos que serán diferentes a los precedentes?

Lila vaciló.

—Has perdido la fe.

La princesa se echó a reír.

—Sí, de todas las maneras posibles. Todos saben exactamente qué decir: mencionan sus contactos, piensan que para conseguir mi estima lo único que deben hacer es admirar mi aspecto, sonríen y son caballerosos y alardean de sus logros mientras se imaginan todas las ganancias que podrían obtener al casarse conmigo.

—Dios mío —dijo Lila con una carcajada—. ¡Qué pesimista se ha vuelto, alteza!

—Por favor, Lila. Llámame Amelia. No es necesaria tanta formalidad entre nosotras. Por lo menos, ahora, no.

Lila no sabía qué quería decir con «ahora», pero, claramente Amelia había cruzado algún umbral.

—Sabes que lo que digo es verdad —continuó la princesa—. En privado, estos hombres piensan que soy inferior a ellos en virtud de mi sexo y suponen que me controlarán una vez que estemos casados, porque ¿no es así el matrimonio, ya sea de la realeza o de cualquier otra clase?

La conversación sobre los cerebros femeninos había sido terriblemente molesta. La misma noche de la cena, ella le había escrito una carta a Valentin para quejarse.

—Las opiniones del señor Swann no son las opiniones de todos los hombres.

—¿Ah, no?

No podía contradecir a Amelia. El señor Swann tenía el mismo punto de vista que la gran mayoría de los hombres. Ella se consideraba la mujer más afortunada en la tierra, porque Valentin no estaba en ese grupo.

—Estás describiendo el tira y afloja entre hombres y mujeres. Ambos sexos tienen una visión única del otro y sus puntos de vista no siempre coinciden.

—Eso lo empeora aún más —dijo Amelia, mientras llegaban a los escalones de la terraza y comenzaban a subir—. Y lo peor de todo es que estoy en una terrible desventaja debido a que su comportamiento es muy bueno en esta situación. ¿Cómo puedo saber si son únicos de alguna manera? Es imposible. Y, realmente, Lila, estoy empezando a cuestionarme la necesidad de todo esto.

—¿La necesidad de qué?

La princesa hizo una pausa para mirarla como si pensara que estaba siendo deliberadamente obtusa.

—Del matrimonio.

Su estado de ánimo era peor de lo que Lila había previsto.

—Hay una gran necesidad. ¿No quieres compañía y familia? ¿Amor y fidelidad?

La princesa negó con la cabeza y continuó subiendo. Ella la agarró del brazo y la obligó a detenerse.

—No estás siendo justa. Hasta ahora has conocido a muy pocas personas.

—Lo sé, y estaba ansiosa por conocerlos a todos

—dijo Amelia con melancolía—. Realmente creía que iba a conocer a alguien nuevo y emocionante en Inglaterra. Pero aquí son iguales que en Wesloria. Siempre son iguales.

Muchos años atrás, Lila había intentado casar a una heredera que no estaba satisfecha con ninguno de los caballeros a los que conocía. Seguía viviendo con sus padres y, por lo que ella había oído, la experiencia la había amargado.

No quería que Amelia fuera como esa heredera.

—El barón Hancock de Irlanda llegará la semana que viene y creo que te va a parecer encantador. ¡Es un gran jinete!

La princesa se encogió de hombros.

—Amelia, entonces, ¿qué es lo que realmente te preocupa?

Amelia miró hacia arriba, al cielo, como si lo hubiera explicado una y otra vez.

—Soy la niña problemática que todos ver casada lo antes posible para poder seguir con sus asuntos, ¿no? Pues no, no soy una niña, Lila. Sé lo que quiero. Mi familia estaría agradecida con cualquiera que cumpliera con los criterios más básicos, pero yo no estoy de acuerdo. Y mientras tanto, soy completamente inútil. Blythe no quiere mi ayuda. Los caballeros no quieren que haga nada más que estar bonita. La única persona que parece que me valora por algo más que mi título es el señor Roberts, pero difícilmente podría casarme con él.

—Pero podemos encontrar a alguien como el señor Roberts.

La expresión de Amelia se ensombreció.

—¿Dónde, Lila? ¿En tu agenda, con todos esos nombres y trozos de papel pegados aquí y allá? Supongo que te das cuenta de que son las expectativas que nos creamos las que causan nuestras decepciones.

Amelia empezó a subir a grandes zancadas los escalones de la terraza. Ella la siguió apresuradamente.

—Tengo una idea. ¡Empecemos de nuevo! Claramente, no has conocido a nadie de tu interés, así que repasemos todo de nuevo. Lo que te gusta, lo que no te gusta...

—¡Nada ha cambiado! ¿Hay algo que no te haya dicho? Quiero a alguien que me sorprenda, alguien que no sea lo que se espera. Alguien a quien yo también pueda sorprender.

Era difícil de entender que la pobre mujer no se diera cuenta de que estaba describiendo a Marley. En ese momento, ella supo lo que tenía que hacer. Pero, por si acaso Marley era demasiado intratable, y bien pudiera ser así, ya que estaba obsesionado y era terco, ella necesitaba un plan alternativo.

—¿Y si fuéramos a Londres dentro de unas semanas?

Eso complació a la princesa. Se volvió para mirarla.

—¿A Londres?

Ella asintió.

—Tengo que hablar con Beck, por supuesto, pero... hay algunos caballeros en la ciudad que creo que te gustaría conocer antes de que se vayan de veraneo.

Sonrió. Esperaba que el rostro de la princesa se iluminara, que se quedara sin aliento de emoción. Cuando Amelia había visitado Inglaterra hacía unos años, había explorado todas las formas posibles de vivir en la sociedad londinense, en las tiendas de Londres, en los salones de Londres. Pero, en aquella ocasión, no se quedó sin aliento de alegría. En realidad, parecía que la idea la desanimaba.

—Sí —dijo—. Por supuesto. ¿Por qué no?

Amelia entró en la casa. Ella se quedó parada al final de los escalones, observando cómo desaparecía

en el interior. La situación se estaba volviendo desesperada. No se imaginaba nada peor que enviar a la
princesa de regreso a Wesloria sin pareja. Sabía lo
que sucedería si lo hacía: ¿Una princesa de veintiséis años que no había encontrado prometido en
Wesloria ni en Inglaterra? La noticia se difundiría
rápidamente por todas las casas reales y la nobleza.
Ella estaba segura de que, a pesar de su título y riqueza, ningún hombre rico y con títulos dignos de
su mano querría a alguien así porque, lógicamente,
asumiría que era una mujer problemática. Ojalá
Valentin estuviera allí para ayudarla a pensar en
una forma de evitar aquel desastre.

A la Escuela de Iddesleigh para Demasiadas Niñas:

*He oído en el pueblo que el número de niñas que se-
rán educadas se ampliará para incluir más edades.
Buen hombre, ¿ha perdido el juicio? ¿No se imagina lo
que supondrá eso para nuestro pequeño rincón de Inglaterra? Una escuela más grande debería estar situada
en una comunidad más grande, como Plymouth o Exe-
ter, pero no aquí, en Iddesleigh, por favor.*

*Le ruego que no me malinterprete: hay que felicitar-
lo por el éxito de su escuela. La educación en todas sus
formas y para todos los estudiantes es de gran importancia para la salud de nuestra nación. Sin embargo,
debo rogarle que piense detenidamente en sus planes.
¿Cómo se organizará ese tráfico? No tenemos las carre-
teras necesarias para todo el ir y venir. Su decisión es
incompatible con nuestra tranquilidad rural y, por ese
motivo, debo asumir que ha permitido que sus emociones le guíen y no ha tenido en cuenta las consecuencias
de su decisión. Me recuerda a un hombre que decide casarse sin saber hasta qué punto es compatible con su
prometida y sin sopesar las consecuencias.*

Supongo que así es el matrimonio: somos seres de la Naturaleza y tendemos naturalmente a apegarnos a alguien por la emoción más que por los hechos. Usted, señor, necesita a alguien que le impida tomar decisiones apresuradas basadas en la emoción más que en los hechos.

Un preocupado residente de Devonshire

A un preocupado residente de Devonshire:

Gracias por su apoyo a la Escuela Iddesleigh para Niñas Excepcionales. Nos complace anunciar que tenemos previsto expandir nuestra población estudiantil para que un número más alto de niñas reciba una educación adecuada. Puede estar seguro de que eso no sucederá hasta que tengamos el espacio necesario para acomodarlas a todas. En estos momentos, tal y como están las cosas, nuestras niñas se apoyan unas en otras, prácticamente.

Encontramos bastante interesante su noción del matrimonio. Notamos, con curiosidad, que usted no menciona el amor como la verdadera razón del matrimonio. «El amor no mira con los ojos, sino con el alma», escribió el bardo Shakespeare. Era un gran observador del amor.

En su opinión, ¿qué debe hacer una persona si no encuentra a otra de ideas afines a la que unirse y formar un matrimonio feliz? ¿Esa persona debe refugiarse en los libros y seguir sola, tomando decisiones sin que nadie le recuerde que debe pensar en las consecuencias? Eso parece tan desesperadamente solitario... Por otra parte, nadie puede imaginarse una tragedia peor que casarse con alguien y descubrir después que no son compatibles en lo más mínimo ni en el pensamiento ni en la actitud. ¡Qué gran dilema, todo esto!

Hace poco tuvimos que despedirnos de un par de

hermanas jóvenes que se mudaron con su madre al norte del país. Fue una circunstancia terrible en la que los padres experimentaron una infidelidad tan grande que uno desterró al otro. En este caso particular, se puede suponer que el amor miró con los ojos y no con el alma y, tal vez, descubrió que no era amor en absoluto. La lujuria es engañosa. Sirva para todos nosotros de recordatorio de que el matrimonio está lleno de peligros. A menos, por supuesto, que uno pueda determinar la compatibilidad antes del matrimonio, en cuyo caso, seguramente las recompensas del matrimonio deben de ser grandes.

Con mis más cordiales saludos, La Escuela Iddesleigh para Niñas Excepcionales

A la Escuela Iddesleigh para Niñas Ausentes:

Admito que plantean un excelente punto de vista: el amor debería entrar en el cálculo del matrimonio. Tal vez mi propio pesimismo se haya apoderado por completo de mi pensamiento. He intentado ganarme esa distinción, pero he fracasado y, tal vez, eso me haya convertido en alguien demasiado cauteloso. Sin embargo, me mantengo firme: la prueba de compatibilidad debe llegar antes del matrimonio y una decisión no debe tomarse solo en base a la emoción. De no ser así, el riesgo de fracasar es demasiado grande. Obviamente, la compatibilidad en todas las cosas no se puede saber antes del matrimonio, y creo que entiende lo que quiero decir. Pero muchas cosas dentro de un matrimonio se pueden mejorar si, para empezar, hay un acuerdo de voluntades.

Atentamente, un preocupado residente de Devonshire.

Capítulo 25

Junio de 1858, Inglaterra.

A su majestad la reina Justine:

Querida Jussie, perdona que haya tardado en responder a tu última carta. Seré breve, ya que me esperan en la escuela y voy a salir corriendo para echar esto en el correo de hoy. Tienes razón al suponer que los esfuerzos de Lila no han dado fruto, pero no tengo una respuesta concreta de por qué. Mamá me ha enviado tres cartas instándome a no ser terca. Te juro que no lo soy. Pero, cada vez que Lila me presenta a algún caballero, descubro que estoy menos y menos interesada en conocerlos. Siento un aburrimiento que no había sentido antes.

No puedo criticar la selección de Lila: todos los caballeros han sido hombres buenos y loables. Me recuerda mucho a cuando te presentó tantos candidatos a ti y cómo, después de un tiempo, comenzaron a parecerte todos el mismo. ¿Recuerdas lo cansada que estabas de eso?

La única persona que ha sido un poco interesante es el duque al que tomé por la Parca. Ha mejorado mucho desde que se afeitó la barba y se cortó el pelo. Creo que tiene el color de ojos más asombroso que he visto en mi vida, un azul grisáceo que recuerda al invierno y al verano al mismo tiempo. Sin embargo, él no siente la menor curiosidad por mí. Incluso ha declarado más de una vez que no tenía ni la más mínima intención de participar en la competición por conseguir mi mano. Es como si no viera lo que ven todos los demás y no se sintiera atraído por mi título, mi herencia o cualquier otra cosa sobre mí. No sé cómo responder a tal desinterés, ya que no se parece a nada que haya experimentado antes. No me molesta, sino que lo encuentro extraordinario.

Lila me dijo que podríamos ir pronto a Londres. Me gustaría ir de tiendas, pero, cuando pienso en más fiestas y bailes donde me presentarán como la princesa que no encuentra pareja, no me apetece ir. Tampoco quiero dejar la escuela. El señor Roberts me necesita desesperadamente y lord I está buscando unas instalaciones más grandes. Una vez que eso se resuelva, habrá mucho que hacer y me necesitarán. Detesto tener que irme ahora solo para ponerme una tiara, sonreír y dejar que los hombres me evalúen para el matrimonio y que las mujeres susurren que no me he ganado su cariño. Nunca he entendido la obligación de fingir que soy dulce cuando no lo soy.

Oh, querida, el tiempo se me ha escapado entre los dedos. Tengo que acabar. Prometo que escribiré más cuando pueda.

Tuya, A.

Capítulo 26

Una mañana en la que el aire era tan denso que parecía que se podía cortar con un cuchillo, Amelia terminó su trabajo en la oficina del señor Roberts y recogió su chal. Oía a las niñas en el aula. El señor Roberts estaba enseñando los clásicos griegos y la lección de aquel día era sobre las deidades. Las niñas habían tomado un gusto particular por Atenea, ya que era una guerrera. Mathilda dijo que algún día ella también sería una diosa guerrera y su padre le daría una espada. Como era de esperar, Maren y Maisie dijeron que también ellas serían diosas guerreras y que su padre también les daría una espada.

A partir de ahí, todo fue cuesta abajo.

Amelia estaba descubriendo que así eran las cosas con las niñas pequeñas. Lo que tenía una de ellas lo querían todas. Muy parecido a las mujeres adultas.

Amelia se puso su sombrero para el sol y saludó al señor Roberts a través de la puerta abierta del aula, pero él no la vio. Salió y se quedó parada un momento.

Temía volver a Iddesleigh House. No quería oír a Blythe y a Beck discutiendo sobre la selección de telas para la decoración. Tampoco quería ver la sonrisa esperanzada de Lila, aunque la dama estaría fuera unos días, lo cual representaba un alivio. Ella no tenía duda de que estaba tratando de conseguir nuevos pretendientes. Le caía bien Lila y apreciaba su deseo de ayudar, pero estaba cansada de aquella tarea. Sentía indiferencia por las posibilidades. Para su asombro, conocer a caballeros solteros se había convertido en una tarea ardua.

Caminó hasta el arco de la salida y miró el camino hacia Iddesleigh y Hollyfield. Después, se volvió en dirección a la abadía de Goosefeather. El señor Swann y ella habían ido allí a caballo la tarde que habían salido por insistencia suya, pero el señor Swann se había impacientado y dijo que estaba de acuerdo con Marley en que no tenía sentido que instalaran un internado allí. Opinó que el terreno parecía adecuado para otro emprendimiento, algo agrícola, dijo, como si también fuera un experto en el uso de la tierra.

Le encantaba la idea de fundar un internado para niñas y quería ver más de cerca la abadía. Estaba empezando a pensar que había una manera de ser útil para el mundo. Podría ayudar a que el proyecto se materializase, ¿no? Seguramente, como mínimo, podría conseguir algo de financiación. Decidió echar un vistazo más calmadamente que cuando estuvo allí con el señor Swann y se puso en camino.

Al principio, disfrutó del paseo, sola con sus pensamientos. Sin embargo, después de una media hora más o menos, al no llegar a la abadía, empezó a preocuparse por si había calculado mal la distancia o se había confundido de camino. Había mucha humedad y el vestido se le pegaba al cuerpo. Aquel tenía que ser el camino: el señor Swann y ella no habían cabalgado más de tres cuartos de hora para llegar a la abadía y habían pasado por delante de la escuela actual en el trayecto. Así pues, continuó, sin fijarse en las nubes que se acumulaban en el cielo.

Después de una hora, el cielo estaba totalmente cubierto, pero había visto las agujas de la abadía y continuó andando. Después de otro cuarto de hora, se dio cuenta de que la abadía seguía estando más lejos de lo que pensaba.

Cuando por fin llegó, estaba agotada, pero también contenta de haberlo conseguido. Pasó un rato caminando por allí, pisando las piedras, mirando las habitaciones intactas. Se imaginó todo el internado: las niñas dormirían donde habían dormido los monjes. En las partes que faltaban en la abadía, las habitaciones grandes, según pudo juzgar, podrían construir un comedor y una capilla. Había otras habitaciones que eran demasiado grandes para servir de dormitorios y demasiado pequeñas para servir de comedores, y esas podrían ser las aulas.

Estaba impaciente por hablar con Beck sobre todo eso. Le daba vueltas la cabeza con tantas ideas cuando emprendió el regreso. No se dio cuenta de lo negras que eran las nubes hasta que le cayó en la mano la primera gota de lluvia.

Y luego otra.

Y, entonces, empezó el diluvio.

—¡Maldita sea! —gritó, y se cubrió la cabeza con el chal mientras el cielo se abría.

Corrió por el camino durante un rato, con los pulmones ardiendo, hasta que se hizo evidente que no podía escapar de la tormenta. Pensó en correr hacia los árboles para buscar refugio, pero la lluvia era tan fuerte que no se salvaría ni siquiera allí.

Cuando sus piernas se negaron a seguir corriendo, intentó caminar rápido, pero el sendero se había

vuelto fangoso y se le hundían las botas en las hue-
llas de los carros. Una de ellas se hundió tanto que
se le salió del pie, y tuvo que detenerse para sacarla
del barro. Estaba empapada y helada y, si no hubiera estado tan enfadada consigo misma por aquel
descuido, se habría echado a llorar. Tal vez se hubiera arrojado de bruces al camino y habría sollozado
hasta que todo su cuerpo se hubiese hundido en el
barro.

Y entonces, milagrosamente, oyó un grito ahogado. Con la bota embarrada en una mano, se dio la
vuelta, esperando encontrarse un carruaje... Pero lo
que se acercaba a ella era un jinete. Los cascos del
caballo revolvían el barro de una manera increíble.
Reconoció al instante la capa negra: era la Parca. Se
detuvo y lo miró fijamente mientras la lluvia caía a
chorros de su sombrero.

—¿Qué diablos...?

Por suerte, Amelia no tuvo que dar explicaciones
en ese momento, ya que no se le habría ocurrido
nada que decir. Él bajó de un salto de su caballo y la
agarró por la cintura.

—¿Dónde están tus guardias? —inquirió.

Sin embargo, no esperó la respuesta. La levantó
antes de que pudiera hablar, la montó en el caballo
y se subió detrás de ella. Le rodeó la cintura con un
brazo para sujetarla, aplastándola contra su pecho
duro y cálido. La envolvió con su capa y luego espoleó al caballo.

Era difícil avanzar. El caballo tropezó un par de
veces, pero siguió adelante, moviendo la cabeza,
queriendo protegerse de la lluvia tanto como ella.
Amelia no podía ver gran cosa en aquel aguacero
torrencial, pero se dio cuenta de que él sacaba al caballo de la carretera principal y lo llevaba por un
sendero que atravesaba el bosque. Finalmente,

aparecieron en la parte trasera de la mansión de Hollyfield.

El caballo aceleró el paso y trotó hacia las puertas abiertas del establo. Al entrar, se detuvo en el medio del pasillo central. Los demás caballos resoplaron y relincharon. Ella estaba jadeando y no conseguía recuperar el aliento.

Un mozo de cuadra apareció y tomó las bridas del caballo. Marley desmontó y la bajó a ella también. Pero, como ella todavía estaba agarrando la bota, no pudo apoyarse en él y sus cuerpos se estrecharon uno contra el otro. Ella se deslizó a lo largo de él hasta que aterrizó de costado, todavía agarrando la maldita bota como si fuera todo lo que tenía en el mundo.

Él dio un paso atrás, la miró de arriba abajo y se fijó en la bota. Luego la miró a la cara, se puso las manos en las caderas y entrecerró los ojos con una expresión de reproche.

—¿Qué demonios estaba haciendo en medio de esta tormenta?

¿Acaso pensaba que había salido a la calle intencionadamente en medio del aguacero? Temblaba tanto que le castañeteaban los dientes.

—Oh, solo salí a dar un paseo.

Él abrió la boca como si quisiera gritar, pero, rápidamente, la cerró.

—Por el amor de Dios, la tormenta empezó cuando yo ya estaba fuera. No era mi intención empaparme por completo.

—Perdone mi escepticismo. Creo que podemos estar de acuerdo en que uno nunca sabe lo que se le pasa por la cabeza.

—No podemos estar de acuerdo en nada de eso. Siempre lo sé. Por cierto, gracias por venir a rescatarme.

Él seguía mirándola con una expresión confusa, como si no la entendiera en absoluto.

—¿Por qué tiene esa cara de desconcierto? Fui andando hasta la abadía, pero no me di cuenta de lo lejos que estaba a pie y, cuando lo comprobé, ya era demasiado tarde —le explicó ella.

La expresión de Marley se ensombreció.

—Necesita ropa seca. Venga conmigo.

—Será mejor que siga hasta Iddesleigh. Puedo caminar el resto del camino...

—¡Maldita sea! —exclamó Marley—. Mire la tormenta —dijo, señalando el diluvio que veían caer a través de las puertas abiertas.

No cabía duda de que era una visión desalentadora.

—Enviarán un grupo de búsqueda.

Marley asintió. Miró al mozo. Al joven estuvieron a punto de salírsele los ojos de las órbitas, porque él también veía la tormenta y, al parecer, entendía perfectamente lo que su señor estaba pensando.

—Bueno, Theo, hoy es el día en que vas a ser un héroe.

—¿Excelencia?

—Ocúpate de él —dijo el duque, señalando al caballo. Se quitó la pesada capa y la colocó sobre la puerta del establo. Después se quitó el sombrero y lo puso en equilibrio sobre la capa—. Cuando lo hayas cepillado y le hayas dado un balde de avena, toma mi capa y mi sombrero y ve a Iddesleigh House. Debes decirle a *lord* Iddesleigh que su alteza real se vio en medio de la lluvia en pleno campo, pero que está a salvo en Hollyfield y que regresará en cuanto pase la tormenta.

A Theo se le abrieron aún más los ojos.

—Y permanecerás allí hasta que deje de llover.

Iddesleigh se encargará de que te den de comer y te mantengan seco. ¿Entiendes lo que tienes que hacer?

Theo tragó saliva.

—Sí, excelencia.

—Buen muchacho —dijo Marley, y se volvió hacia Amelia—. Usted, venga —le ordenó, y comenzó a caminar a grandes zancadas hacia la puerta. Amelia fue cojeando tras él.

—¿Dónde?

—Dentro, por supuesto.

—¿Dentro de su casa?

Él la miró con evidente exasperación.

—Contrariamente a sus observaciones anteriores, mi casa no está abandonada. Es una casa, está seca y algunas de las habitaciones están caldeadas —dijo, y la tomó de la mano—. Además, señora, es la única opción que tiene.

Tiró de su brazo y avanzó a grandes zancadas mientras ella cojeaba detrás de él. Sin embargo, al llegar a la puerta, se detuvieron. La lluvia caía con tanta fuerza que casi no se veía la casa.

—¿Puede correr?

—Creo que sí.

Él miró la bota.

—Maldita sea —murmuró—. Por favor, hágame el favor de no resistirse.

—¿Cómo? —preguntó ella.

Entonces, él la levantó bruscamente, la arrojó... la arrojó... sobre su hombro y echó a correr. Ella gritó y se agarró a la espalda de su abrigo con los dos puños.

—¡Esto no es necesario! —gritó al vacío mientras él corría por el césped hacia una puerta.

Era una puerta lateral, no una verdadera entrada. La dejó en el suelo con brusquedad y golpeó la puerta dos veces con el hombro para abrirla a la fuerza. La puerta salió de su marco hinchado y él empujó la empujó para que entrara a un pasillo estrecho. Después, cerró la puerta a la fuerza de nuevo con el hombro.

—Necesito que la arreglen —dijo, más para sí mismo que para ella.

Ella se dio cuenta de que había dejado caer la bota en algún lugar entre el establo y la casa, y estaba mirando a su alrededor, tratando de ver algo a la tenue luz del pasillo, cuando oyó un estruendo. Se giró justo a tiempo para ver a dos perros que se acercaban corriendo y logró levantar los brazos antes de que saltaran sobre ella. Estaba segura de que la iban a destrozar... pero lo único que sintió fue el roce de sus lenguas mientras lamían la lluvia de su rostro, moviendo los cuerpos de emoción.

—¡Bethan! ¡Merlín! ¡Fuera! —rugió Marley.

Los perros se alejaron de ella al instante y se sentaron, moviendo vigorosamente la cola y con expresión ansiosa, como si esperaran elogios por su excelente saludo. Marley la rodeó y se interpuso entre ella y los perros. Señaló el pasillo.

—Marchaos —les ordenó, y los perros obedecieron y se alejaron. Él movió la cabeza y la miró—. ¿Está bien?

—Sí. Más mojada que antes, pero estoy bien —dijo ella y, con el dorso de la mano, se limpió la baba de perro de la mejilla.

—Le pido perdón por ello. Esos dos eran modelos de disciplina hasta que Miles los echó a perder.

—¿Quién?

—*Lord* Clarendon —aclaró él—. Ha sido mi invitado todas estas semanas o meses o años. Digamos que ha pasado una eternidad. Está bien, vamos —dijo, y volvieron a avanzar por el pasillo oscuro hasta que salieron a un pasillo más grande y majestuoso. Ella se fijó, mientras trataba de seguir-le el paso, en que las puertas de aquel pasillo esta-ban cerradas. Casi no había luz, a pesar de que algún sirviente debería haber encendido ya las lámparas.

Entraron en otro pasillo vacío, oscuro y frío, mu-cho más amplio aún. Después de otra larga camina-ta, llegaron a un salón agradable, cálido e iluminado. Ella estuvo a punto de echarse a llorar de alivio.

Sin embargo, cuando entró detrás de él, vio que la mayoría de los muebles estaban cubiertos con trapos para el polvo. ¿Era un trastero?

Marley fue a la chimenea para avivar el fuego. Ella se abrazó con fuerza la cintura y observó los muebles tapados. Incluso los cuadros de la pared estaban cubiertos con telas, salvo uno que había so-bre la chimenea. Había dos sillas, un diván y una mesa pequeña con dos sillas a un lado de la habita-ción que no estaban cubiertas, lo que daba la impre-sión de que solo se usaba una parte de la estancia. No tenía sentido.

—¿Se va de Hollyfield?

—Sí.

Él se levantó de la chimenea y se quitó el abrigo, el chaleco y el pañuelo del cuello. Luego se dio la vuelta para mirarla. Tenía la camisa empapada y pegada al pecho. Su piel, y cada una de las largas curvas de sus músculos, eran visibles a través de la tela mojada.

Amelia se quedó sin palabras.

—Está temblando —le dijo él.

—¿Qué?

Ella parpadeó. En parte, temblaba de frío, pero también porque se le había acelerado el corazón.

—Sí, es cierto.

Él se acercó a ella, le puso las manos en los hom-bros y la llevó frente al fuego.

—Quédese aquí y no se mueva. Vuelvo dentro de un momento.

Salió de la habitación y regresó unos minutos después con un hombre.

—Este es Butler, mi mayordomo —dijo, y se giró hacia el sirviente—. Su alteza real, la princesa Amelia de Wesloria —le anunció.

El mayordomo hizo una reverencia.

Una mujer entró apresuradamente en la habitación como si los perros la estuvieran persiguiendo. Se quedó boquiabierta cuando la vio.

—Halsey, es su alteza real, la princesa Amelia de Wesloria. Le ha sorprendido la tormenta —dijo Marley, mientras se pasaba los dedos por el cabello, arrojando gotas de agua por todas partes. A la mujer se le escapó un jadeo, pero, rápidamente, cerró la boca e hizo una reverencia.

—La señorita Halsey es mi ama de llaves. No debe pensar que el estado de Hollyfield es culpa de ninguno de los dos. Es solo mía.

¿De qué estaba hablando? ¿De las fundas antipolvo?

—Si no le importa, vaya con Halsey. Ella le dará ropa seca y la ayudará con... lo que necesite.

Ella estaba tan mojada y tenía tanto frío que no discutió ni hizo ninguna pregunta. Se arrebujó en su chal empapado y siguió a la señorita Halsey.

El ama de llaves la guio por más pasillos oscuros y por la escalera a un dormitorio grande del piso superior. Aquella habitación estaba en uso y tenía un ambiente masculino. Las brasas brillaban en la chimenea, la cama estaba hecha y había un gato acostado a sus pies, observando impasiblemente la escena mientras la señorita Halsey entraba con ella.

Alguien había colocado un par de botas de montar en un rincón, y había una serie de artículos de

tocador masculinos esparcidos en una cómoda. Había un par de pantalones tirados descuidadamente
sobre una silla y un abrigo colgado en un perchero.

—¿De quién es esta habitación?

—Es la habitación del duque. Las otras habitaciones no están abiertas, y él me pidió que la trajera
aquí, ya que la chimenea está encendida. Por favor,
espéreme aquí un instante.

Amelia asintió y el ama de llaves desapareció por
una puerta interior hacia una habitación contigua.
Allí parada se sintió incómoda. De alguna manera,
era demasiado íntimo, como si ella estuviera viendo
una parte del duque que él mantenía oculta al resto
del mundo. Se fijó en un par de libros que había en
una mesilla de noche: *Sobre la tendencia de las varie-
dades a apartarse indefinidamente del tipo original*. Ella
consideraba que su inglés era excelente, pero no entendía aquel título. El otro libro era *Historia de Felipe
II*. El único Felipe II que conocía era un rey español
que había muerto hacía mucho tiempo.

Siguió observando la habitación y se fijó en una
silla y una mesa que había cerca de las ventanas.
Sobre la mesa había un reloj de bolsillo y una fusta.
Ella se acercó a los pies de la cama y acarició al gato.
Al principio, el gato maulló, rechazando su atención, pero luego levantó la cabeza y comenzó a ron-
ronear.

La señorita Halsey volvió con una toalla y algunos vestidos que colocó cuidadosamente sobre la
cama.

—Estos pertenecían a la difunta duquesa de Marley —dijo—. He traído tres para que pueda elegir.

Amelia tomó uno y lo sostuvo contra su cuerpo.
La duquesa de Marley debía de ser mucho más menuda que ella. Miró a la señorita Halsey, que estaba
observando el mismo problema.

—No creo que me quepa ninguno.

—Ella era una cosa tan pequeña —dijo la señorita Halsey, asintiendo, y miró el vestido con una expresión de desconcierto—. Pero no tenemos ropa de otra dama, su alteza real.

—Quizá, entonces, una de las camisas del duque y... —murmuró ella, y miró alrededor de la habitación, tratando de pensar. Miró hacia una de las sillas y dijo—: Unos pantalones.

La señorita Halsey miró los pantalones y se ruborizó.

—Oh, Dios. No... eso no parece...

—Señorita Halsey, estoy calada hasta los huesos y tengo muchísimo frío. Mire —dijo ella. Levantó la mano. Tenía las puntas de los dedos azules y no podía dejar de temblar—. Debo ponerme algo seco enseguida. Por favor.

—Sí, su alteza real.

La señorita Halsey hizo una reverencia y entró de nuevo en la habitación contigua. Regresó con un par de pantalones de lona, una camisa de lino y una chaqueta de caza. Ella nunca se había puesto ropa de hombre, ni siquiera había soñado con la posibilidad, pero, cuando se vistió, se preguntó por qué no lo había hecho antes. No le importó en absoluto; siempre y cuando lo que se pusiera estuviera seco y la cubriera, se daba por satisfecha.

Fue extrañamente sensual sentir su cuerpo dentro de una ropa en la que antes había estado el cuerpo de él. El ligero olor a clavo y cardamomo la tranquilizaba.

Pero sobre todo, se sentía aliviada por el calor de la ropa seca.

Capítulo 27

A Joshua no se le ocurrió pensar, hasta que la princesa se fue con Halsey, que regresaría con ropa de Diana. Le asombró un poco el hecho de sentir algo al respecto, pero su corazón hizo un par de piruetas ante la idea de ver a una princesa rebelde con la ropa de su esposa muerta.

Debería haberse deshecho de aquella ropa. Debería habérsela dado a la hija de la señora Chumley o habérsela enviado a su madre, pero la había dejado languideciendo en el vestidor, tal y como había dejado que todo languideciera después de su muerte.

Oyó los pasos decididos de Halsey y respiró hondo para calmarse. Se apartó de la chimenea y... y se quedó sin palabras. De todas las cosas que podía haber imaginado, nunca habría sido a la princesa con su ropa.

Aunque tenía el pelo mojado, se había hecho una trenza. Llevaba un par de pantalones de caza suyos; Halsey se los había atado con un cordón alrededor de la cintura. También llevaba una de sus camisas. Era voluminosa. La llevaba atada con un nudo en la cintura y abotonada hasta el cuello. Además, se había puesto uno de sus abrigos de caza más antiguos, que le llegaba hasta las rodillas.

Miró a Halsey con desconcierto. Halsey, por su parte, tenía cara de estar enferma.

La princesa miró a Halsey. Luego, a él.

—Antes de que diga nada, debo explicarle que su difunta esposa era mucho más menuda que yo. No me cabía ninguno de sus vestidos, excelencia. Y, como creía que no podía soportar otro momento de temblores, ya que tenía la ropa calada, le pedí a la señorita Halsey algo de ropa de su excelencia. Espero que no piense demasiado mal de mí.

A él debería haberle molestado que ella se hubiera puesto su ropa, pero no le importó. No era posible que le importara, estaba demasiado hipnotizado. Era tan atractivo ver a aquella mujer con ropa de hombre, específicamente, con su ropa, que se quedó sin aliento. Por suerte, la tormenta que rugía contra los cristales de la ventana tapó el sonido de su respiración.

—Gracias, Halsey. ¿Sería tan amable de ocuparse de la ropa de su alteza real?

—Sí, excelencia.

Ella le hizo una reverencia torpe y se retiró apresuradamente. Probablemente, estaba escandalizada por aquel giro de los acontecimientos.

La princesa parecía mucho más pequeña con su ropa. Casi dócil, aunque a él nunca se le hubiera ocurrido utilizar aquella palabra para describirla. Ella caminó hasta el centro de la habitación, descalza, y lo miró con curiosidad.

—También se ha puesto usted ropa seca.

Se dio cuenta de que la estaba mirando sin poder apartar los ojos de ella. Realmente, se había quedado boquiabierto. Miró hacia abajo. Él se había puesto unos pantalones secos y una camisa de lino y un abrigo para entrar en calor. También estaba descalzo.

—Sí, estaba... calado —dijo. Se aclaró la garganta y señaló la mesa—. Butler ha traído té y galletas.

Caminó hacia la mesa y se colocó detrás de una de las sillas con la intención de sostenerla. Ella miró la silla, luego miró el hogar, donde ardían las llamas. Sus perros, increíblemente perezosos, se habían estirado sobre la alfombra, frente a él, para calentarse el trasero con el calor que irradiaba la chimenea.

—¿Le importaría mucho que tomáramos el té allí?

—¿Dónde?

—Allí —dijo ella, y señaló a los perros.

—¿Quiere sentarse con los perros?

—¿No le parece respetable? He llegado al extremo de tomar su ropa prestada, así que no creo que pueda ser peor. Lo único que sé es que no consigo quitarme el frío. Me ha llegado hasta los huesos.

—Entonces, tomaremos el té allí.

La observó mientras ella miraba a los perros, ninguno de los cuales tenía la más mínima intención de moverse.

Pasó por encima de uno de ellos y descendió con gracia hasta sentarse con las piernas cruzadas entre los dos. Bethan se dio la vuelta y apoyó la cabeza en su regazo, como si fueran viejos amigos. Merlín levantó la cabeza de la alfombra para ver de qué se trataba todo el alboroto y, al no ver nada que causara alarma, la volvió a posar en el suelo con un profundo suspiro.

—Me temo que mis perros piensan que todos están aquí para complacerlos. Le pido disculpas.

—Por favor, no lo haga, me gustan mucho los perros de todas las formas y tamaños —dijo ella, y le acarició la oreja a Bethan—. Mi familia tiene perros en el palacio Rohalan. Mig y Roo son perros de caza.

Bess... ella es perezosa y no hay nada que le guste más que dormir al sol. Tava es ya muy viejo y está ciego, pero Lulu lo guía. Ella lo adora —contó, y dio un suspiro—. Los echo mucho de menos a todos.

Él añadiría que era amante de los perros a la lista de cosas por las que elogiarla.

Sirvió dos tazas de té y le entregó una. Después, tomó el plato de galletas y se acercó a la manada que había en la alfombra. ¿Por qué no unirse a ellos? A él también le gustaban los perros. Pero no se sentó con tanta gracia como ella y derramó un poco de té sobre Merlín. Merlín no se ofendió.

Ella sonrió mientras él se acomodaba. Sus rodillas casi se tocaron.

—¿No es extraño que siempre nos encontremos en lugares peculiares?

—Muy extraño, de hecho. ¿Qué demonios la impulsó a ir caminando hasta Goosefeather Abbey?

—Quería echar un vistazo —dijo la princesa.

Tomó un sorbo de té y envolvió la taza con las manos. Tenía unos dedos delgados y elegantes, y él se los imaginó sobre un piano.

O sobre él.

Inmediatamente, bajó la mirada. Con pensamientos como aquel solo iba a conseguir que la tarde fuera interminable.

—Una vez fui a la abadía de paseo con el señor Swann, pero él estaba impaciente. Dijo que no le gustaban las ruinas, que eran algo del pasado. Dijo que le gustaba mirar hacia adelante.

Idiota pomposo. ¿De dónde creía el señor Swann que surgía la capacidad de mirar hacia adelante? De aprender sobre el pasado. ¿Qué era lo que convertía a los hombres en seres tan estúpidos?

—Entonces, ¿decidió ir sola? —preguntó.

—¿Por qué no? Me gusta caminar, y Devonshire

es el único lugar donde he tenido la libertad de caminar por donde me plazca.

La princesa errante. Él miró el té que se había servido, pero no lo quería. Aquella augusta ocasión requería algo más sustancial. Dejó el té a un lado y se puso de pie. Fue al aparador, tomó una botella de whisky y la levantó para que la princesa pudiera verla.

—¿Le apetecería?

Su rostro se iluminó con una sonrisa.

—Una buenísima idea, excelencia.

Él sirvió dos copas y volvió a su sitio. Le dio una de las copas a Amelia y ella tomó un buen sorbo. Él sumó aquel trago tan saludable a su lista mental de cosas por las que elogiarla.

—Gracias. Nada calienta el corazón como el whisky, ¿verdad? Quiero decir... además del amor y ese tipo de cosas.

—Exactamente —dijo él, y también tomó un sorbo. Entonces, le preguntó—: Tengo curiosidad... ¿Cuál es su interés en Goosefeather Abbey?

Ella se quedó sorprendida por la pregunta. Tomó una galleta del plato y la mordisqueó.

—La escuela de niñas, por supuesto. Lo recuerda, ¿no? *Lord* Iddesleigh espera convertirla en una escuela para niñas, y a mí me gustaría ayudar. Quería verla con mis propios ojos.

Esa maldita escuela para niñas otra vez. Bebió otro sorbo de whisky.

—¿Cómo ayudaría?

—Todavía no lo sé —dijo ella—. Pero me gustaría. ¿Por qué no se debe educar a las niñas como a los niños? ¿Por qué no deben ser ellas las que descubran cómo exprimir queroseno del carbón?

Él se rio entre dientes.

—No creo que sea una bebida.

Ella agitó una mano hacia él.

—No estoy sugiriendo que discutamos de nuevo sobre la educación de las niñas. Las opiniones de los hombres quedaron bastante claras en la cena.

Su opinión no había quedado muy clara. Pero no había manera de que él reconciliara su creencia de que las niñas debían ser educadas como los niños con su firme deseo de que eso ocurriera cerca de él. Tenía sus razones, por equivocadas que fueran.

Ella miró fijamente el fuego, pensativa, y él notó cómo el brillo de la luz se reflejaba en la raya blanca de su pelo y la hacía más visible.

—La abadía... me ha dado tanta esperanza de un propósito.

—¿Perdón?

Ella hizo una mueca de dolor.

—Debe de parecer una locura. Es una locura. Es difícil de explicar, pero yo... necesito algo por lo que tener esperanza. Algo que le dé sentido a mi vida de alguna manera. Si no encuentro un propósito, no hay nada para mí; no soy nada más que un adorno. Y la abadía... sería algo tan maravilloso para beneficiar a mi sexo —explicó, y volvió la cara para mirarlo—. Podría ser útil. Realmente útil.

—¿De qué manera?

Ella sonrió.

—Para empezar, sé mucho sobre niñas. Y conozco a montones de personas ricas que podrían convertirse en patrocinadores de la escuela. Lo único que necesito es la oportunidad de demostrarlo.

Él se la imaginaba persuadiendo a monarcas y aristócratas para que contribuyeran a la escuela. Era tan encantadora y hermosa que no podrían resistirse.

—¿Dónde se va?

—¿Qué? —preguntó él. Había perdido el hilo de sus pensamientos.

Ella lo miró fijamente.

—Dijo que se iba.

—Ah.

Bebió un sorbo de whisky y construyó su verdad, cualquiera que fuese en ese momento concreto. Y la verdad era que no lo sabía, realmente.

—Todavía no lo he decidido. A la provincia de Canadá, tal vez.

—¿A Canadá? Es un territorio salvaje, ¿no?

—La mayor parte, sí —respondió él, aunque apenas lo sabía—. Creo que empezaré en Toronto y seguiré desde allí.

O mejor dicho, lo pensó en ese momento. ¿Quién sabía lo que pensaría al día siguiente? Su mente estaba dando vueltas por todas partes.

Ella mordisqueó su galleta, mirándolo.

—Pero ¿por qué allí, si me permite? Parece exageradamente remoto para ir solo con tal de estar lejos.

—¿Solo para estar lejos?

—De Hollyfield y de los recuerdos de aquí. ¿No es eso lo que quiere?

Todavía le asombraba que alguien que no era parte de su familia pudiera cuestionarlo tan directamente. Miles lo hacía, por supuesto, pero Miles se consideraba familia suya y creía que merecía respuestas. Ni siquiera su madre podía abordar los sentimientos de su hijo por la muerte de su esposa. Probablemente por eso no tenía una buena respuesta preparada cuando le preguntaban por qué se iba. No estaba claro ni siquiera para él. Simplemente, respondió:

—He notado, alteza, que no tiene reparos en mencionar la muerte de mi esposa.

—Oh —murmuró ella, y parpadeó—. Me disculpo. A mí no me molesta que alguien mencione la muerte de mi padre. Me siento aliviada de que lo recuerden.

—Para mí es un poco diferente. En respuesta a su pregunta, me voy porque aquí me siento inquieto. Eso es todo, nada más profundo que eso.

—Conozco bien ese sentimiento —dijo ella—. Esa es la razón por la que estoy en Inglaterra. Estaba demasiado inquieta en Wesloria. O, más bien, estaba aburrida y, cuando estoy aburrida, tengo tendencia a hacer cosas que no son beneficiosas para mí.

Hizo una pausa y lo miró de reojo.

—Según las reglas de mi familia, es decir. No necesariamente según las mías.

¿Qué significaba eso? No explicó más, pero terminó su galleta. Él no pudo evitar que su mirada se desviara hacia la camisa de lino que llevaba la princesa, visible a través del abrigo abierto. Imaginó que podía ver sus pechos a través de la tela.

Otro pensamiento que lo sobresaltó un poco. Se puso a mirar las llamas. Sinceramente, no recordaba cuándo era la última vez que había pensado en pechos, o en tocarlos, pero, de repente, aparecieron en su mente. Demonios, no podía estar allí sentado con ella y pensar en pechos. Tenía que concentrarse en la conversación. En algo.

—Tal vez su aburrimiento se mitigue una vez que haya terminado su búsqueda de la compañera perfecta? —dijo.

Ella se rio.

—Nunca he dicho que esté buscando al compañero perfecto.

Pero, ¿no era esa la búsqueda de todos, al final?

—¿No?

—Sería maravilloso, pero no puedo permitirme ese lujo —dijo la princesa, y tomó otra galleta—. Como soy la heredera de mi hermana en este momento, e hija de Wesloria, mi compañero debe ser aceptable para mi país.

Él sabía que eso era verdad. Incluso en su pequeño rincón del mundo, los matrimonios se celebraban para obtener ventajas.

—¿Ha tenido suerte con su búsqueda?

—Está yendo tan bien como podría esperarse.

Una respuesta interesante que le causó aún más curiosidad.

—¿Qué esperaba, si me permite?

—Que sería mejor que esto.

—¿Más fácil, tal vez?

Por lo menos, divertido. Pero no ha sido fácil ni divertido. Soy una princesa con un aspecto pasable, pero no ha sido fácil en absoluto, y no sé por qué no.

—¿No ha sido fácil?

A él sí le parecía fácil. La princesa bajaba las escaleras con un hermoso vestido y los hombres se reunían a su alrededor.

—No, no lo ha sido —dijo ella—. Seguro que has notado que no soy del tipo de persona que se empareja fácilmente.

A él le sorprendió aquello y se echó a reír.

—No he notado nada de eso. Apuesto a que es una candidata fácil. Usted misma ha dicho que tiene un título y es bastante atractiva.

Ella sonrió con placer.

—Gracias. Dije que era pasable.

—Es bastante atractiva, y creo que lo sabe. Lo diré de otra manera: es única en todos los aspectos.

—¡Sí, porque soy una princesa! Y parece que esa es mi única recomendación, pero, en realidad, hay más cosas acechando debajo de la tiara. Y por cierto, por favor, llámame Amelia. El tratamiento real suena tan forzado aquí y tan... —le pidió ella. Hizo un movimiento circular en el aire con la mano y dio con la palabra que buscaba—. Innecesario. De hecho, insisto. Amelia.

—Supongo que parece innecesario cuando uno está sentado en una alfombra con perros. Pero si insistes, entonces yo también debo pedírtelo. Soy Joshua.

—Joshua —dijo ella suavemente, y sonrió—. Te sienta bien.

Lo que le sentaba bien era oírla usar su nombre de pila.

—Por cierto, no he dicho que fueras única por tu condición de princesa. Lo he dicho porque lo eres.

—¿Lo crees de verdad?

—Eres una persona que dice lo que piensa y creo que aprecias la misma franqueza a cambio. No mucha gente puede presumir de ninguno de esos atributos. También me parece que tienes una forma única de ver el mundo.

Ella sonrió con gratitud.

—Solo lo dices por ser amable. No es así.

—Sí. Es casi como si... fueras el público de una obra que todos estamos representando para tu deleite.

Ella sonrió aún más.

—Estoy segura de que debería sentirme ofendida por tu descripción, pero me siento halagada. Sin embargo, me asombra que hayas llegado a conclusiones sobre mí, ya que casi no me soportas.

Amelia lo dijo alegremente, como si eso la divirtiera.

—Eso no es verdad —respondió él. Lo que ocurría era que no podía soportarse a sí mismo. Era una lástima que no pudiera jactarse de decir lo que pensaba—. Admiro que hables de lo que observas y piensas. Nadie puede decir que te guardas tu opinión.

Ella se rio de eso.

—No, nadie puede. Mi pobre y querida madre ha hecho todo lo posible. No sé cuántas veces me ha dicho «No digas eso, no te sientes así, cruza las manos, baja la mirada, Amelia, y por el amor de Dios, cállate» —contó, y dio un suspiró—. Es agotador luchar contra mi verdadera naturaleza. No entiendo por qué debo hacerlo. No me ofendo fácilmente y no veo por qué debo preocuparme por lo que la sociedad quiere de mí. Nunca seré reina. Solo soy alguien que vive en un palacio. ¿No debería guiarme por mi propia conciencia?

Se metió el resto de la galleta en la boca y la tragó con el resto de su whisky. Después, centró su atención en acariciarle la cabeza a Bethan mientras el perro la miraba con devoción servil.

—¿Te sientes mejor? —le preguntó él.

—Sí, gracias —dijo ella, y levantó la vista del perro—. Qué curioso, Joshua. Has pasado de estar a punto de atropellarme y de ser la Parca a rescatarme.

Él sonrió un poco.

—Tres veces. No es que lleve la cuenta.

—¡Tres! Bueno, reconozco que hoy has sido mi salvador. No quiero pensar en lo que podría haber sucedido si no hubieras aparecido.

—Te habría arrastrado el agua, o te habría caído un rayo, o te habrías congelado de frío. También te rescaté el día que tu yegua se volvió loca, no lo olvides.

—Ah —dijo ella, levantando un dedo—. Nunca lo olvidaré. Y reconozco que fuiste de gran ayuda, pero no me rescataste. Casi había recuperado el control.

—Eso es lo que dicen todos si alguna vez han sufrido una fractura de huesos después de ser derribados por un caballo salvaje.

Amelia se echó a reír.

—Es cierto. ¿Y cuál la tercera vez que me rescataste?

Le brillaban un poco los ojos; le estaba desafiando silenciosamente a que lo dijera.

—La noche en el balcón... ¿o lo has olvidado?

Se acababa de castigar a sí mismo por pensar en los pechos, y aquí estaba, resucitando el beso.

Ella sonrió.

—Yo nunca olvidaré eso.

Aquel brillo de sus ojos era dorado porque la luz del fuego bailaba en ellos, o, tal vez, a él le había subido la fiebre y estaba imaginándose cosas. Ella flexionó las piernas y se las rodeó con los brazos y, luego, apoyó la cabeza sobre las rodillas, mirándolo.

—Pero no creo que me estuvieras rescatando. Y tú tampoco lo crees.

De repente, él sintió la incómoda pero decidida urgencia de tocarla, de acariciarle el pelo o la espalda.

—Tal vez, no —admitió.

Ella no apartó la mirada. Él, tampoco. Pero se dio cuenta de que ya no sabía jugar a la seducción. Estaba oxidado. Rígido. Y ella también lo sabía, a juzgar por su suave sonrisa.

—Estabas diciendo... —murmuró, al fin, y se pasó los dedos por el pelo en un intento de volver en sí mismo—. *Lady* Aleksander aún no ha encontrado al caballero que pueda convertirse en tu príncipe.

—¿Estaba diciendo eso? No creo que lo haya hecho. Porque *lady* Aleksander me ha presentado a muchos caballeros que complacerían a la nación de Wesloria y a la corona, y a mi madre. Pero ninguno me satisface a mí.

—Supongo que ninguno de ellos te ha sorprendido

—dijo él, recordando su breve conversación de la noche del eclipse lunar.

—Ni siquiera el señor Swann.

—¿El señor Swann? En absoluto.

—¿No? Creo que el conocimiento íntimo del queroseno sería un poco sorprendente —dijo él con una leve sonrisa.

—Muy sorprendente, sí, pero de una manera académica. Prefiero que mis sorpresas sean un poco más atrevidas que eso. Sin embargo, me sorprendió con un caballo.

Él pestañeó.

—Un caballo —dijo ella, y asintió contra su rodilla—. Me regaló un caballo, pero no lo acepté. ¿Qué voy a hacer con un caballo? ¿Nadie le había dicho nunca al señor Swann que, cuando un caballero quiera impresionar, lo mejor que puede hacer es regalar joyas o perfumes caros?

—Ahora lo entiendo. Tú no quieres que te sorprendan por el mero hecho de sorprender. Quieres que la sorpresa tenga un significado.

—Pues claro. Nadie quiere una sorpresa desagradable, ¿no? Aunque yo he tenido muchas en mi vida. Una vez, cuando era niña, mi padre hizo un viaje oficial a la región de sur, cerca del mar. El palacio no se había utilizado desde hacía tiempo. Yo me empeñé en que abrieran la habitación infantil. Creo que estaba bastante aburrida, y Justine estaba fuera aprendiendo sus lecciones de historia y todo eso. Me abrieron la guardería, pero no había casi nada con lo que entretenerme, y yo era pequeña todavía, tan pequeña como para tener berrinches cuando estaba disgustada. Caí al suelo en un ataque de ira y me picó una araña. Me puse muy enferma. Mi padre dijo que pensaba que me iban a perder, y ordenó que barriesen todo el palacio a mano.

—Lamento oír eso.

—Yo lo sentí por la araña, la verdad. La sorprendí al caer sobre ella —dijo Amelia, y sonrió un poco—. Accidentalmente.

—Por supuesto.

—Curiosamente, a pesar del incidente, seguí teniendo rabietas hasta mucho después, cuando comprendí que a los jóvenes caballeros no les gustaban y mi madre amenazó con enviarme al castillo de Astasia, en las montañas, hasta que me casara. Un destino casi peor que la muerte, te lo aseguro. Supongo que todos maduramos con el tiempo.

Él sonrió.

—Al final, sí. ¿Qué hay de mi buen amigo *lord* Clarendon? ¿Te sorprendió?

—*Lord* Clarendon. No, no me sorprendió, pero me pareció un hombre amable y decente que desea a la señorita Carhill por encima de todas las demás. ¿No viste cómo la miraba durante la cena?

—No pude evitarlo, por mucho que lo intentara.

Ella se rio.

—¿Dónde está ahora? Dijiste que era tu invitado.

—Es mi invitado perpetuo, que viene cuando le place sin tener en cuenta mi conveniencia —dijo él con una sonrisa irónica—. Por fin, se fue a cuidar de su propiedad. Pero amenaza con regresar a fin de semana a tiempo para acompañar a la señorita Carhill a los servicios religiosos del domingo.

—Qué acto tan amable y decente —dijo ella, y bostezó—. Y terriblemente predecible.

Joshua también quería bostezar; no podía imaginar un cortejo más aburrido o apropiado que el que Miles estaba decidido a llevar a cabo. Amelia tenía razón: era predecible.

—¿Qué pasa con el señor Cassidy? ¿O con *lord* Frampton?

—El señor Cassidy era demasiado tímido y *lord* Frampton no tenía nada de especial. Ni siquiera recuerdo cómo es.

Joshua estuvo de acuerdo con ambas evaluaciones.

—Nunca pensé que el señor Cassidy fuera tímido. Yo diría que es un hombre tranquilo.

—Tú eres un hombre tranquilo. Él es tímido. Tal vez no cuando se trata de deportes o juegos... pero dudo mucho que hubiera tenido el coraje de rescatarme en el balcón.

Él sentía algo, como si fuera una cuerda invisible que los envolvía y los ataba el uno al otro. Parecía que la corriente de un río crecido la llevaba hacia él tan rápido que, si no tenía cuidado, se estrellarían.

—La timidez tiene algo de positivo —dijo, en voz baja—. O la falta de impulso.

—Qué aburrida sería la vida si todos fuéramos tímidos y carentes de impulso.

La tensión aumentó. Joshua sintió calor. Estaba demasiado cerca del fuego, eso era lo que pasaba. Calor por un lado, frío por el otro. Y también estaba un poco confuso. Sin embargo, el resto de su ser estaba alerta, listo para saltar a la menor provocación. La princesa se ajustó más el viejo abrigo de caza.

—¿Todavía tienes frío? —preguntó.

Ella asintió.

Agradeció aquella excusa para poder moverse. Se puso de pie, caminó hacia el diván y tomó una manta. Fue de nuevo hacia el fuego y se agachó frente a ella. Estaban tan cerca que veía las llamas del fuego bailando en el reflejo de sus ojos. Amelia tenía una pequeña peca en la comisura de los labios y algunas más esparcidas por la nariz. Veía lo oscuras que eran sus pestañas y lo carnosos que eran sus labios. Le puso la manta sobre los hombros y la metió por debajo de sus piernas. Ella permaneció perfectamente quieta, observándolo. Y, cuando terminó, él se quedó allí, mirándola, luchando contra el impulso de besarla. Le miró los labios, que rogaban un beso. ¿O era él, deseando que los labios pudieran suplicar? ¿Deseando encontrar el coraje necesario para besarla otra vez? ¿Deseando ser un hombre diferente?

Una fuerte ráfaga de viento, seguida de un fuerte golpe contra la ventana, los sobresaltó a ambos. El hechizo se rompió. Los perros se despertaron de golpe y Merlín chocó con Amelia en su impulso de ponerse de pie. Empezaron a ladrar y Amelia se tapó las orejas con las manos.

—¡Silencio! —dijo él en voz alta.

Caminó hacia la ventana para ver qué había pasado. Una contraventana se había soltado y estaba dando golpes. Joshua abrió la ventana y los perros ladraron aún más fuerte. Bajo una lluvia cegadora, atrapó la contraventana y la sujetó a su cierre.

—Realmente, hace mucho frío ahí fuera —dijo, mientras se sacudía la lluvia de la manga.

Los perros seguían inquietos, paseando por la habitación, lloriqueando.

—Disculpa —le dijo a Amelia. A los perros les señaló la puerta—. Venid.

Los acompañó hasta la puerta del salón y la abrió. Llamó a Butler, pero el mayordomo no respondió. Con un suspiro, Joshua salió al pasillo y, al no ver a nadie, caminó hacia la cocina, con los perros trotando detrás de él, olvidando su preocupación por la ventana. Encontró a Butler en la cocina, colocando baldes debajo de dos goteras mientras la señora Chumley fregaba a su alrededor. Joshua miró al techo y frunció el ceño.

—Deberíamos ocuparnos de que lo arreglen

—dijo. Nada como informar de lo evidente a dos personas en medio de la agonía de la limpieza—. Haga algo con estos perros, por favor.

—Por supuesto, excelencia.

Él asintió, se dio la vuelta y volvió al salón. Esperaba encontrar a Amelia sentada todavía frente al fuego, pero estaba acostada de lado, acurrucada bajo la manta, con la cabeza apoyada en un brazo doblado. Se acercó y la miró. Estaba profundamente dormida.

Se arrodilló y la arropó con la manta. Lo único que no estaba cubierto era la larga trenza. Sus ojos siguieron el rastro blanco desde su coronilla, a medida que serpenteaba a través de la trenza hasta la punta. Levantó la mano y pasó los dedos por la trenza, desempolvando el recuerdo de lo que se sentía al perderse en la seda del cabello de una mujer.

Aquello era una locura.

Se levantó, fue al diván y se sentó. Apoyó los brazos en las rodillas, se tapó la cara con las manos durante un largo momento, tratando de poner algo de orden en su mente. No lo consiguió. Se quedó allí sentado, observando el subir y bajar de su respiración, la forma en que el oro de su cabello reflejaba la luz del fuego.

Había pasado tanto tiempo desde que había abrazado a una mujer... Había dejado atrás aquel deseo, lo había enterrado bajo todas las cenizas de su interior. Ni siquiera había vuelto a pensar en ello hasta aquel momento y, de repente, todo en él ardía de necesidad.

Había pasado tanto tiempo desde que había hablado con una mujer. Hablado de verdad, manteniendo una conversación completa, obteniendo una visión de algo que fuese más allá de lo educado y superficial.

Aquel anhelo era una sensación familiar que conocía bien. Pero no era una sensación cómoda. La última vez que había sentido la necesidad de estar con una mujer había sido con Diana.

Y la había matado con esa necesidad.

Capítulo 28

Amelia se despertó sobresaltada. Tenía el brazo entumecido y había empezado a dolerle. Se incorporó y miró a su alrededor, sin saber dónde estaba, tratando de reconstruir su entorno mientras se frotaba el brazo para que volviera a articularse.

Pero, cuando giró la cabeza, vio al duque de Marley en una de las sillas, leyendo tranquilamente. Él la miró por encima de su libro.

Marley. ¿Joshua? ¿De verdad todo era ya tan informal entre ellos? ¿De verdad se había quedado dormida en el suelo?

—¿Qué...? —dijo, con la voz enronquecida—. ¿Qué estoy haciendo?

—Estabas durmiendo. Y profundamente, además.

—¿Cuánto tiempo?

—Una hora, más o menos.

Recordó los acontecimientos de aquel día. No se oía la tormenta, pero, cuando miró por la ventana, le pareció que estaba terriblemente oscuro.

—¿Sigue la tormenta?

Joshua negó con la cabeza.

—Ya pasó. Ahora solo llueve mucho.

¡Iddesleigh! Lila estaría fuera de sí por la preocupación, y Lordonna... ay, Dios, la pobre mujer se desmayaría de miedo por ella. Hizo un movimiento para levantarse.

—Tengo que llegar a Iddesleigh House —dijo, pero sus piernas estaban rígidas y no cooperaban—. Estarán muertos de preocupación...

—No te preocupes, Theo regresó con un mensaje de Iddesleigh. Su excelencia te pide que pases la noche aquí, ya que el camino y los senderos están intransitables en este momento. Él vendrá a buscarte por la mañana.

—¿Por la mañana?

Casi pudo oír el grito de su madre desde el otro lado de Europa ante la idea de que su hija soltera pasara la noche en la casa de un hombre sin una criada o una dama de compañía.

—No puedo —dijo—. La molestia es demasiado grande. Y la gente hablará...

—No es una molestia y nadie dirá ni una palabra. ¿Quién va a enterarse? Nadie, salvo mis sirvientes, sabe que estás aquí. E Iddesleigh tiene razón: es demasiado peligroso intentar regresar a su casa en medio de la oscuridad, con esta lluvia.

A ella le latía el corazón aceleradamente, pero oía la lluvia golpeando contra los cristales de la ventana. Él tenía razón, por supuesto: no podía pedirle que la acompañara de regreso bajo aquel aguacero. Se miró a sí misma y recordó que estaba vestida con su ropa. Oyó a su madre gritar de nuevo.

—Le pedí a Butler que prepare una cena ligera. La cena.

—Ah... no tengo nada que ponerme.

—No estoy de acuerdo. Mi ropa nunca ha sido tan bonita como ahora.

El corazón le golpeó con fuerza en el pecho. Se

puso de pie. Se sentía un poco desequilibrada; sus piernas eran como un par de troncos inflexibles. ¿Cuánto había caminado?

Joshua bajó su libro.

—¿Hay algo que pueda traerte?

Todo era demasiado cómodo entre ellos. Ella llevaba su ropa y se había quedado dormida en su alfombra. Le había hablado de sus pretendientes y él le había contado que iba a marcharse de Hollyfield. Se imaginaba lo que dirían su madre y a su hermana si pudieran verla en aquel momento. Justine le rogaría que dejara de aparecer en lugares donde no debía estar y su madre la acusaría de ser imprudente. Todo ello, con razón.

Joshua dejó a un lado el libro y se levantó. Fue al aparador y regresó un minuto después con una copa de vino.

—Esto podría ayudar.

Ella tomó la copa, pero no se la quitó de la mano. Se quedaron allí un momento, agarrando la copa entre los dos, con suavidad, con los dedos un poco enredados alrededor del tallo.

—Lo siento.

Él frunció el ceño.

—¿Qué es lo que sientes?

—Eh... todo. Haber necesitado un rescate, tener que ponerme tu ropa y haberme quedado dormida.

—Verdaderamente, no hay necesidad de disculparse.

—Pensé que sabía cuánto faltaba para llegar a la abadía, pero, cuando me di cuenta de que estaba equivocada, era demasiado tarde. No tengo idea de cuánto caminé, pero mi cuerpo se siente como si debiera haber caminado kilómetros.

—Yo diría que al menos once, si no más.

—¿Once?

Y ella pensó que había caminado tres kilómetros, como máximo. Se sintió como una tonta.

—¿Quieres el vino?

Todavía no lo había tomado. Estaba pensando
en sus ojos y en cómo la había mirado. Estaba pensando en el atisbo que había tenido de su cuerpo, y
en cómo la había agitado. Estaba pensando en
cómo se había sentido antes de que arreciara el
viento y los perros ladraran, y ella se quedara dormida. Estaba pensando en la chispa que había sentido, aquella chispa definitiva y peligrosa de
atracción pura, y en lo mucho que esperaba que la
besara.

—Amelia... ¿estás bien?

—Sí, gracias —dijo ella, y tomó lentamente la
copa—. Hay un dicho wesloriano: *Rumlus er vesas to
tarken*. Lo que significa que «la locura es la maestra
de los sabios». Creo que hoy he recibido una valiosa
lección.

—Ah. Entonces tal vez el día haya valido la pena,
al final.

Ella sonrió.

—Tal vez.

Se sentía mejor. Más fuerte. Llevó su copa de
vino a la chimenea y miró el único cuadro descubierto en la habitación. Era de una familia. La mujer
llevaba un vestido de satén rosa y el hombre que
estaba a su lado estaba montado a caballo. Había
tres niños vestidos con ropa del siglo pasado jugando debajo un árbol con un par de *spaniels*.

—¿Antepasados tuyos? —le preguntó a Joshua, y
tomó un sorbo de vino.

—Probablemente. No he preguntado.

¿No había preguntado?

—¿No se te exigió que aprendieras historia del
arte? Un verano, a mí me hicieron recorrer todo el

Palacio Rohalan y aprenderlo todo sobre las pinturas que tenemos allí. Quién las pintó, los temas, el año, el significado... y todo para memorizarlo en caso de que alguna vez recibiera invitados. Excepto el cuadro de mi tía abuela, la duquesa de Dunreese. Mi tutor dijo que mi madre, la reina, le había prohibido expresamente que me enseñara nada sobre ella, ya que había tenido un apasionado romance con una dama de compañía.

Se rio entre dientes, recordando con qué entusiasmo su tutor la había llevado por la escalera de servicio para mostrársela.

—Aun así, a él le encantó contarme la historia —dijo.

Marley sonrió. Volvió la mirada hacia la pintura.

—¿Has sido el duque mucho tiempo?

—Solo unos pocos años —dijo él—. Pero no recibí ninguna instrucción cuando era niño. No estaba destinado a heredar el título.

—¿Qué quieres decir?

—Mi primo era el duque. Mi padre, un conde, mi hermano, un vizconde. Yo era el más joven, lo que significaba que estaba destinado a ser rico, pero nada más que eso —explicó él, y sonrió tímidamente—. Hubo algunas conversaciones sobre el clero, pero creo que mi padre aceptó pronto que la Parca no era un candidato adecuado para el manto.

Amelia se rio y gimió al mismo tiempo. No podía creer que lo hubiera llamado así, ¡y en su cara! Su madre tenía razón: a veces no debería hablar. La impresión que había tenido de él al principio no podía ser más diferente de la que tenía en aquel momento.

—¿Cómo accediste al título?

—Por culpa de una serie de calamidades. Mi hermano murió de repente. Su corazón se rindió. Y eso fue demasiado para mi padre: menos de seis meses después, siguió a John a la tumba. Heredé ambos títulos. Unos años después, mi primo recibió un disparo accidental durante una cacería. No tenía descendencia y su título habría pasado a su tío, mi padre, y, luego, a mi hermano. Pero pasó a mí.

—Dios mío —dijo Amelia—. Es una manera terrible de convertirse en duque.

Él asintió.

—Lo fue. Pero así es como funcionan generalmente estas cosas, ¿no? Todos somos jugadores en un tablero de ajedrez: alguien muere y tú avanzas.

—Suena absolutamente medieval cuando lo dices así —repuso ella. Hizo una pausa y preguntó—: ¿Tu familia se ha ido?

—Mi madre vive en Hampshire.

—Entonces, ¿estás completamente solo en Devonshire?

No podía imaginarse una existencia tan solitaria. Ella estaría desesperada si tuviera que habitar Hollyfield sola. ¿Dónde estaba la diversión?

—No estoy solo. Tengo a Merlín y a Bethan. Y un gato que deambula por estos pasillos y que a veces me honra con su presencia —respondió él. Se acercó al diván y tomó asiento. Ella tomó otro sorbo de vino, observándolo mientras él estudiaba el cuadro.

—¿Te gusta ser duque?

—¿Que si me gusta? —preguntó él, y se apartó del cuadro para observarla—. Nunca me lo había preguntado. Es un deber. Mucha responsabilidad. La propiedad es enorme.

—Pero... si no fueras el duque, ¿qué habrías hecho?

—No lo sé. Una vez me imaginé siendo pintor.

—¡Pintor! —exclamó ella, y sonrió.

—¿Qué... te parece extraño?

—¡No! Creo que es una sorpresa maravillosa.

Imagínate, la Parca es pintor. Crea hermosas obras de arte por la noche y luego cabalga como el diablo durante el día.

Sonrió, divertido.

—¿Tienes alguna de tus obras de arte?

—Creo que hay algunas guardadas en el desván del ala norte. Perdí la afición por la pintura una vez que asumí el título y me casé.

Butler apareció en la puerta.

—Si me permite, *milord*, la cena está lista.

—Gracias. Puede servirla en la mesa.

Butler abrió más la puerta y entró con un carrito.

—Las chimeneas del comedor están frías. ¿Te importa que comamos aquí?

Ella hizo un gesto hacia su atuendo.

—Por supuesto que no.

Butler puso la mesa con porcelana y cristal. Colocó una bandeja cubierta con una cúpula de plata en medio de la mesa. Joshua le dijo que la dejara allí, que él serviría.

Ella no se había dado cuenta de lo hambrienta que estaba hasta que olió la comida. Joshua le tendió el brazo y la acompañó a su asiento como si ella fuera vestida con sus mejores galas. Les sirvió más vino y luego retiró la tapa de plata. En el medio de la fuente había un pollo asado, rodeado de patatas pequeñas.

—No es tu comida habitual, estoy seguro, pero dada la tormenta...

—Es maravilloso. Gracias.

Él trinchó el pollo con facilidad y ella lo imaginó con su esposa en el comedor formal, cortando un asado. Su mujer se inclinaría hacia adelante y lo miraría con admiración y amor.

—¿Puedo preguntarte una cosa?

—Sí, por supuesto.

—¿Echas de menos a tu esposa?

De repente, él dejó de cortar. Lentamente levantó la vista y la atravesó con la mirada. Parecía como si esperara una acusación.

—¿Es algo más que no debería haber preguntado?

Probablemente, no. Esa era su pesadilla, siempre formulando en voz alta las preguntas y pensamientos que debería mantener en silencio.

—Es que no has vuelto a casarte y me preguntaba si, tal vez... la extrañas demasiado.

Él bajó la mirada y siguió cortando la carne.

—Lo que echo de menos... es todo lo que podría haber sido nuestra vida.

Lo que, para ella, significaba que la extrañaba terriblemente. Que había pensado en tener una vida larga y feliz con ella, pero que nunca podría tener. Realmente, aquello era trágico para un hombre tan joven como Joshua.

—Parece que tu matrimonio fue todo lo que tú esperabas.

Él puso un poco de pollo en su plato, y unas patatas, antes de responder.

—¿Qué espera alguien del matrimonio, en realidad? —preguntó.

—Felicidad y amor, supongo —respondió ella—. Pero creo que muchos no se toman el tiempo de determinar la verdadera compatibilidad con su pareja antes de dejar paso al amor.

Joshua se quedó inmóvil. Lentamente, alzó la mirada.

—¿Qué has dicho?

—Lo he dicho mal. Quise decir que deberíamos esforzarnos por determinar la compatibilidad antes de casarnos por amor.

—No, tú... —balbuceó él, y se quedó mirando el

pollo durante un largo momento—. Lo has dicho perfectamente.

—Umm —dijo ella, observándolo—. Creo que estoy haciendo demasiadas preguntas y diciendo demasiadas cosas. En realidad, no quiero entrometerme, pero me muero de curiosidad. Me pregunto si sabías lo compatible que serías con tu esposa antes de casarte. ¿No te parece que mucha gente se deja llevar por la emoción del cortejo y no se paran a pensar lo compatibles que son entre sí, en realidad? O, tal vez, tú la amaste de inmediato, porque me parece que la amabas muchísimo. Creo que fue una mujer afortunada. Y el amor es... difícil de encontrar, ¿no?

Joshua se quedó afligido al oír sus palabras. Realmente, tenía que aprender cuándo dejar de hablar.

—Te pido perdón... te he ofendido.

—No. No lo has hecho. Creo que tal vez he sido yo quien se ha ofendido a sí mismo.

—¿Perdón?

La miró con intensidad, como si estuviera tratando de encontrar algo en su rostro.

—Si me lo permites, Amelia, preferiría no hablar de mi difunta esposa. Es demasiado doloroso.

—Sí. Por supuesto —Amelia sintió que se ruborizaba y bajó la mirada hacia su plato—. El pollo está excelente.

Ni siquiera había probado un bocado.

—Amelia...

Él iba a explicarle que había amado a su esposa más de lo imaginable y que era insoportable revivir su recuerdo y, de repente, ella no quería oírlo, no quería saber que él había tenido lo que ella deseaba desesperadamente y que probablemente nunca tendría.

—Es culpa mía, he estado pensando en demasiadas cosas porque tengo que encontrar una buena pareja y casarme —dijo, interrumpiéndolo—. No soporto imaginarme un matrimonio sin amor ni felicidad, pero temo que, si pospongo más la decisión, me quedaré sin ninguna opción. Oh, Dios, te pido perdón. Realmente, tengo que dejar de hablar.

—No, está bien —le aseguró él—. ¿Qué harás si no te decides por nadie?

—Regresaré a Wesloria como la princesa vencida. Creo que no hay peor destino que ese en lo que respecta a mi madre. Ella ampliará su red hacia opciones más indeseables.

Joshua parecía confundido.

—¿Como, por ejemplo?

—Como por ejemplo... dos príncipes rusos que tiene en mente, pero no ha querido incluirlos en ninguna lista porque teme la historia excéntrica de la familia.

Él la miró con confusión.

—Eso dice ella.

Amelia bajó la mirada y se obligó a comer un poco. Su madre temía muchas cosas, la mitad de las cuales eran absurdas para ella.

—Entiendo.

—¿De veras? Porque yo nunca lo he entendido. Lo que siempre he querido es ser como los demás. Cuando era pequeña, me asomaba a las ventanas y miraba a los visitantes del palacio cuando entraban por las puertas. Me imaginaba convirtiéndome en uno de ellos. Simplemente... abandonando mi cuerpo y entrando en uno de los suyos y volviendo a casa, a una cabaña del bosque. Tendría familia y amigos y asistiría a bailes campestres los fines de semana, daría a luz a mis hijos con una partera y esperaría con ilusión la cosecha de verano.

—La cosecha de verano, ¿eh? ¿Por qué una caba-ña del bosque?

—Porque suena simple y despreocupado. Sin lec-ciones de música, sin tutores, sin jefes de estado ni cenas a las que asistir. Ser libre de elegir a mis ami-gos y a mis amantes, sin la preocupación de tener que irme a vivir a Rusia con desconocidos que mi madre me ha advertido que son excéntricos, sea cual sea el significado de eso.

Él se rio con sorpresa.

—Si fueras esa persona que estás imaginando, es posible que te sorprendieras al descubrir que tus amantes no eran el tipo de hombres a los que estás acostumbrada. Por otra parte, una vida sencilla en una cabaña requeriría los frutos de tu trabajo ma-nual. Después de tu cosecha de verano, tendrías que cocinar. Tendrías que romperles el cuello de los po-llos y planchar y lavar y barrer.

—Podría hacer todas esas cosas —insistió ella.

Él ladeó la cabeza y sonrió dubitativamente.

—¡Podría! Estoy casi segura de ello.

Su sonrisa se volvió más dudosa.

—Bien. Me gusta imaginar que podría.

Él se rio. Tomó un bocado de pollo, pero no pa-recía que tuviera mucho apetito.

—Cuando era pequeño, me imaginaba viajando por el mundo con mis pinturas y mi caballete, pin-tando todo lo que viese. Por desgracia, cometí el error de mencionar casualmente ese sueño a mi pa-dre.

—¿Y qué te dijo?

—Me dio una bofetada y me dijo que nunca vol-viera a decir algo tan ridículo en su presencia.

Amelia jadeó, pero Joshua se encogió de hom-bros.

—Mi padre no era un hombre afectuoso. Tenía

cierta idea de cómo deben comportarse los jóvenes y nos lo exigía.

—Mi madre y él se habrían llevado bien, entonces —dijo ella—. Mi padre, sin embargo, era muy bueno y afectuoso. Y comprensivo. Le decía a mi madre que yo era una persona especial y que me dejara en paz.

—Parece que el rey Maksim era un hombre sabio.

—Lo era. Era un rey benévolo. Algunos pensaban que era débil, y hubo más de un intento de derrocarlo. Pero se preocupaba por la gente a la que gobernaba y, especialmente, por Justine y por mí. Le enseñó a Justine todo lo que debía saber para ser la reina, y ella ha demostrado ser una soberana excelente. Oh... cuánto los echo de menos a los dos.

Se le llenaron los ojos de lágrimas y, rápidamente, tomó su servilleta y se secó los ojos, horrorizada por haber perdido el control tan fácilmente y por tan poco.

—Dios mío. No suelo ser tan sentimental —dijo, y dejó la servilleta—. Perdóname.

—No hay nada que perdonar. ¿Estás un poco nostálgica?

—Sí, un poco.

Amaba la libertad que tenía allí... pero echaba de menos a su familia y a sus perros. Se acomodó en la silla y miró a su inesperado anfitrión.

—Espero que no te importe que lo diga, pero te encuentro fascinante, Joshua. No eres quien yo pensaba.

—Espero que no, porque pensabas que era la Parca.

Ella puso los ojos en blanco.

—Nunca debí haber dicho semejante cosa. En mi defensa, alego que parecías bastante frío, antipático y amenazador.

—Puedo ser esas cosas.

—No fue justo por mi parte. Confundí tu silencio con otra cosa. Mis más sinceras disculpas por haberte juzgado con crueldad.

Su sonrisa era indulgente y cálida, y ella sintió que la envolvía.

—Fue justo. No me esforcé por ser amable. Y también te juzgué.

—Sí, bueno... A menudo no le caigo bien a la gente, así que no me sorprende.

—No dije que no me cayeras bien, Amelia. Pero mi impresión inicial fue incorrecta. Pensé que eras una malcriada y que te creías con derecho a todo.

Ella se rio con deleite.

—¡Es cierto!

—No, no lo es. Eres fiel a ti misma y, por lo poco que sé, pareces bastante lúcida.

Ella sintió una calidez que la envolvió por completo y se asentó en su interior.

—Estás siendo amable.

—Estoy siendo sincero.

Comieron en silencio un momento, pero ella no tenía mucho apetito. El calor que había sentido comenzaba a revolotear en su vientre.

—¿Cuándo te vas de Hollyfield?

—No lo he decidido todavía. A finales de verano, creo. Si puedo poner mis asuntos en orden.

—¿Y quién cuidará de Hollyfield mientras estés fuera? ¿*Lord* Clarendon?

Él se rio entre dientes.

—A Miles le gustaría, no tengo ninguna duda.

—Admiro que quieras arriesgarte en esta vida y emprender una aventura. Suena emocionante.

Él se rio de nuevo y tomó un poco de vino.

—Clarendon piensa que estoy loco por considerarlo.

—¿De verdad? Aun así, eres muy afortunado por tener la libertad y los medios para hacer lo que quieras. Puedes experimentar la vida en este mundo de un modo que la mayoría no podemos.

—¿La mayoría? No es posible que tú te incluyas en ese grupo. Creo que has experimentado mucho.

—Sí, pero las experiencias que he tenido han sido las que me han organizado otros, no las aventuras que he elegido yo.

—Interesante —dijo él, y sirvió más vino en su copa—. Tengo curiosidad... ¿qué aventura elegirías?

—Te decepcionará mi respuesta después de todo lo que he dicho, pero mi gran aventura sería una familia. No una familia como las de la monarquía, en la que los niños son engendrados para asegurar la sucesión y se mantienen separados de los padres. No, me refiero a una familia de verdad. No se me ocurre un placer mayor que tener un hogar lleno de niños. Como Iddesleigh House.

Él se quedó perplejo, como si aquellas palabras no tuvieran ningún sentido viniendo de ella. Era lógico; qué deseo tan extraño, cuando podía tener cualquier cosa en el mundo. Sin embargo, le pareció curioso que la expresión de Joshua fuera casi de tristeza.

—¿Por qué me miras así? ¿Es tan extraño?

—Pensé... pensé que dirías algo diferente. Tenía la impresión de que disfrutabas un poco del peligro y elegirías algo más en ese sentido.

—¡Oh, sí! Me siento muy viva cuando me tambaleo al borde del desastre.

Se rio de sí misma y, distraídamente, trazó con el dedo el borde de su copa de vino. Tal vez hubiera bebido demasiado. Sus pensamientos eran fluidos, por fin había entrado en calor y se sentía increíblemente cómoda en presencia de Joshua. Pensó que podrían haber sido amigos en otra vida.

—Puede parecer una locura, pero mi mayor deseo es ser como todos los demás. Llevo los vestidos más elegantes y joyas muy valiosas, y ceno con la realeza, pero lo que quiero de verdad es ser como todos los demás.

—No creo que sea una locura en absoluto.

La mirada de Joshua se había suavizado, y ella notó que se sonrojaba.

—¿Y tú? ¿Qué quieres de esta vida?

Su sonrisa era irónica.

—Eso no.

—¿No quieres ser como los demás? —bromeó.

—Creo que es mejor para todos que me dejen en paz. A mí solo.

—¡Solo! Pero ¿qué pasa con la familia? ¿Y los niños?

Él apretó los labios.

—Eso no es para mí.

Ella sintió una horrible decepción. Se dio cuenta de que esperaba y quería que él dijera exactamente lo contrario. De repente, empezó a llover torrencialmente de nuevo. Ambos miraron hacia las ventanas.

—He pedido que te prepararan una habitación. Ya estará caldeada. ¿Te gustaría verla?

Amelia no estaba lista para que terminara la velada. Quería pasar más tiempo con él y contarle todo: quién era su perro favorito en su palacio, dónde estaba el lugar secreto en los jardines del palacio al que iba cuando quería estar sola. A cuántos hombres había besado, algo que, probablemente, era imprudente por su parte, pero de todos modos quería contárselo. Se sentía completamente a gusto con él. No había nadie más con quien se hubiera sentido tan cómoda. Era parecido a hablar con Justine: sentía que podía confesárselo todo.

Sin embargo, no tenía sentido demorarse. Solo daría lugar a la esperanza de algo que no podía tener.

—Por favor —dijo, al fin.

Tal vez ya estuviera aprendiendo a ser una solterona. Hablando y hablando, revelando demasiadas cosas y, luego, diciendo «buenas noches» cuando quería mucho más.

Él tomó una de las velas de la mesa, ahuecó la mano alrededor de la llama y caminó hacia la puerta.

—¿No hay lámparas? —preguntó ella, mientras se levantaba de la silla. Parecía algo extraño tener una casa como aquella sin lámparas.

—He perdido la costumbre de tenerlas encendidas.

Los perros estaban desparramados junto a la puerta y se pusieron firmes en el momento en que se abrió. Cuando Joshua salió al pasillo detrás de ella, los perros se dieron la vuelta y comenzaron a trotar delante de ellos.

Ella caminó junto al duque por el gran pasillo, descalza. Subieron las escaleras de nuevo y entraron en el pasillo que había visto antes. Pero, en aquella ocasión, en lugar de seguir a los perros hasta el final, Joshua se detuvo delante de una puerta que estaba abierta a mitad de camino.

En aquella habitación el fuego ardía en la chimenea, lo que hacía que el papel amarillo de la pared pareciera aún más brillante. Los trapos para el polvo de los muebles estaban doblados cuidadosamente y apilados en una esquina.

Ella entró en la habitación y miró a su alrededor.

—¿Te parece bien? —preguntó él.

Ella se giró para mirarlo. No había cruzado el umbral; estaba apoyado contra el marco de la puerta. Tenía una mano en el bolsillo y, con la otra, sujetaba la vela.

—¿Esta era la habitación de tu esposa? —preguntó ella. Necesitaba saberlo. No quería estar en su habitación, que Dios la perdonase. No podía estar pensando en él mientras estaba en la habitación de una mujer muerta.

—No —respondió él, horrorizado.

Ella se sintió muy aliviada.

Joshua no se había movido. La estaba mirando de una manera que hizo que se le acelerara un poco el corazón. Le pareció que su mirada era de anhelo. Ella también lo sentía.

—Bueno —dijo él, y se enderezó.

—Gracias —dijo ella, rápidamente, antes de que él pudiera dejarla con la vela—. Creo que no había hablado de tantas cosas con una persona desde hace años.

Él se sacó la mano del bolsillo y Amelia pensó que el momento se le estaba escapando. Impulsivamente, le acarició los dedos.

Joshua se quedó inmóvil.

Ella se acercó y entrelazó sus dedos con los de él. Sintió la aspereza de la palma de su mano. Él no se resistió, pero la miró con cautela. Ella le apretó un poco los dedos y le dio la vuelta a su mano. Tocó con un dedo la piel encallecida.

—¿Por qué tienes así las manos?

Él se miró la palma durante un largo momento.

—Me gusta cortar leña. Creo que es mejor terapia que una botella de whisky.

Joshua levantó la mirada. Ella se dio cuenta de que le miraba la boca y eso le causó más problemas. Trazó una línea sobre su palma.

—¿Qué estás haciendo, Amelia?

—Estoy al borde del desastre.

Ella soltó su mano, tomó el candelabro que él sostenía y lo dejó a un lado. Estaba tambaleándose, cierto, y caería, y no había esperanza ni salvación. Peor aún, no quería que la salvaran y quería llevárselo con ella. Y él no estaba haciendo nada por impedirlo.

Tenía un millón de pensamientos diferentes. ¿Aquello era compatibilidad entre ellos? ¿La había descubierto en Joshua cuando se le había escapado con todos los demás? ¿Aquel sentimiento podía ser algo más? A ella le parecía que sí. Él la estaba viendo como era realmente, y solo Justine y sus padres la habían visto así.

Le acarició la cara.

—Antes de que digas nada, sé que hago mal al tocarte. Pero hoy me ha pasado algo.

—Hoy han pasado muchas cosas.

—Quiero decir que se ha abierto una ventana que ha estado cerrada toda mi vida, y yo... no quiero cerrarla otra vez.

Tiró de su mano, obligándolo a cruzar el umbral. Él se movió rígidamente, como si no quisiera entrar en la habitación. Ella le pasó la mano por el pecho, hasta el cuello.

Joshua inclinó la cabeza y la miró directamente a los ojos.

—Estás haciendo una invitación, pero deberías saber que no la voy a aceptar.

—¿Por qué no?

—Por razones obvias. No estoy entre tus pretendientes. No deseo ninguna aventura ni nada más allá de eso. Tú tienes deseos muy claros, una virtud y un deber que debes cumplir y que no tiene nada que ver conmigo. ¿Qué clase de hombre sería si me aprovechara de eso solo para mi placer personal? ¿Quieres que continúe dándote motivos?

—Por el amor de Dios, por favor, no lo hagas.

No podía soportar otra palabra de negación por

su parte y, menos, cuando podía ver claramente la estima en su mirada. No se lo estaba imaginando, sentía aquella estima llenando la habitación a su alrededor. Se puso de puntillas y le rozó los labios con los suyos. Él no se resistió. Movió sus labios contra los de ella, aceptando la invitación a aquel beso, por lo menos.

Ella hundió sus dedos en su cabello y movió las manos hacia sus hombros. Joshua podría decir lo que quisiera, pero ella sentía cómo se endurecía su cuerpo.

Entonces él le rodeó la cintura con un brazo, la estrechó contra su cuerpo y la besó. La besó como un hombre que lo daría todo por el placer, y ella se apretó contra él para transmitirle que también lo haría.

Él posó la mano en su mandíbula ella notó un aleteo en el cuerpo. La abrazó con fuerza y empujó el abrigo que ella llevaba puesto sobre los hombros, y ella lo dejó caer. Él tomó uno de sus pechos y se lo acarició a través de la tela de batista. Ella estaba empezando a ahogarse en un poderoso deseo: quería estar bajo él, sentir su peso sobre ella y dentro de ella. Quería darle a su cuerpo todo lo que había estado anhelando.

Joshua gimió y se inclinó para besarle el hueco de la garganta. Amelia se sentía completamente desarmada: él podía hacer lo que quisiera con ella y ella lo acompañaría llena de emoción. Le pasó los dedos por el pelo, se apretó contra él, trató de transmitirle que quería que la abrazara y la llevara en su aventura aquella noche a lugares en los que nunca había estado pero que estaba desesperada por conocer.

Estaba preparada, tenía hecho el equipaje, su mente ya estaba en la estación de tren. Pero, cuando alcanzó el cinturón de sus pantalones, él le agarró la mano y se la apartó. Él tomó su rostro con ambas manos y la besó tiernamente. Después, levantó la cabeza hacia el techo y dejó escapar un fuerte gemido.

Lentamente, le soltó las manos y dio un paso atrás.

Ella estaba mareada a causa del deseo y, por un momento, no pudo pensar en nada. No podía comprender lo que estaba sucediendo.

Joshua se frotó la nuca. La miró con una expresión de puro tormento, recorriéndola desde la parte superior de la cabeza hasta los pies descalzos.

Amelia entendía cómo funcionaban aquellas cosas. Comprendía por qué él se negaba a ser su amante a pesar de que, obviamente, quería serlo. Se cruzó de brazos.

—No voy a fingir que no estoy decepcionada.

Él sonrió tristemente y le acarició la mejilla.

—Yo tampoco voy a fingirlo —dijo, y rozó su sien con los dedos—. Eres hermosa, Amelia. Si yo fuera un...

—Por favor, no lo digas —le pidió ella, antes de que él pudiera dar una excusa—. Por favor.

Él suspiró. Se llevó su mano a los labios y se la besó.

—Buenas noches, entonces.

Se dio la vuelta y cerró la puerta silenciosamente al salir.

Amelia se quedó allí, inmóvil, un momento, con la esperanza de que él regresara. Joshua tenía razón al dejarla, por supuesto, pero aquella noche, a ella no le importaban el decoro ni la decencia. Era simplemente mala suerte desear al único hombre que se negaba a estar, como él decía, entre sus pretendientes. A ella le habían enseñado a proteger con su

vida su virtud hasta que llegara un momento mági-
co en el que se suponía que debía dejarla atrás. Pero
eso ya no le importaba, porque solo deseaba a aquel
hombre. Quería estar con alguien que pudiera so-
portarla, que la deseara también.

Quería que la dejaran libre para correr con desenfreno.

Capítulo 29

El día siguiente amaneció claro como el cristal, sin una sola nube en el cielo. *Lord* Iddesleigh y *lady* Aleksander llegaron a Hollyfield a las diez y media en un carruaje para buscar a la princesa.

Joshua los recibió en el camino de entrada, ya preparado y con la intención de salir de Hollyfield y aclararse la mente lo antes posible. No había visto a Amelia aquella mañana. Le había ordenado a Butler que le sirviera el desayuno en la habitación. La noche anterior había estado demasiado cerca de hacer algo que habría lamentado profundamente y no iba a permitir que lo tentaran de esa manera otra vez.

Intercambió las bromas habituales con Iddesleigh y *lady* Aleksander. Sí, la tormenta había sido terrible. Sí, el día era espléndido. No, no era ninguna molestia haber recibido a la princesa, solo se sintió aliviado de haberla encontrado a tiempo.

Amelia apareció en el rellano de la entrada con el vestido limpio y planchado. Todavía llevaba el pelo trenzado e iba descalza, ya que su calzado había sufrido lo peor de la tormenta. De repente, él la vio en una cabaña en el bosque, recogiendo flores silvestres, guiando a un grupo de niños de un lugar a otro.

Pero parecía... fatigada. Se preguntó si habría pasado la noche insomne, como él.

—*Bon dien* —dijo—. Buenos días.

—Buenos días —dijo él. Le ofreció el brazo, pero ella se recogió la falda del vestido y bajó las escaleras por su cuenta. Butler la siguió, llevándole las botas.

—¡Aquí está, alteza! —trinó *lady* Aleksander. Su voz le recordó a Joshua a los pájaros de la mañana: brillantes, alegres y demasiado ruidosos al amanecer.

—Aquí estoy —dijo ella.

—Excelencia, debo agradecerle que haya recibido a nuestra invitada. Nos preocupamos mucho al ver que no regresaba antes de la tormenta, tal y como esperábamos —dijo *lady* Aleksander.

—Lo lamento mucho —dijo Amelia al instante—. Pensé que podía ir caminando hasta Goosefeather Abbey.

—¡Caminando! —exclamó *lord* Iddesleigh—. ¡Pero si está muy lejos!

—Sí, *milord*. Lamentablemente, lo descubrí ayer.

—Qué suerte tiene de que Marley haya...

—Tuve mucha suerte, es cierto —dijo ella, interrumpiendo a *lady* Aleksander antes de que pudiera lanzarse a un discurso sobre la buena fortuna, y miró a Joshua—. Mucha suerte —repitió—. No sé cómo agradecerte que me rescatara, excelencia.

—Fue un placer.

Un placer absoluto y profundo. Así como su agonía. Hizo una reverencia.

—Debe de estar exhausta, querida —dijo Iddesleigh—. Vamos a llevarla a casa. Las niñas han estado preguntando por usted. También las atrapó la tormenta. A propósito, debo añadir. No hay nada como un buen aguacero para tentar a unas cuantas niñas tontas a bailar bajo la lluvia.

Uno de los cocheros abrió la puerta del carruaje. Joshua observó a Amelia mientras bajaba las últimas escaleras y recorría con cuidado el camino hasta el coche. Butler le entregó las botas al cochero que sostenía la puerta.

Justo antes de desaparecer en el interior, Amelia lo miró.

Fue como si lo tocara con un atizador al rojo vivo. Él sintió que su mirada lo atravesaba.

Lady Aleksander también subió al carruaje.

—Tenga cuidado por los caminos, Marley. Algunas partes están arrasadas —le dijo Iddesleigh—. Gracias de nuevo. Estamos en deuda con usted.

—En absoluto —dijo Joshua.

Iddesleigh se quitó el sombrero y entró en el carruaje.

Joshua permaneció de pie en el camino de entrada mientras el carruaje se alejaba, rebotando y dando tumbos a través de los nuevos baches creados por la tormenta. Se quedó de pie allí hasta mucho después de que el carruaje hubiera desaparecido.

Fue un anfitrión terrible. Debería haberlos invitado a entrar. Pero no soportaba estar en la misma habitación que ella, con el temor de que todos ellos entendieran al instante lo que sentía.

Lo que no podía comprender era lo que le había pasado la noche anterior. No entendía la tormenta, ni que ella usara su ropa, ni el tiempo que habían pasado en el salón, hablando tan libremente de tantas cosas. No entendía que se hubieran besado y, en realidad, no importaba, porque de cualquier manera, estaba destrozado.

Toda la noche y toda la mañana había estado apretando la mandíbula contra su deseo y su confusión sobre quién y qué era.

Y había más preguntas. ¿Quién era ella? ¿Cómo

demonios había repetido lo que él le había escrito al director? Ella había dicho lo mismo que él había escrito, que uno debía encontrar la compatibilidad antes que el amor. Amelia lo había dicho casi palabra por palabra. Solo podía suponer que había leído su carta o, peor aún, que el señor Roberts estaba compartiendo el contenido de esas cartas por todas partes.

¿Se estaban riendo de él? ¿Leían sus cartas y se reían de sus quejas y observaciones? Pensaba que el señor Roberts y él habían creado una alianza. Pensaba que, posiblemente, el señor Roberts era su amigo. Se había imaginado tomando una cerveza con el hombre.

De una forma u otra, descubriría cómo había llegado Amelia a leer su carta.

Pero lo peor de todo era que la princesa Amelia había logrado capturarlo. Había tomado su endeble red para mariposas y lo había atrapado como a una babosa gorda. Él se creía intocable y, además, creía que ella era la última persona en el mundo que podía tocarlo. Sin embargo, Amelia lo había hecho, y él ni siquiera se había dado cuenta de lo que estaba sucediendo. Ella, con facilidad, le había obligado a rendirse, lo había atraído con su sonrisa y su belleza y las cosas escandalosas que decía, y era injusto, injusto e injusto que él se hubiera convertido en un hombre tan lastimoso.

Amelia era exuberante, sus labios, su cuerpo, toda ella era irresistible de una manera que nadie lo había sido nunca para él. Ni Diana. Ni siquiera Sarah. Su boca era tan suculenta como la recordaba desde la noche en el balcón de Iddesleigh House. El beso de la noche anterior había sido como un volcán que lo había derretido por dentro y por fuera. Su deseo había estallado y se había derramado caliente por todo su cuerpo y, antes de que supiera lo que estaba sucediendo, la había atraído hacia su pecho y la estaba besando, mientras sus pensamientos recorrían todas las formas de las que quería besarla, todos los lugares de su cuerpo que quería probar.

Estaba hechizado, fuera de sí. Su abstinencia había creado un monstruo que se había abierto camino a zarpazos para liberarse.

Gracias a Dios, su conciencia había luchado y le había impedido hacer daño. Un daño tremendo. ¿Qué demonios creía que estaba haciendo, enredándose con una princesa extranjera que estaba allí con el único propósito de encontrar un marido? Él no era ese hombre.

Estaba muy lejos de ser ese hombre.

Ya había matado a una mujer.

Había pasado horas dando vueltas en la cama hasta que había recuperado el sentido común, lentamente, y había comenzado a reconstruir el muro que había erigido laboriosamente durante los últimos dos años. Un muro que su lujuria había estado a punto de quemar hasta los cimientos.

Aquel mismo día iba a reunirse con su abogado, el señor Darren, en Iddesleigh. Y, al día siguiente, iba a hacer una visita a la escuela para averiguar cómo había llegado a saber Amelia lo que él había escrito.

Capítulo 30

El viaje a Iddesleigh House fue tal y como Amelia se imaginaba: Lila haciendo preguntas sin parar y Beck, divirtiéndose con todo ello. Lila quería un relato completo de lo que había sucedido el día anterior. ¿Cómo la había encontrado el duque? ¿Qué hicieron una vez que estuvieron a salvo en Hollyfield? ¿De qué hablaron? ¿Qué comieron? ¿Dónde durmió?

Ella respondió a todas las preguntas con calma e indiferencia. Dijo que la experiencia fue tolerable, cuando había sido lo más asombroso que le había sucedido en su vida. Dijo que no hicieron mucho más que esperar a que dejara de llover, cuando había bajado la guardia y hablado de muchísimas cosas con alguien que no era de su familia. Dijo que se fue a la cama temprano porque estaba agotada, pero no dijo que luego se quedó despierta toda la noche, pensando en él.

Y, cuando llegaron a Iddesleigh House, fingió que estaba exhausta y pidió que la dejaran sola por unas horas para descansar.

No quería hablar más de lo sucedido.

Todo el asunto la había dejado más inquieta de

lo que se hubiera sentido en toda la vida. No podía pensar en nadie más que en él y no quería conocer a nadie más. Comparados con él, todos los caballeros de la lista de Lila le parecían unos simples sin vida. El duque, lejos de ser despreciable, era sorprendente y emocionante.

¿Qué podía hacer? Joshua había dejado muy claras sus intenciones. No era su pretendiente. Se iba. Había amado profundamente a su esposa. A ella la había besado, sí, pero, después, la había rechazado, y era bastante obvio que ese era el final. Le había dicho claramente que quería vivir solo. Que los niños no eran para él.

Y Lila estaba hablando de Londres otra vez.

Amelia quería volver a su casa, a Wesloria. Al mismo tiempo, no quería. Quería ir a Londres, pero no soportaba la idea de toda esa charla intrascendente y de esa conversación de cortesía en los salones. Quería bañarse, cambiarse de ropa e ir a Hollyfield y preguntarle por qué. Por qué ella no. Por qué estaba tan mal. ¿De verdad no podía volver a amar a nadie nunca más? ¿No había ni la más mínima posibilidad?

Estaba desesperada por hablar, pero no tenía a nadie con quien hacerlo. Justine estaba demasiado lejos. ¿Blythe? Nunca... Blythe revolotearía ansiosamente e insistiría en que el señor Swann era la pareja perfecta. Lila analizaría cualquier cosa que le dijera y luego querría ayudarla a resolver sus problemas o indicarle un hombre disponible.

Ella no quería ese tipo de ayuda.

Lo que quería era entender qué hacía falta para que un hombre amara a una mujer.

Había una persona a la que podía plantearle la pregunta: a un preocupado residente de Devonshire.

Aquella tarde tenía que ir al pueblo con Lila y

Blythe a buscar unos guantes y unos zapatos. Después, escribiría su carta y la dejaría en la escuela.

Durante el camino hacia Iddesleigh, Lila llegó a la conclusión de que la fatiga de la princesa no se debía a que hubiera caminado varios kilómetros bajo una lluvia torrencial. Tenía algo en la cabeza, y ella apostaría cualquier cosa a que estaba relacionado con un duque sombrío y taciturno. Por desgracia, no pudo llegar al fondo del asunto porque Blythe las había acompañado a dar un paseo hasta el pueblo aquella tarde.

—Pedí los guantes hace mucho tiempo —explicaba Blythe mientras iban hacia el pueblo de Iddesleigh—. Donovan iba a traerlos, pero no estaban listos cuando fue a recogerlos.

La princesa miraba por la ventana mientras Blythe seguía contando la historia de aquel par de guantes. Parecía que no estaba escuchando ni una palabra de lo que se decía. En realidad, no se perdía mucho. Blythe no se daba cuenta de que nadie estaba interesado en escuchar la larga historia.

En Iddesleigh, en la tienda de la modista, la princesa se animó un poco. En el pueblo no había casi nada, pero había una modista que había instalado su tienda enfrente de su casa de techo de paja. Acababa de recibir nuevas telas de seda y satén que llamaron la atención de la princesa, y las dos las examinaron. También pusieron vestidos terminados delante del espejo para observarlos y, después, ambas seleccionaron telas para hacerse unos trajes nuevos.

Cuando Blythe decidió que le gustaría comprar un sombrero para el sol, Lila y la princesa salieron a la calle a tomar un poco el aire mientras *lady*

Iddesleigh examinaba los diversos sombreros que había a la venta. Ella estaba haciendo todo lo posible por entablar conversación con la princesa, pero parecía que Amelia estaba a kilómetros de distancia. Hasta que, de repente, se enderezó y fijó la mirada en algo que había en la calle, más arriba.

Lila siguió su mirada. El duque de Marley acababa de salir de las oficinas del señor Darren. Caminaba con determinación hacia su caballo, pero levantó la cabeza y vio a la princesa. Vaciló a mitad de camino. Se quitó el sombrero para saludarlas a ambas y luego continuó hasta su caballo. Al instante, había montado y se alejaba.

Junto a ella, la princesa se desinfló físicamente, hundiéndose contra una pared.

—¿Qué sucede? —le preguntó. Aunque sospechaba que sabía perfectamente lo que sucedía.

La princesa movió la cabeza y se cruzó de brazos, con el bolso colgando de una muñeca.

Ella vio que el duque desaparecía por la calle.

—¿Te dije que el señor Swann preguntó si podía visitarte?

Sabía muy bien que no se lo había dicho, porque el señor Swann no le había preguntado si podía visitarla. El caballero le había dicho expresamente que estaba en Londres para realizar un trabajo científico importante. O más bien, así fue como ella había escuchado su explicación de por qué no volvería a hacerle una visita a la princesa. Y tenía que concederle al señor Swann el mérito de saber cuándo había perdido el juego.

—No quiero recibirlo —murmuró la princesa.

—Entonces, ¿seguimos con nuestros planes de ir a Londres?

—Tampoco quiero ir a Londres.

Por fin, la introducción perfecta.

—Si me lo permites, Amelia... ¿qué quieres? Cada una de mis sugerencias se topa con resistencia. Siento como si algo o alguien te estuviera reteniendo.

La princesa bajó la mirada hacia su mano, estiró los dedos enguantados y luego los cerró en un puño, como si estuviera sufriendo un dolor reumatoide.

—Nunca había visto a nadie tan poco cooperativo...

—No es mi intención. El problema, Lila, es que tú no puedes darme lo que yo quiero.

Por fin estaban llegando a alguna parte.

—Si no sé lo que quieres, ¿cómo puedo hacerlo?

La princesa suspiró.

—Para alguien que se enorgullece de decir siempre lo que piensa, pareces terriblemente muda en este momento.

—Muy bien —dijo la princesa, con gran exasperación—. Lo que quiero es alguien que no sea el más adecuado para mí. Alguien que no quiera competir por mi mano. Alguien a quien le gustaría quedarse atrás o, al menos, solo.

Lila fingió que se quedaba desconcertada.

—¿Quién podría ser? Creo que todos los caballeros de Gran Bretaña y de Europa querrían tener la oportunidad de competir por tu mano.

—Por favor —dijo la princesa, con una mirada fulminante—. Es obvio que eso no es verdad. Me refiero a Marley.

—¿Marley? —preguntó Lila, tratando de parecer lo más confundida y sorprendida posible.

—Sí, Marley. ¿Por qué te divierte tanto?

—Perdón. Es solo que lo has despreciado desde vuestro primer encuentro.

—Lo sé. Pero... pero mis sentimientos han cambiado. Una vez que hablé con él...

—¿Ayer?

—Antes —dijo la princesa con impaciencia—. ¿Importa cuándo? Mis sentimientos han cambiado, pero los suyos, no.

Tal vez Joshua solo necesitara un empujón saludable. Ciertamente, valía la pena explorarlo. Por otra parte, ella quería que la princesa comprendiera que, a veces, las personas tenían creencias sobre sí mismas que eran inalterables. Joshua... Bueno, no estaba segura.

—Ah —dijo Lila, encogiéndose de hombros.

—¿Ah, qué?

—No es nada...

La princesa se enderezó.

—¿Ha dicho él algo?

—No, no... pero ha sufrido una gran pérdida. Perdió a una esposa y a una hija, y creo que aún no ha llegado a aceptar su dolor.

El rostro de la princesa se desmoronó.

—¿Quién puede culparlo? —preguntó.

Lila le dio una palmadita en el brazo.

—El dolor tiene la capacidad de abrumarnos.

—¿Crees que estaba perdidamente enamorado de ella?

Sabía a ciencia cierta que Joshua no estaba perdidamente enamorado de Diana y que ella tampoco lo estaba de él. Podía decirse que su unión era amistosa.

—Creo que... él siente su pérdida.

—Sí, por supuesto. Pero ¿no crees que a veces el dolor puede abrir puertas cerradas?

Ella no hubiera esperado que la princesa hiciera aquella observación, y la miró con genuina curiosidad.

—¿Cómo es eso?

Amelia se frotó la frente como si le doliera.

—Yo también he sufrido una gran pérdida. He sufrido más de lo que jamás hubiera imaginado. Fue una pena darme cuenta de que la vida nunca sería la misma y asimilar que mi padre había desaparecido para siempre de mi vida. Pero, si él viviera todavía, Justine no sería reina. Y ella es una reina brillante, Lila. Y, si no hubiera ocupado el trono, yo no me habría descarrilado en Wesloria. No habría venido a Inglaterra. La muerte de mi padre abrió otro camino en mi vida, y no me arrepiento de haberlo emprendido.

—Quizá debieras compartir esto con el duque —sugirió Lila.

La princesa hizo un gesto negativo con la cabeza y miró hacia abajo.

—No creo...

—¡Aquí están! —exclamó Blythe. Había salido de la tienda de la modista con un sombrero de sol en la mano—. Es bastante sencillo, pero la modista me asegura que la señora Wilson, que vive cerca de la antigua capilla Bakerley, lo adornará bien. Pasaremos por allí, ¿de acuerdo?

Se perdió el momento, pero ella, como siempre, se sintió optimista. Si la princesa se mostraba reacia a decírselo al duque, ella, no. De hecho, tal vez fuese mejor que lo dijera la casamentera favorita del duque en vez de la princesa.

Cuando regresaron a Iddesleigh House, Amelia se retiró a su suite para encargarse de cierta correspondencia. Y ella se retiró a sus habitaciones para escribir a su marido y planear su próximo movimiento.

No había nada que la deleitara más que dos personas que, obviamente, estaban destinadas a estar juntas. Salvo, quizá, haber contribuido a unirlas cuando no podían lograrlo por sí mismas.

A un preocupado residente de Devonshire:

Sin duda se sorprenderá al encontrar una carta esperándolo, ya que esta no ha sido hasta el momento nuestra forma de proceder. Pero hemos llegado a confiar en sus consideradas opiniones y nos encontramos frente al dilema más atroz. No tiene nada que ver con nuestras excelentes estudiantes, quienes, por cierto, están decididas a tener su propio jardín. Le alegrará saber que el señor Puddlestone ha aceptado supervisar esta tarea, y esta mañana trajo algunas palas para usarlas en la labranza de la tierra.

Por desgracia, una de nuestras estudiantes más jóvenes pensó que la pala podría usarse también para simular un juego de espadas y golpeó a otra estudiante, por accidente, pero con la suficiente fuerza como para desgarrarle la piel. Su padre vino a buscarla y nos advirtió que no se tolerarán tales percances. Por supuesto que no se tolerarán. No nos enorgullecemos de educar a estudiantes que probablemente se golpeen en la cabeza con una pala, pero los accidentes ocurren.

En cuanto a nuestra necesidad de sus buenos consejos, nos encontramos en la insostenible posición de haber desarrollado estima por alguien que no nos ha correspondido de la misma manera. Tal vez se sorprenda, porque cabe la posibilidad de que haya sospechado que, como los suyos, nuestros deseos no se inclinan hacia la estima y el compañerismo. Solo podemos decir que sucedió por casualidad. Nos habíamos formado fuertes opiniones que se demostraron infundadas y, ahora, no sabemos qué hacer con nuestros sentimientos, ya que hemos descubierto una compatibilidad con esta persona en particular que no creíamos posible. No podemos evitar preguntarnos, ¿cuándo se sabe que la compatibilidad se ha convertido en amor? ¿Hay una señal? ¿Un sentimiento, un único momento que uno reconoce como amor?

Y, si esos sentimientos no son correspondidos, ¿qué se puede hacer? ¿Cómo se enfrenta uno a la vida diaria? Parece que podría volverse intolerable.

Su consejo es, como siempre, muy apreciado por la Escuela Iddesleigh para Niñas Excepcionales.

Capítulo 31

Joshua se acercó a la escuela con cuidado, mirando a su alrededor para ver si había alguien cerca. Cualquiera que lo viera entrar en el pequeño y sencillo edificio se preguntaría qué estaba haciendo.

Después, buscó una salida por si era necesario. Con tantas niñas por allí, podría volverse urgente contar con una vía de escape rápida. Las oía cantar a través de la puerta abierta. Otra vez. ¿Por qué las niñas cantaban siempre? ¿Qué les hacía pensar que la vida era alegre? Tal vez fuese alegre para ellas en aquel momento, pero algún día, no cantarían tanto. ¿O sí?

Tuvo que agacharse para pasar por la estrecha entrada. Se quitó el sombrero y se irguió ansiosamente, pensando que alguien lo saludaría. Una niña, el señor Roberts, cualquiera. Seguramente, no se podía entrar a una escuela sin más. Y sin embargo, nadie vino a ver quién estaba de visita. Notable.

Se adentró un poco más en la vieja casa hasta un punto desde donde podía ver lo que, probablemente, era el aula principal. Pero el señor Roberts y las niñas no estaban allí. Oyó sus voces nuevamente y se dio cuenta de que estaban fuera, en algún lugar del jardín trasero. Puso los ojos en blanco. Le parecía que estaban constantemente al aire libre. Pasó por delante de una oficina ordenada, pero desordenada, llena de libros y papeles, paraguas y botas de lluvia. Tuvo que atravesar el aula para llegar a la puerta de atrás. En aquella habitación había una variedad de pupitres y cajas rudimentarias apretujadas unas al lado de otras. También había pizarras individuales y libros. Había dibujos pegados a la pared, delante de las ventanas. Y había una gran pizarra al frente de la habitación, en la que se habían escrito varias ecuaciones aritméticas.

Joshua siguió los sonidos hasta el jardín trasero. Las niñas habían dejado de cantar, gracias a todos los santos, pero estaban parloteando. ¿Cómo lo hacían? Todas ellas hablando a la vez, unas sobre otras y alrededor de otras. ¿Alguna de ellas oía algo de lo que decía la otra? Y, después, la única voz masculina se alzaba por encima del fragor para pedirles que prestaran atención y que mantuvieran quietas las manos. «Excelente consejo, señor».

Pasó por otra puerta baja y salió a un jardín brillante y soleado. Allí había más de una docena de niñas deambulando. Algunas tenían palas. Y luego había tres de ellas sin nada en la mano pero que se perseguían en círculo, chillando de risa.

—¡Niñas! ¡Niñas, préstenme toda su atención!

El señor Roberts, supuso Joshua. Nunca había visto al director.

La mayoría de las niñas le estaba prestando atención. Había una o dos que no lo hacían. Siempre había una o dos en cualquier multitud, ¿no?

—¿Cuál fue el consejo del señor Puddlestone? —preguntó el señor Roberts.

Una mano se levantó.

—¡Que las filas deben ser rectas!

—Exactamente. Gracias, señorita Roth.

La señorita Roth miró a sus compañeras con aire de suficiencia.

—Bien. ¿A alguna de ustedes les parece que esta fila está recta?

Las niñas se acercaron lentamente para echar un vistazo.

—Sí —dijeron varias de ellas.

Al mismo tiempo, algunas dijeron:

—No.

—No es recta —dijo el señor Roberts—. Señorita Waverly, podría tomar el extremo de esta cuerda y...

Por casualidad, el hombre miró hacia arriba y vio a Joshua allí de pie.

—Le pido perdón, buen hombre. No lo había visto. Buenos días.

—Buenos días.

Las chicas se dieron la vuelta, casi como una sola, y se quedaron mirándolo fijamente.

—¿En qué puedo ayudarle?

—Esa es la Parca —dijo una de las hijas de Iddesleigh.

—¡*Lady* Mathilda! —exclamó el señor Roberts con severidad—. Discúlpese de inmediato.

Joshua levantó la mano.

—No se preocupe. Hubo un pequeño malentendido en Iddesleigh House, no por culpa de ella. Soy *lord* Marley de Hollyfield.

El señor Roberts enarcó las cejas con sorpresa.

—Excelencia, bienvenido. Niñas, el duque de Marley ha venido a visitarlas.

—Oh. Tenéis que hacerle una reverencia a un duque —les dijo *lady* Mathilda a las demás.

Sus hermanas, a quien él reconoció, y ella hicieron una reverencia. Se les unieron una o dos más, pero sobre todo, las niñas continuaron mirándolo con curiosidad. Y dos de las estudiantes más trabajadoras comenzaron a cavar. No en la hilera que estaban tratando de hacer, sino en general. Él no pudo evitarlo, las señaló.

—Esa no es... esa no es la forma correcta de cavar la tierra. Ni de sostener una pala.

—Todavía estamos aprendiendo —dijo el señor Roberts y, suavemente, tomó las palas de las niñas y las apoyó contra la cerca.

A él le pudo la curiosidad y dio unos pasos para ver la hilera que habían cavado las niñas. Si acaso se pretendía que fuera una hilera. Por lo que vio, era un lío de tierra removida.

—¿Qué es esto?

—Estamos creando nuestro propio jardín —dijo el señor Roberts con orgullo—. Será necesario un poco de reconfiguración.

—Será necesario que lo rehagan. ¿Por qué no se lo encargan a alguno de los hombres de Iddesleigh?

—Eso frustraría el propósito de la experiencia práctica, excelencia. En la Escuela Iddesleigh para Niñas creemos en el uso de nuestras manos así como de nuestras mentes para promover el crecimiento educativo. Si quiere, me encantaría programar un momento para que podamos hablar del plan de estudios...

—No, gracias —respondió. Estaba haciendo el ridículo al cuestionar la excavación de un grupo de niñas. Y, realmente, ¿por qué le importaba cómo cavaban una hilera?—. No... No necesito saberlo.

El señor Roberts asintió cortésmente.

—¿Hay algo más que necesite, entonces?

Sí, necesitaba saber con quién había compartido el señor Roberts sus cartas.

—Yo, eh... se ha hablado un poco de Goosefeather Abbey.

—Sí, se ha hablado, excelencia. La antigua

abadía es el lugar perfecto para nuestra escuela en crecimiento.

—Sí —dijo Joshua—. Quería ver la escuela por mí mismo.

El señor Roberts no le preguntó el motivo. Estaba radiante ante la mera mención de la abadía.

—Entonces, tal vez le gustaría observar nuestra lección de botánica. ¿Señorita Waverly? La cuerda, por favor.

La señorita Waverly caminó hasta donde la cuerda le permitió.

—¿Tiene una hija? —le preguntó una de las niñas.

—No.

—Entonces, ¿por qué ha venido?

—Quería ver la escuela.

—¿Va a venir su hija? No tenemos espacio —dijo otra.

—No tengo hijas.

—Pero puede venir cuando nos mudemos. El señor Roberts dice que entonces tendremos más espacio —ofreció otra.

—¿Cómo se llama?

Iba a ser Carla. Carla Parker.

—No tiene hijas, Penny —dijo una de las niñas.

—Entonces, ¿por qué está aquí?

—¡Niñas! —exclamó señor Roberts con severidad—. ¿Ven la cuerda que estamos sujetando la señorita Waverly y yo?

Todas estuvieron de acuerdo en que sí.

—Preguntaré de nuevo, ¿la hilera está recta?

Las niñas estudiaron la hilera durante más tiempo del necesario; incluso una mirada rápida convencería a la más aburrida de las criaturas de que la hilera no estaba recta. Todos estuvieron de acuerdo en que no era recta, salvo dos de ellas, que se resistieron y se aferraron obstinadamente a sus votos originales.

—¿Es él el jardinero? —preguntó una de las niñas más pequeñas.

—¿Cuándo es la hora del té? —preguntó otra.

—Té, té, té —gritó una de las niñas de Iddesleigh, saltando arriba y abajo con cada mención del té.

—Basta —dijo el señor Roberts—. ¿Así es como se comportan ustedes cuando tenemos un invitado distinguido?

—No, señor Roberts —respondieron ellas cantarinamente.

Joshua se dio cuenta de que tenía que irse. Tenía que salir de allí antes de que le explotara el corazón de dolor. Pero todavía tenía que pensar en una manera de abordar el asunto de las cartas con el señor Roberts. Al ponerse en camino, aquella mañana, le parecía muy sencillo, pero en aquel momento, ya no. Estaba mirando un mar de rostros angelicales con mejillas rosadas. Eran brillantes y confiaban en que la vida sería divertida. De repente, tenía una respuesta para una de las preguntas que le había planteado al señor Roberts: los adultos prometían alegría a los niños, lógicamente, porque ¿cómo podían mirar aquellas caras y desear algo menos? Era una expresión de esperanza sincera.

Y la esperanza era todo lo que le quedaría a un adulto cuando descubriera que esos querubines no eran capaces de cavar un hoyo ni aunque les fuera la vida en ello.

Se quitó el abrigo.

—Si me lo permite, señor Roberts... Han cavado esta fila demasiado profunda en algunos lugares. Además, es demasiado larga y está demasiado torcida. Y no hay ninguna indicación de dónde puede estar la siguiente fila. Deben tener una distancia adecuada. ¿Alguien ha pensado en eso?

—Yo, sí —dijo una niña pequeña.

—Muy bien —dijo—. Si me das tu pala, te lo demostraré.

—¡Excelencia! Eso no es necesario —dijo el señor Roberts.

—¿Por qué no? Estoy aquí y, claramente, necesitan ayuda.

El señor Roberts parecía dispuesto a discutir, pero no dijo más.

Él comenzó a reparar su primer intento de hacer una hilera. Las niñas no fueron de ninguna ayuda, lo cual era fácil de prever. Lo acribillaron a preguntas mientras trabajaba. ¿Dónde vivía? ¿Qué era un duque? ¿Podrían ellas ser duques también?

Él les preguntó qué tenían la intención de plantar. Por sus respuestas, no parecía haber ningún tipo de plan. Algunas dijeron que flores. Una niña dijo que molinillos de viento, y él le explicó que los molinillos de viento no eran plantas, pero perdió la discusión cuando sus amigas y ella acordaron que si estaba plantado en la tierra debía de ser una planta.

—Tenéis que plantar cosas que se puedan comer —dijo—. ¿Cómo pensáis alimentar a vuestra familia con flores y molinillos de viento?

—Mi esposo lo hará —dijo una niña.

—No, Molly, tendrás un mayordomo —la corrigió una de las niñas de Iddesleigh.

—Creo que no todas tendrán mayordomo, *lady* Maren —dijo el señor Roberts.

—¿De verdad? —preguntó *lady* Maren, perpleja—. ¿Por qué no?

Mientras el señor Roberts explicaba que los mayordomos costaban dinero, él continuó enderezando la hilera y llenándola hasta la profundidad adecuada. Pero cuando recogió la primera plántula, el señor Roberts le pidió que parara.

—Es importante que las estudiantes sean las que planten.

Joshua pensó que era obvio que lo harían mal y matarían las plántulas, pero el señor Roberts continuó apresuradamente:

—Y no me gustaría robarle el momento de gloria al señor Puddlestone. Él estará aquí mañana para ayudar con la plantación.

Otra de las hijas de Iddesleigh extendió su mano con mucha recato para coger la plántula que él sostenía. Él se la puso a regañadientes en la palma de la mano.

—Continuaremos con nuestra lección de botánica en el aula —dijo el señor Roberts—. Es bienvenido...

—No. Gracias.

Se sentía como un tonto. Se había puesto al día con estas chicas, había pasado una hora fingiendo lo que podía haber tenido. Recogió su abrigo.

—¿Hay algo de lo que quisiera hablar conmigo en privado? —le preguntó el señor Roberts.

Joshua miró a las chicas, sus rostros y sus dobladillos sucios de estar en el jardín. Varias de ellas se habían reunido alrededor de una oruga que avanzaba lentamente por un sendero.

—No, gracias.

Intentó sonreír, pero no lo consiguió. Sintió que se le estiraba la boca y estaba al borde de un grito. Le dio las gracias al señor Roberts de nuevo y salió de la escuela, pasando por el aula abarrotada y la oficina ordenada pero desordenada. Salió por la puerta principal y se detuvo a tomar un poco aire.

Acababa de pasar una hora con una docena de niñas y había sobrevivido. Las niñas eran...

adorables. Miró hacia atrás, tratando de encontrarle un sentido a su dolor de estómago. Y, al mirar hacia atrás, hubo algo que le llamó la atención, porque no lo había visto antes. Se inclinó hacia su izquierda. Era un trozo de papel crema.

Caminó hacia la puerta y se inclinó de nuevo, mirando por el borde. No. No podía ser. Pero sí lo era. Era una carta, dirigida a «Un preocupado residente de Devonshire». ¿Cuándo la había escrito Roberts? ¿Mientras él reparaba la hilera? ¿Antes? Joshua miró a su alrededor para ver si alguien lo estaba observando. Sacó la carta de un tirón, se la metió al bolsillo y caminó rápidamente hacia su caballo. Montó y salió como el diablo de aquella escuela.

Cuando llegó a Hollyfield, entró furioso, ansioso por leer el contenido. Fue interceptado por Miles, que salió del comedor escoltado por los perros.

—Por fin has llegado. ¿Dónde estabas?

—¿Has regresado con nosotros tan pronto? —preguntó Joshua. Miró a sus perros. Dejarían entrar a una banda de ladrones en la casa.

—Buenas tardes para usted también, señor —dijo Miles, con una reverencia exagerada—. Estaba a punto de almorzar. ¿Te gustaría acompañarme?

Normalmente, Joshua se habría unido a él solo para recordarle que no vivía allí y, por lo tanto, no podía pedir la comida a su antojo. Pero la carta le quemaba el bolsillo.

—Tengo que hacer una cosa.

Miles se encogió de hombros y sonrió.

—Como quieras.

Volvió al comedor y sus dos centinelas caninos se dieron la vuelta y lo siguieron.

—¡Son mis perros! —gritó Joshua a través de la puerta.

Subió a su suite, cerró la puerta y echó el seguro. No confiaba en que Miles no entrara.

Sacó la carta de su bolsillo, rompió el pequeño sello y leyó el contenido.

La leyó de nuevo.

Y luego se sentó lentamente en el borde de su cama, obligando a Artemis a dejar su pedazo de sol con un maullido de desaprobación. Pero él no lo escuchó. Estaba mirando al vacío, tratando de entender cómo había sucedido aquello. La carta era sobre él. Y ahora sabía que el señor Roberts no había estado escribiendo las cartas todo aquel tiempo. Lo había hecho Amelia.

¿Cómo era posible? Claramente, ella pensaba que el remitente era otra persona. No sabía que le estaba escribiendo a él.

La leyó de nuevo. Y una vez más. Tenía que responder.

¿Cómo respondía? ¿Cómo le decía que no sabía la respuesta a su pregunta y que también quería saberla? ¿Cómo le decía que, tal vez, la compatibilidad era una forma de amor y que se hacía más profunda con el tiempo? ¿Cómo le decía que ella lo había hechizado y desconcertado, y que él deseaba mucho más, pero no podía darle más?

¿Cómo le decía que le daba miedo revivir el mismo destino con otra mujer? ¿Cómo seguía adelante, conociendo sus sentimientos, sospechando los suyos propios, después de haber visto a aquellas niñas?

Joshua se deslizó de la cama al suelo. Estaba aturdido. Amaba y deseaba, pero se mantenía alejado de todo lo que necesitaba. Se le cortaba la respiración. El corazón le latía con demasiada fuerza en el pecho. Trató de detener el ardor en sus ojos, pero, cuando cayó la primera lágrima, el resto se desbordó.

Lloró por lo que había perdido y lo que podría haber tenido. Por Diana y Carla, por todos los errores que había cometido como esposo de Diana. Por Amelia, la dorada y única Amelia. Por su corazón y su espíritu, que estaban rotos, y por aquellas hermosas niñas, perfectas y excepcionales. Lloró hasta que no pudo respirar y pensó que se iba a asfixiar. Entonces, Artemis se subió a su regazo y comenzó a arañarle la pierna.

Capítulo 32

Amelia escuchó la narración sobre la visita del duque a la escuela del día anterior y pensó que debía de haberse perdido su llegada, ya que ella había estado allí antes, respondiendo la correspondencia. Y dejando la suya clavada en la puerta.

—¿El duque de Marley? —preguntó Blythe, por segunda vez, durante el desayuno. Se había quedado tan perpleja como Amelia.

—Tilly nos obligó a hacer una reverencia —dijo Maisie—. Hay que hacer una reverencia a los duques. Todo el mundo lo sabe.

—Sariah no lo sabía —dijo Maren—. Sariah no hizo una reverencia. No sabe hacerlas.

—Pero ¿qué estaría haciendo allí el duque? —le preguntó Blythe a Beck.

—¿Qué hace alguien en una escuela? Observar, supongo. Realmente, no tengo la menor idea.

Beck tenía a Birdie en el regazo y ella estaba tratando de agarrarle la nariz.

—¿Y cavó un hoyo? —le preguntó Blythe a su hija mayor.

—Un hoyo, no, mamá. Una hilera. Así es como se llama cuando le pones plantas dentro —dijo Mathilda.

—El señor Puddlestone va a venir hoy y vamos a plantar las plantas —dijo Maisie.

—Yo quiero plantas, mamá —dijo Meg Pata de Palo, e hizo un puchero.

—Nosotros haremos nuestras hileras, ¿quieres? —le dijo Blythe, y Meg asintió—. Pero no puedo imaginármelo a él haciendo algo así —le comentó a Beck.

Ella sí podía imaginárselo: había visto sus manos ásperas, las había sentido en la piel. Podía imaginarlo haciendo infinidad de cosas con ellas. Sobre todo, se imaginaba sus manos en su cuerpo. Dijo que cortaba leña. Un bálsamo mejor que el whisky. Se preguntó qué otra cosa podría encontrar mejor que el whisky.

Se movió en su asiento y miró hacia abajo.

—¿Qué tiene planeado para hoy, alteza? —preguntó Beck mientras dejaba a Birdie en el suelo.

—Pensaba escribirle a mi tutor de la infancia y preguntarle si conoce a un educador que quisiera venir a Devonshire. Y quiero explorar la posibilidad de recaudar fondos para la escuela.

—Me complace que se haya interesado tanto en nuestra escuela, y estaría encantado de que me ayudara en todo. Pero, tal vez, deberíamos esperar hasta que hayamos asegurado la abadía. Por cierto, hoy tengo una reunión con el señor Darren; dijo que tiene novedades sobre la propiedad.

—Maravilloso —dijo Amelia.

—¿No viajará pronto a Londres, alteza? —preguntó Blythe.

—Lila lo ha sugerido.

—Creo que debería seguir su consejo. Hay muchos más caballeros para elegir en Londres. Oh, Dios, es hora de ir a la escuela —añadió, mirando el reloj de la repisa de la chimenea por encima del hombro de Amelia.

Se imaginaba a Blythe molestando a Lila todos los días con preguntas sobre cuándo se irían. Pero Blythe no podía fingir que no se había acostumbrado a que Amelia acompañara a sus hijas a la escuela cada mañana.

—Sí, mire la hora —coincidió ella.

Cuando las chicas tuvieron sus sombreros y chales y sus pizarras y sus libros, se pusieron en camino. Mathilda y Maisie hicieron una carrera durante un tiempo, poniéndose por delante de Amelia y Maren.

Maren deslizó su mano en la de Amelia. Ambas miraron hacia Hollyfield, a lo lejos, cuando pasaron por allí. Era curioso, pero la enorme casa ya no le parecía tan amenazadora. Pensó que, con un poco de limpieza y ventilación, sería una finca campestre bucólica.

—¿Te vas a casar con alguien? —preguntó Maren.

Amelia desvió su mirada hacia la niña.

—¿Por qué lo preguntas?

—Oí que mamá hablaba de eso. Dijo que ni siquiera sabía si querías casarte.

—¿Ah, sí? —dijo Amelia arrastrando las palabras.

—¿Quieres?

—Sí, claro.

—Entonces, ¿con quién te vas a casar?

Amelia miró hacia el cielo.

—Esa es una muy buena pregunta, Maren. No sé con quién. Todavía estoy conociendo caballeros.

—Pero, ¿te gustan? Mamá dijo que no te gusta nadie.

Señor, sería feliz cuando ya no fuera la invitada de Blythe.

—Tu mamá está equivocada. Me caen bien todos los caballeros que he conocido. Pero si voy a casarme con un caballero y voy a quedarme con él durante el resto de mi vida, bueno... él debe ser el hombre perfecto para mí, ¿no? Es mucho tiempo para estar con alguien que no es perfecto para mí.

—No creo que sea mucho tiempo —dijo Maren—. Ya eres vieja.

Amelia se rio.

—Hay días en los que creo que eso es verdad.

Una de las chicas le gritó a Maren que fuera a echar un vistazo a algo que habían encontrado en el camino. Maren se soltó de su mano.

—Espero que encuentres al hombre perfecto —dijo, mientras corría hacia adelante.

—Gracias —dijo Amelia, suavemente—. Creo que tal vez lo haya logrado.

Joshua se había infiltrado cuando menos lo esperaba. Su estima por él crecía; cuanto más pensaba en él, más perfecto lo consideraba para ella. Era sorprendente y aventurero y no se ofendía fácilmente. Guapo, fuerte y asombrosamente atractivo. Un duque, un hombre de mundo, alguien que entendería su posición en la vida. ¿Cómo podría alguien compararse?

¿Cómo podría conseguir que lo entendiera? Esperaba con todas sus fuerzas que el anciano le hubiera escrito dándole el consejo que necesitaba.

Pero no había ninguna carta clavada en la puerta cuando llegaron a la escuela. Amelia se llevó una gran decepción. Podía haber muchas razones para ello, aunque generalmente se podía confiar en que el viejo gruñón respondería de inmediato. Aun así, estaba segura de que la carta llegaría al día siguiente.

Pero tampoco había ninguna carta al día siguiente. Ni al siguiente.

—Es digna de elogio, señorita Ivanosen —dijo

alegremente el señor Roberts—. Creo que finalmente nos ha librado de nuestro molesto visitante de medianoche.

Como tantas otras veces en su vida, esa no había sido su intención. Sintió que la desesperación se tragaba su afecto por el duque y amenazaba con sofocar toda esperanza.

Capítulo 33

Lo que había comenzado como un hermoso día soleado se había convertido rápidamente en un día infernal para Lila.

Había dado su paseo matutino, había disfrutado de un abundante desayuno y se estaba sentando a escribir algunos mensajes a personas en Londres cuando llegó el correo. Recibió una carta de su esposo, Valentin, que abrió con entusiasmo en primer lugar. La noticia no era buena: su viaje a Londres para visitarla había sido postpuesto indefinidamente. Le preguntaba cuándo volvería a casa, le decía que la echaba de menos y le preguntaba por qué siempre había que dedicarles más tiempo a los matrimonios reales cuando, por lógica, deberían ser los más fáciles. ¿No quería todo el mundo casarse con un príncipe o una princesa?

No, cariño. No todo el mundo.

La siguiente carta era del barón Hancock, que le escribía para informarle con pesar de que no podía ir a Inglaterra después de todo, puesto que aquel asunto lo mantenía en casa.

Se quedó terriblemente decepcionada. Por primera vez en muchos años, se estaba quedando sin opciones.

Sin embargo, ella no era de las que se rendían. Las cartas de Valentin y del barón fortalecieron su determinación de encontrarle un matrimonio adecuado, lo más rápidamente posible, a la princesa Amelia. Y, teniendo en cuenta el estado de ánimo de la princesa los últimos días, pensó que su única esperanza era Marley.

Por desgracia, todavía no había pensado en una forma inteligente de convencerlo.

Después de terminar la correspondencia, bajó a almorzar con Blythe y Beck y sus dos hijas más pequeñas. Las niñas mayores estaban en la escuela con la princesa. Se sorprendió al sentir una tensión cuando entró en el comedor. Meg Pata de Palo y Birdie estaban jugando con un carrito, metiendo sus muñecas dentro y tirando del carrito alrededor de la mesa. Blythe tenía el rostro contraído y Beck parecía furioso. Ella nunca lo había visto de un humor menos que afable. En la puerta, vaciló y pensó que se retiraría en silencio, pero Beck le hizo un gesto para que entrara.

—Ven, ven, Lila.

—No quiero molestar...

—Entra, por favor —dijo con firmeza.

Lila entró lentamente al comedor y se sentó a la mesa.

—Niñas, es hora de almorzar. Venid a la mesa, por favor —dijo Beck.

—No quiero —dijo Meg.

—Obedece —dijo Beck.

—Pero no quiero...

La mano de Beck golpeó la mesa con tanta fuerza que los platos y la cristalería rebotaron y se sacudieron.

—¡Harás lo que te diga o no almorzarás, Margaret! ¿Me entiendes?

Meg lo entendió, claro. Empezó a llorar. Birdie, también. Ella estaba asombrada. Nunca había oído a Beck levantar la voz a sus hijas, a su esposa o a cualquier otra persona, en realidad. Y, claramente, ellas, tampoco.

Blythe se levantó de su silla.

—¡Señora Hughes! —llamó. Cogió a Birdie en brazos y agarró la mano de Meg, tirando de ella hacia la puerta abierta—. ¡Señora Hughes, la necesitamos!

Sacó a las niñas del comedor.

—Te pido perdón —dijo Beck mientras se hundía lentamente en su silla—. Ha sido una mañana difícil.

Lila permaneció en silencio. Blythe regresó en un momento y volvió a sentarse.

—Nuestras disculpas.

—Sí, sí, nuestras disculpas —asintió Beck—. Te pido perdón a ti también, cariño —le dijo a su esposa, tomándole la mano—. No quiero ser brusco.

Blythe sonrió comprensivamente.

—¿Quién puede reprochártelo? Después de una noticia así.

¿Qué noticia? Ella tuvo ganas de gritar.

Garrett comenzó a servir el almuerzo, calmadamente, mientras Beck tamborileaba con los dedos sobre la mesa.

—Como seguramente habrás deducido —dijo— he recibido noticias bastante preocupantes.

—¿Tu hermana está bien?

—Sí, por supuesto, nada de eso. Es la abadía. Puede que no sea una posibilidad después de todo.

—Oh. ¿Por qué no?

—Porque acaban de vendérsela a un irlandés que quiere construir allí una fábrica de lana. Tiene la intención de demoler la abadía.

—Oh, no —dijo Lila—. Pero todo el mundo está de acuerdo en que es perfecta para la escuela.

—Es absolutamente perfecta. Estoy tan angustiado como tú, Lila. Quiero ver si puedo detenerlo, pero lo dudo. Además, son las circunstancias de la venta las que me han puesto tan furioso.

Miró a Blythe, que parecía disgustada por algo.

—¿Por qué?

—Me enteré de quién era el propietario de la abadía antes del lunes, cuando se hizo la venta.

—Alguien que conoces, supongo.

Beck la miró fijamente.

—Era Marley.

—¿Perdón? —preguntó Lila—. ¿El duque de Marley? ¿Nuestro Marley?

—Nuestro Marley, Lila, el mismísimo. Él es... él era... el dueño de la abadía.

Lila frunció el ceño.

—Pero ¡si no dijo nada! Aquí, en tu mesa del comedor, con toda la charla sobre la abadía, él nunca mencionó que era su dueño.

—No, no lo hizo, y eso es una terrible decepción —dijo Beck—. Hubiera esperado más de él. Quiero hablar con él de esto.

—Oh, cariño —dijo Blythe—. ¿Crees que deberías? No quisiera que hubiera ninguna discordia entre nosotros.

—No me importa si la hay. Lo que ha hecho es abominable.

—¿Y qué vas a hacer tú? —preguntó Blythe.

—No lo sé —respondió Beck—. Apelaré a él. Exigiré una explicación. Garrett, ¿dónde está la carne?

El mayordomo se acercó a una bandeja de rosbif que había en el aparador. Sirvió primero a Beck y luego a Blythe. Pero le hizo un gesto con la mano antes de que pudiera servirle y se levantó.

—¿Qué pasa? —preguntó Beck.

—Me temo que he perdido el apetito —dijo Lila.

Beck parpadeó.

—Eso no es propio de ti.

—Muy cierto, pero se me ha revuelto el estómago. Por favor, disculpadme.

Se dirigió a la puerta y salió antes de que alguien pudiera pronunciar una palabra. De repente, fue como si todo se estuviera desmoronando y, además, no iba a almorzar. Como si aquel día pudiera empeorar.

Y, sin embargo, pronto descubriría que sí podía empeorar.

Capítulo 34

Joshua casi no había dormido, y lo que había perdido de sueño lo había compensado con bebida. Pero no había suficiente cerveza en el mundo para llenar el vacío que sentía por dentro. Estaba asqueado consigo mismo. No podía darle sentido a sus emociones conflictivas, sobre Amelia, sobre los niños, sobre su vida. Así que se puso a cortar leña. Blandió el hacha una y otra vez, y con cada golpe, soltó un rugido primitivo.

Así fue como lo encontró Miles. Le hizo dejar el hacha. Señaló que tenía la camisa empapada y que le sangraban las manos. Joshua se las miró y se quedó sorprendido al ver las ampollas abiertas. No las había sentido. Miles se sacó un pañuelo del bolsillo y le envolvió una mano.

—Tienes que detener esta locura. Te das cuenta, ¿no? Ven, vamos a tomar un poco de whisky y a limpiar las heridas.

Joshua sabía que Miles tenía razón, pero no sabía cómo parar. La vida lo había preparado para muchas cosas, pero no para enfrentarse a sus momentos más oscuros. Alguien debería haberle enseñado.

En el salón, Miles sirvió dos copas de whisky. Después, llamó a Butler.

—Necesitamos agua caliente y jabón —le indicó—. Y toallas limpias.

Cuando Butler salió, Miles miró a Joshua de arriba abajo.

—¿Qué demonios te pasa, muchacho?

—Es una excelente pregunta —dijo Joshua—. Pero no tengo una respuesta satisfactoria.

Se encontraba mal del estómago. Tenía la sensación de que iba a explotarle la cabeza. Todo lo que pensaba y sentía estaba mal. Quería explicárselo a Miles, pero no sabía por dónde empezar. ¿Estaba enamorado? Eso era casi ridículo después de los últimos dos años. No sabía cómo podía sentir amor, dado su estado. Pero podía. Estaba enamorado y tenía miedo. Lo que significaba que, aparte de todo lo demás, era un maldito cobarde.

Butler regresó varios minutos después con las toallas limpias y el agua caliente.

—Le pido perdón, excelencia, pero *lady* Aleksander ha venido a visitarle.

Era la última persona que Joshua podía tolerar.

—Jesús, ahora no —dijo, y tomó una toalla.

—¿Señor Butler? ¡No voy a consentir que no me reciban!

Aquella era *lady* Aleksander, gritando desde el pasillo. Miles miró a Joshua confundido.

—¿Qué ha pasado?

—No tengo idea. Pero no puedo soportar a nadie en este momento.

Miles suspiró.

—Hazla pasar.

—Por el amor de Dios, Miles, detente...

—¿Qué quieres que haga? —le espetó Miles—. ¿Ver cómo te ahogas en la desesperación? Si tienes otra sugerencia sobre cómo puedo ayudarte, por el amor de Dios, ¡dímelo!

Joshua abrió la boca para discutir, pero Miles levantó la mano.

—No hables, Joshua. Mírate. ¡Mírate!

Joshua no tuvo que mirarse para saber lo que Miles quería decir. *Lady* Aleksander entró en la sala detrás de Butler con un aspecto parecido al de un gato salvaje que quisiera sacarle los ojos a alguien.

—¿*Lady* Aleksander? —dijo Miles—. ¿Va todo bien?

—Pregúntele a su amigo, *milord*.

—Créame, señora, lo he intentado. ¿Qué ocurre?

—¿Por dónde empiezo? ¿Por su peor delito?

—¿Su delito? No lo entiendo...

—*Lord* Iddesleigh ha descubierto quién es el dueño de la Abadía de Goosefeather —dijo ella, y miró a Joshua con enojo.

La abadía. El cerebro confuso de Joshua intentó sacar aquel pensamiento de la pila de pensamientos desatendidos.

—¿Y?

—¿No lo sabe? El duque de Marley es el dueño de la Abadía de Goosefeather. O, mejor dicho, era el dueño hasta esta semana, cuando se la vendió a un irlandés que quiere derribarla y construir una fábrica.

—Oh, Dios mío —dijo Joshua.

El pensamiento que había estado tratando de extraer apareció como un explosivo en primer plano. Se había olvidado por completo de que le había dado esas instrucciones a Cox. ¿Qué le había dicho? Le había dicho que la vendiera, pero...

—¿Cómo? —preguntó Miles, y miró a Joshua con un completo desconcierto—. ¿Eres tú el dueño de la abadía?

Joshua necesitaba poner en orden sus pensamientos, recordar. Pero era difícil, porque parecía

que solo podía recordar a Amelia hablando de la abadía. Su propósito. La escuela le daba un propósito. Le
daba esperanza. Y él acababa de arrebatarle todo eso.
¿Qué le había dicho a Cox? Le había ordenado que
vendiera la abadía. Y ¿qué pensaba que iba a suceder? Pensó que alguien protestaría, seguramente,
algún grupo que quería preservar los edificios antiguos. Le había dicho a Cox, despreocupadamente,
que la vendiera, porque tenía la vaga idea de que no
se vendería, de que sería tan difícil de vender como
Hollyfield.

—¿Qué pasa con las niñas de la escuela? ¿Qué
pasa con su educación, sus oportunidades en este
mundo? —preguntó *lady* Aleksander.

Él recordó a las niñas en su jardín y se le encogió
el estómago.

—Se merecen tener una educación —dijo Joshua.
Eso y más.

—Entonces, ¿por qué has hecho algo algo así?
¡Estabas sentado a la mesa de *lord* Iddesleigh, le es-
cuchaste hablar de sus esperanzas para la abadía y
no dijiste ni una palabra!

Sí, eso era exactamente lo que había hecho y, en
aquel momento, no había tenido ni el menor re-
mordimiento.

Sin embargo, ahora sí se arrepentía. Tenía que
arreglarlo. Necesitaba hablar con Cox de inmediato.
Tenía que ir a Londres inmediatamente. Aquel mismo día. Necesitaba ver a Amelia.

—¿No tienes nada que decir? —preguntó *lady*
Aleksander.

—Lila... no tengo una respuesta aceptable.

Ella se quedó boquiabierta.

—Es por culpa del dolor —dijo Miles, levantando
las manos en señal de derrota.

—¿Qué? —preguntó Joshua.

—¿Perdón? —preguntó *lady* Aleksander, al mismo tiempo.

Miles señaló a Joshua, su atuendo, su estado general de desorden.

—¿No lo ve? —le preguntó a *lady* Aleksander—. Díselo —le ordenó a Joshua—. ¿No es eso por lo que también estás intentando vender Hollyfield?

—Oh, Dios mío —susurró *lady* Aleksander, horrorizada por la idea.

—Quiere venderlo porque no puede soportar estar donde perdió a su esposa y a su hija —terminó Miles.

A él se le retorció aún más el estómago.

—Eso no es verdad.

Miles resopló.

—¿No es así? Dinos por qué, entonces, si es que puedes.

—No, no es así —respondió él—. Soy un solo hombre, y este ducado, este título, es más que un solo hombre. No tengo herederos, no deseo un heredero —dijo, atragantándose con la palabra «deseo». Era una mentira, una terrible mentira—. No hay nada que me retenga aquí. Aquí no hay nada que merezca tener.

Pero Amelia sí se merecía la abadía. Él tenía que reparar el daño que había hecho.

—Bueno, eso también sirve para explicar el resto —dijo *lady* Aleksander con aspereza.

—¿El resto de qué? —preguntó Miles.

—Está negando sus sentimientos por la princesa Amelia.

—¿Qué? —gruñó Miles hacia el techo—. Necesito un trago.

Se acercó al aparador, sirvió un whisky y se lo echó por la garganta.

—¿Alguien más?

—No sabes lo que dices, Lila —dijo Joshua, ignorando a su amigo—. Déjalo así.

—¡No voy a dejarlo así! Has sufrido una tragedia inimaginable, pero no puedes renunciar a tu vida, Joshua. Tienes una oportunidad para ser feliz, para amar de nuevo. Debes permitirte a ti mismo amar de nuevo.

—¡No amé a Diana, maté a Diana! —explotó.

Lady Aleksander jadeó.

Miles dejó caer su vaso de whisky.

—¿Qué diablos estás diciendo?

A él le quemaba el pecho aquella confesión. Parecía que podía quemar la casa entera. Nunca lo había dicho en voz alta, nunca había admitido ante nadie lo que había hecho.

—Quería...

Se le quebró la voz y tuvo que respirar profundamente para contener las náuseas.

—Quería tener un hijo. Un heredero. No, no es eso... era más que eso. Quería media docena de hijos. Quería llenar esta casa hasta las vigas con ellos. Perros, niños, risas, amor. Diana tuvo dos abortos espontáneos antes del último embarazo. No quería volver a intentarlo. Tenía miedo; dijo que no podía soportar perder otro. ¿Entendéis lo que estoy diciendo? Ella no quería intentarlo, pero yo, con egoísmo, la convencí porque lo deseaba con todas mis fuerzas.

Lady Aleksander volvió a quedarse boquiabierta.

—Pero tú no hiciste nada...

—Se lo supliqué. Le recordé una y otra vez nuestro deber de engendrar un heredero. Le recordé nuestro acuerdo matrimonial... ¡Su libertad a cambio de mi hijo!

Se dio cuenta de que estaba gritando, pero la confesión lo estaba desgarrando y no podía bajar la voz.

—Ella aceptó. Y se quedó embarazada, y...

No pudo decir el resto. No pudo obligarse a pronunciar las palabras en voz alta.

Miles lo dijo por él.

—Y ella y el bebé murieron.

—Oh, Joshua —susurró Lila—. Oh, Dios mío, pobre. Tú no eres responsable de sus muertes.

Él aborreció el tono de compasión de su voz.

—Sé lo que hice —le espetó—. Vivo con ello todos los días.

—¿Eres Dios? —preguntó ella—. ¿Puedes adivinar quién va a vivir y quién va a morir? ¿No es posible que fueras un hombre que simplemente quería un hijo? ¿Que quería amar, como has dicho?

Él se sintió como si el suelo se moviera bajo sus pies. Se secó las manos con la toalla. Había hecho tantas cosas mal que nunca podría conseguir que las entendieran.

—¿No te has castigado ya lo suficiente? —preguntó Lila, con una voz más suave—. ¿No puedes darte otra oportunidad? Porque tienes la oportunidad de alcanzar la verdadera felicidad. Ella te quiere, Joshua.

¿Amor? La habitación se movió aún más. La abadía. Esa era la esperanza de Amelia, no él. Tenía que arreglarlo. Tenía que recuperar la abadía para ella. ¿Qué estaba haciendo allí parado?

—¿Qué ha dicho, *lady* Aleksander? —preguntó Miles.

—La princesa Amelia lo ama —dijo Lila.

—¿Dijo esas palabras? —preguntó Miles, con una incredulidad bastante razonable.

—En resumen, sí. No sea tan escéptico, *milord*. Sé de estas cosas. Ella me ha dicho que el duque es el único hombre al que considerará.

Miles se quedó boquiabierto. A él se le aceleró el

corazón. Por supuesto que sabía que Amelia lo estimaba, pero... ¿amor? Tuvo la sensación de que podía romperse en pedazos. Él también la amaba. Por supuesto que sí.

—Joshua, no seas tonto, hombre —dijo Miles.

Necesitaba respirar. Golpear algo. Necesitaba recuperar una abadía. Tiró la toalla a un lado y se dirigió hacia la puerta.

—¿Dónde vas? —gritó Lila—. ¡No te vayas, por favor! Si la dejas marchar, te arrepentirás toda tu vida.

—No puedo hablar ahora, Lila. Hay algo que debo hacer de inmediato.

—¡Se va!

Él se detuvo a medio paso y miró a Lila.

—¿A Londres?

Lila negó con la cabeza.

—A Wesloria. Se irá a casa, a menos que la detengas.

Con el estómago encogido, él se dio la vuelta y salió. Tenía que pensar qué hacer, y no podía hacerlo con público.

Finalmente, había logrado rechazar a todos, tal como quería. Incluso sus perros preferían a Miles antes que a él. Era libre de vagar por la tierra, de continuar con su merecido aislamiento.

Entonces, ¿por qué le dolía tanto?

Capítulo 35

Todavía no había carta.

Habían pasado tres días sin respuesta. ¡Tres días! ¿Había muerto el anciano gruñón? ¿Había perdido la paciencia con la correspondencia? ¿Se había mudado, había enfermado, se había quedado sin papel, había empezado a dormir por las noches? ¿Qué podía haber sucedido para que, de repente, se quedara callado?

Amelia estaba paseándose de un lado a otro por la pequeña oficina de la escuela con una mano en la cintura y, la otra, presionada contra la frente, mientras daba cuatro pasos hacia delante y cuatro pasos hacia atrás, una y otra vez, tratando de pensar.

Los dos primeros días, al no recibir la respuesta a su carta, se había enfadado irracionalmente. ¿Quién se creía que era el viejo gruñón? Sin embargo, ahora estaba preocupada por su amigo.

Se dio la vuelta bruscamente y, sin querer, tiró una pila de libros. Se agachó para volver a apilarlos. Aquello no tenía sentido. Llevaba así todo el día, escondida en aquella pequeña oficina, lamiéndose las heridas, pensando en Joshua, esperando que alguien la guiara.

Tal vez hubiera llegado el momento de admitir

que un viejo gruñón anónimo no iba a resolver sus problemas. Tal vez fuese el momento de tomar las riendas de la situación. Nunca había tenido problemas para decir lo que pensaba. ¿Por qué le parecía algo tan abrumador de repente? ¿Qué tenía de malo declararle sus sentimientos a Joshua? ¿Qué era lo peor que podía pasar?

Bueno, obviamente, lo peor era demasiado horrible como para, ni siquiera, contemplarlo.

Tomó su chal y salió de la oficina. Saludó al señor Roberts y salió por la puerta hacia la luz del sol. Hizo una pausa para respirar profundamente. Coraje. Fue como si su padre se lo hubiera susurrado desde el más allá. Les susurraba aquella palabra a Justine y a ella antes de que entraran en las salas de recepción o salieran a los balcones ante miles de personas. Coraje.

Emprendió la marcha hacia Iddesleigh House.

Reflexionó sobre cómo haría su declaración. ¿Debía enviar una nota a Hollyfield, solicitando una audiencia, o debía tomar la ruta más directa y llamar a su puerta? Nunca en la vida se había acercado a una puerta y había llamado. Generalmente, sus llegadas eran preestablecidas y anunciadas. Además, estaba mal visto que las mujeres solteras fueran a llamar a las puertas de los hombres solteros sin ton ni son. Sin embargo, ella hacía a menudo cosas que estaban mal vistas y, realmente, ¿qué tenía que perder? Pronto volvería a Wesloria, sin importar la respuesta de Joshua.

Bien, si llamaba a su puerta, ¿qué le diría?

«Buenas tardes. Siento algo por ti».

No. Demasiado insulso.

«He venido a declarar mis intenciones».

Bueno, no le estaba proponiendo matrimonio y tampoco le estaba retando a un duelo, así que eso tampoco estaba bien.

Mientras lo pensaba, llegó al camino que Joshua había tomado el día de la tormenta, que atravesaba el bosque y bordeaba el río. Era casi mediodía. Hizo una pausa y sopesó si tomaba aquel camino. Si iba a Iddesleigh directamente, tendría que almorzar con Beck y Blythe, y no podía soportar la idea en su estado actual.

Giró hacia el sendero y continuó caminando. En una curva muy cercana al río, aquel sendero giraba hacia Hollyfield. Cuando llegó al cruce, se fijó en una gran roca plana. Era un día tan hermoso y cálido que decidió seguir allí con su reflexión. Extendió el chal sobre la roca y se tumbó boca arriba bajo el calor del sol. Cerró los ojos, pensando en todas las cosas que podría decir.

E imaginando cómo sería amar a Joshua. Vivir una vida con él. Se los imaginó a los dos cenando. O cabalgando. O pescando. O fingiendo que discutían sobre cosas tontas, como quién bailaba mejor. Se imaginó su cama y la forma en que la luz del fuego bailaría en el techo mientras se unían.

«Creo que estoy enamorada de ti. No, sé que estoy enamorada de ti. Sé que estoy enamorada de ti porque me doy cuenta de que nunca había amado realmente a nadie hasta que te conocí».

Oyó el sonido metálico de una brida, se alarmó y se incorporó de golpe. Miró hacia el camino y vio a un jinete que se acercaba desde Hollyfield. Era Joshua. Fue como si lo hubiera invocado.

Él se sobresaltó al verla en la gran roca plana. Tiró de las riendas y la miró con desconcierto.

—*Bon dien* —dijo.

Él bajó del caballo sin decir una palabra. Se quitó el sombrero y se pasó los dedos por el pelo.

—¿Estás bien? ¿Qué estás haciendo aquí?

—Estoy dando un paseo. Bueno, en realidad, descansando. Vengo de la escuela.

Él no dijo nada. Siguió mirándola fijamente.

—Me enteré de que habías ido a la escuela.

Él tragó saliva y miró al suelo.

—Sí.

Levantó la mirada hacia ella otra vez. Tenía una expresión llena de tristeza. Y de algo más. Algo más suave.

Ella se puso de pie en la roca.

—Mathilda contó que cavaste una hilera para ellos.

—Bueno... reparé una hilera que habían cavado. Todas ellas son extremadamente malas cavando.

Ella sonrió y dio un paso hacia él.

—¿Qué estás haciendo aquí?

Él se encogió de hombros ligeramente.

—Pensando. Evitando a los demás. Parece que no puedo escapar de *lord* Clarendon, y yo... necesito pensar.

Oh. Parecía tan serio. Ella miró el río. Coraje.

—Yo también he estado pensando —dijo, y volvió la mirada hacia él.

De repente, Joshua parecía inseguro, como no supiera lo que quería decir. Sin embargo, ella sí sabía lo que quería decir, y parecía que aquel era su momento: o hablaba, o se iba a casa en Wesloria y se arrepentía durante el resto de su vida.

—Joshua... he estado pensando en ti —dijo, y se acercó un paso más—. He estado pensando mucho en ti.

—Amelia —dijo él, y levantó la mano—. Antes de...

—Por favor, necesito decir esto.

De repente, Joshua empezó a caminar hacia ella. Ella no entendía su intención y dio un paso atrás, pero él la tomó de la mano y la abrazó. Acarició bruscamente su rostro, lo sostuvo en sus manos callosas y la miró a los ojos.

—Tú eres...

La besó tan profundamente, tan fervientemente, que ella se perdió de inmediato en la sensación y se olvidó de todos sus pensamientos y sus emociones se desbordaron. El beso se volvió apasionado. Él se movió hacia su garganta, hacia su oreja. Amelia le rodeó el cuello con los brazos y lo atrajo hacia la roca. Joshua se apoyó sobre ella.

Cualquier inhibición entre ellos desapareció. El deseo era tan mutuo como intenso. Sus manos vagaron por el cuerpo del otro mientras se besaban. Él deslizó una mano dentro de su corpiño y liberó uno de sus pechos de la tela del vestido y, con un gemido de deseo, lo tomó en su boca.

El placer era casi insoportable, y Amelia hundió los dedos en sus hombros mientras él tomaba su otro pecho. Ella se sintió como si su cuerpo se hubiera vuelto líquido y se onduló él. Presionó el muslo contra su erección y exploró sus hombros, sus brazos, su espalda, con las manos.

Joshua deslizó la mano por su cuerpo, le acarició la curva de su cadera, la pierna, el tobillo. Metió la mano por debajo de su falda. A Amelia se aceleró el corazón de impaciencia; pasó un brazo alrededor de sus hombros y encontró su boca mientras él comenzaba a ascender entre sus piernas. Y, cuando deslizó los dedos por su sexo, a ella se le aceleró la respiración y se le borró cualquier pensamiento de la mente. Dejó caer la cabeza hacia atrás cuando él comenzó a mover sus dedos sobre ella, dentro de ella, alrededor de ella. Sintió el deseo, que aumentó hasta un *crescendo*, y dio un grito ahogado cuando su cuerpo explotó y comenzó a palpitar con la liberación. Él la besó y retiró la mano. Se dio la vuelta, la llevó consigo para que se acostara sobre su cuerpo y la besó de nuevo. Ella se dio cuenta de que no quería que se separara de él. Su corazón estaba lleno de ternura y sintió todo lo que alguna vez había imaginado que podría sentir por el hombre que sería su esposo.

Aquel sentimiento de satisfacción y amor era magnífico.

Joshua le tomó la cara con ambas manos y le acarició el labio inferior con el dedo pulgar. La besó una vez más. Después, se sentó. Ella se sentó en su regazo y puso sus brazos sobre sus hombros.

—Tengo que decirte una cosa.

Él negó con la cabeza.

—No lo hagas.

La besó una vez más, luego la dejó a un lado y se puso de pie. Se colocó la ropa y la tomó de la mano para ayudarla a que se levantara. ¿Qué había pasado?

—Joshua, necesito...

—No lo digas, Amelia, porque no puedo responder de la manera que quieres. Quiero ser quien tú quieres. Te doy mi palabra de que quiero. Pero...

Hizo una mueca, como si las palabras le causaran dolor.

—No puedo ser quien tú quieres en este momento. Y temo que llegará un momento, muy pronto, en el que no me desearás más.

—¿Qué? —preguntó ella. La estaba confundiendo. ¿Qué había pasado entre ellos? ¿Por qué decía que ella iba a dejar de desearlo?

—No lo entiendo.

Joshua la besó otra vez. Después, recogió su chal y se lo puso sobre los hombros.

—Ve a Iddesleigh, te lo ruego. Yo me marcho a Londres.

—¿Ahora? ¿Por qué?

Él le acarició la mejilla. Había una desesperación

incomprensible en su mirada. Parecía que estaba desesperado por quedarse y, al mismo tiempo, desesperado por irse, y ella no entendía lo que estaba sucediendo. Él la besó en la frente, en la mejilla.

—Vete a casa, por favor.

Ella le tomó una mano.

—¿Qué pasa? ¿Qué he hecho?

—Nada. Soy yo, Amelia. He cometido un grave error y tengo que ir a Londres —respondió Joshua.

Entonces, la abrazó con fuerza.

—Has sido perfecta, ¿me oyes? Eres perfecta —le dijo. Puso las manos sobre su hombro derecho y la hizo retroceder—. Cuando pueda explicártelo, lo haré.

Se alejó de ella, retrocedió hacia su caballo sin dejar de mirarla. A ella se le estaba partiendo el corazón y se volvió, casi ciegamente, hacia el río.

—No lo entiendo —dijo con impotencia.

—A veces, ni yo me entiendo a mí mismo —respondió Joshua.

Tomó las riendas del caballo.

—¿Es porque perdiste a tu esposa? ¡Eso sí lo entiendo! Yo perdí a mi padre y fue devastador —dijo, presionándose el pecho con una mano—. Vivo cada día con mi dolor... pero no estoy dispuesta a morir por él.

—No es tan sencillo como el dolor.

Ella asumió que él estaba hablando del amor.

—¿Crees que eres el único que ha experimentado la muerte de un ser querido? Sé que la amabas, y debe...

—¡Yo no la amaba! —exclamó él, mirando al cielo.

Amelia jadeó suavemente.

Él negó con la cabeza.

—No era amor lo que teníamos, Amelia, no de la

manera que tú crees. La nuestra no fue una gran historia de amor, y mi pérdida no es tan profunda como la tuya.

Él la estaba confundiendo aún más.

—Entonces... entonces, ¿qué pasa? Por favor, dímelo. No puedo soportar no saberlo.

Él miró hacia el camino un momento.

—Puedes odiarme... pero créeme cuando te digo que estoy haciendo lo que es mejor para ti.

—¿Cómo te atreves a pensar que sabes lo que es mejor para mí? Yo he pasado veintiséis años averiguando lo que es mejor para mí. No necesito que me digas lo que es.

De repente, se dio cuenta de que él tenía razón: iba a odiarlo. Ya lo odiaba. Pero, cuando terminara ese odio, le dolería el corazón de añoranza por él.

Se estaban enredando tantas emociones en ella... Había pasado de la decepción a la esperanza, al amor, a la desesperación. Si se quedaba allí un momento más, se derrumbaría. Empezó a caminar hacia Iddesleigh House.

—Amelia.

Joshua la agarró cuando pasó por delante de él, pero ella lo empujó con todas sus fuerzas.

—Esto es lo que quieres —le dijo.

Siguió caminando hasta que eso no fue suficiente y, entonces, empezó a correr. Ella se detuvo una vez para recuperar el aliento y mirar hacia atrás. Vio que Joshua estaba donde lo había dejado, mirándola con su expresión sombría y dolorida y... llena de amor.

¿Pensaba que ella no se daba cuenta? Qué tonto era.

Y ella era aún más tonta por haberse enamorado de él.

Caminó hacia Iddesleigh House, intentando

contener las lágrimas a cada paso que daba. Y mientras recorría el camino de entrada a la mansión, Lila salió a su encuentro.

—No, Lila —dijo Amelia, y trató de pasar junto a ella—. No quiero oír nada sobre tu lista o tus planes para Londres.

—Se trata de Marley.

Ella se detuvo. Cerró los puños y se dio la vuelta lentamente.

—¿Qué pasa con él?

Lila la miró con tanta lástima que ella tuvo ganas de gritar.

—¿Qué pasa? —exigió—. Habla de una vez, o...

—Marley es el dueño de Goosefeather Abbey.

Ella tardó un momento en comprenderlo.

—¿Qué?

—Era el dueño, más bien, pero se la vendió a principios de esta semana a un hombre que quiere derribarla y construir un molino.

Amelia la miró fijamente.

—¿Qué? —preguntó de nuevo con un hilo de voz.

¿Cómo había podido Joshua...? ¿Cómo había podido oírla hablar de la abadía y de lo que significaba para ella y no decir... nada?

Joshua tenía razón: lo odiaba.

Capítulo 36

Junio de 1858, Inglaterra.

A su majestad la reina Justine:

Querida Jussie, te escribo para rogar que me lleves a casa, a Wesloria, lo antes posible. Este viaje a Inglaterra no ha tenido éxito y no puedo soportar estar aquí ni un momento más. No dudo que Lila ha enviado ya la noticia de lo desdichado que ha resultado todo, aunque creo que se resiste a admitir que ha fracasado. Insiste en que no se ha rendido, pero como le señalé, no importa mucho, porque yo, ciertamente, sí lo he hecho.

Confío en que mantendrás esto entre nosotros, prométemelo, pero nunca he estado tan triste, ni siquiera cuando murió papá. No quiero levantarme de la cama por las mañanas. Ni siquiera las niñas, que han sido mi gran alegría estas semanas, pueden animarme. Me desespero porque, probablemente, no me casaré nunca, ya que ningún caballero me conviene. Y, entonces, me pongo furiosa, porque la persona que pensé que me convenía resultó ser engañosa. Parece que mi cruz en esta vida es sentirme atraída por las personas equivocadas. La felicidad me eludirá siempre.

Nunca perdonaré a lord Marley *que me hiciera*

sentir felicidad y desesperación al mismo tiempo. Te ruego que nunca más pronuncies su nombre delante de mí. No soporto oírlo. Sé que querrás saber qué pasó entre nosotros y, por supuesto, te lo contaré, pero ahora no puedo pensar en él sin sentirme mal.

Escribiré más cuando pueda. Ahora mismo, incluso la pluma me resulta una carga demasiado pesada. Te echo muchísimo de menos. Echo de menos a los perros. Incluso a mamá. Por favor, no le digas que he dicho esto, o me escribirá y me dirá que levante la barbilla, que soy la hija del gran rey Maksim y que no tengo absolutamente ninguna razón para llorar.

Tuya, A

Capítulo 37

Lila llevaba casi dos décadas dedicada a formar parejas. Durante todo ese tiempo, podía contar con los dedos de una mano las veces que había fracasado en lograr un emparejamiento exitoso. Y nunca había fracasado con un miembro de una familia real.

Había escrito a la reina Justine y al primer ministro Robuchard para decirles que la princesa deseaba regresar a Wesloria, que ninguno de los pretendientes había sido de su agrado. El primer ministro respondió de inmediato diciendo que estaba decepcionado por el resultado, pero que no le sorprendía. La reina respondió pidiéndole encarecidamente que cuidara de su hermana. En su carta, decía que tal vez la princesa Amelia no pareciese sentimental, pero lo era, y que ella se sentía angustiada al saber que su hermana no había encontrado el amor.

La reina Justine no era la única que estaba angustiada por el giro de los acontecimientos. Pero lo que más le molestaba a ella era que el duque de Marley y la princesa Amelia eran perfectos el uno para el otro. Pocas veces había visto a dos personas tan perfectamente compatibles.

No fue de ayuda que Joshua se fuera de Holly-field a Londres casi inmediatamente después de que se conociera la venta de la abadía de Goose-feather. Era imposible convencerlo de que busca-ra la manera de llegar a la princesa si no estaba allí.

La princesa Amelia partiría dentro de cuatro días, y ella también estaba haciendo las maletas para irse. Donovan estaba acompañando a Valentin a Iddesleigh House, ya que sus planes para ir a Lon-dres habían sido desechados y los dos tenían la in-tención de hacer un viaje hacia Escocia, donde el heredero de una fortuna sustancial deseaba hablar con ella sobre sus servicios.

Echaba demasiado de menos a su marido, por lo que sintió júbilo al oír el traqueteo de los caballos y los crujidos de un carruaje en el camino de entrada. Dejó lo que estaba haciendo, bajó corriendo las es-caleras y no paró de correr hasta que Valentin la tomó en sus brazos.

—Mi amor —dijo él, riéndose, y la besó descara-damente frente a todos. Pero luego la dejó en el sue-lo y añadió, con una sonrisa—: Creo que deberías mirar a tu alrededor.

Lila miró a su alrededor. Allí estaba Donovan, por supuesto, que había tenido la amabilidad de ir a buscar a Valentin. Y de pie junto a él, con un as-pecto rígido e incómodo, estaba Marley. Tenía oje-ras y barba incipiente. ¿Qué estaba haciendo allí? Ella se dio la vuelta para mirar a Beck, que estaba a cierta distancia, con una expresión sombría.

—*Lord* Aleksander, es más que bienvenido. Me acercaría y le estrecharía la mano cordialmente, y le preguntaría por su viaje, pero parece que tengo una visita inesperada y mi buen humor se ha eva-porado.

—Justo y merecido, *milord* —dijo Marley—. Pero le he traído algo que espero que restaure su buen humor.

Beck dio un resoplido.

—A menos que me haya traído Goosefeather Abbey, excelencia, no podrá restaurar mi buen humor de ningún modo.

—Beck, querido —dijo Blythe.

—Estoy diciendo la verdad. Él nos ha engañado a todos. No nos dio una oportunidad.

Marley metió la mano en su bolsillo y sacó un papel.

—Tiene toda la razón. Fui un negligente al no mencionar mi parte en todo esto. Mis razones no significarían nada para usted, así que no le quitaré tiempo para ofrecérselas. Lo relevante es que yo había dado instrucciones a mi agente inmobiliario para que vendiera la abadía antes de conocer su interés por ella. Mi agente es muy eficiente e hizo lo que le pedí más rápido de lo que creía posible. Me enteré de que se había realizado la venta porque lady Aleksander me lo hizo notar.

—¿Perdón? No esperarás que creamos eso —dijo Lila—. Tu agente no habría realizado la venta de una de tus propiedades sin consultarte.

Marley apretó la mandíbula.

—Sería lo lógico, pero él y yo hemos tenido un tipo de acuerdo diferente en los últimos años. Sí me lo consultó, en un principio, y le ordené que vendiera la abadía por todos los medios. Pueden creer lo que quieran, pero es la verdad —dijo Joshua. Después, se volvió hacia Beck de nuevo—. Cuando me enteré de lo sucedido, fui a Londres inmediatamente para ver qué se podía hacer.

—¿Qué se podía hacer? —preguntó Beck, extendiendo los brazos—. ¡Nada!

—Correcto. No pude revertir la venta —admitió Marley.

Beck resopló y miró a los demás, claramente enojado.

—Entonces, ¿por qué ha venido? ¿Para decirme lo que ya sé?

—He venido porque había algo que sí podía hacer.

—¿Y qué era, excelencia?

Marley levantó el papel doblado.

—Podía comprarlo de nuevo. Lo hice, y por una suma muy elevada. Uno no está en posición de hacer un trato justo cuando el otro tiene todas las cartas. Sin embargo, compré esa ruina y se la he cedido a usted, *milord*. Encontrará todo en orden. Podrá tener su escuela.

Todos lo miraron como si estuvieran esperando a que terminara el chiste. Tenía que ser una broma. Marley, claramente incómodo con la atención, carraspeó. Caminó hacia adelante y le tendió el papel a Beck.

—El señor Donovan fue muy amable al traerme desde la estación de tren. Por favor, tome esto, *lord* Iddesleigh. Cometí un error y me disculpo por ello. Pero espero haberlo corregido a sus ojos.

Beck tomó el papel y lo miró.

—Son los papeles de la propiedad —dijo Beck, en un tono de incredulidad.

—Sí. Bueno, ahora, lo dejo con su invitado —dijo Marley, y se tocó el ala del sombrero—. Buenos días.

Se alejó caminando en dirección a Hollyfield.

Lila se había quedado asombrada. Simple y verdaderamente asombrada. Miró a Valentin. Valentín sonrió con incertidumbre.

—¿De qué se trata?

—Entre, buen hombre, y se lo contaremos todo

—dijo Beck. De repente, se echó a reír. Levantó a su esposa en brazos y la hizo girar—. ¿Puedes creerlo? Vengan todos. Debemos tomar una copa para celebrarlo.

Blythe y él corrieron hacia la casa. Donovan los siguió. Lila abrazó a su marido de nuevo.

—Oh, cariño, estoy tan feliz de verte. Pero hay una cosa que debo atender.

Le había dicho a la princesa que no se rendiría y no iba a hacerlo. Acompañó a Valentin hasta al salón y se disculpó. Después, se apresuró a subir las escaleras para contarle a la princesa Amelia la cosa tan extraordinaria que había sucedido.

Capítulo 38

En Iddesleigh todos estaban de buen humor después de que Beck recibiera el regalo de la abadía.
Cuando Lila le contó la noticia a Amelia, ella se
acercó corriendo a la ventana para ver a Joshua,
pero era demasiado tarde, él había desaparecido en
el bosque.

—¿Dijo algo más? ¿Preguntó por mí?

—Bueno, no, pero ese no era el lugar más adecuado —dijo Lila. A Amelia se le hundieron los hombros. Él no había cambiado de opinión.

Se apartó de la ventana.

—Todavía lo odio.

—Oh, querida...

—Tengo que terminar de hacer el equipaje —dijo
ella, interrumpiéndola. Fue a la puerta y la abrió de
par en par—. Gracias por subir a darme la noticia.
Estoy realmente feliz por la abadía.

Lila caminó lentamente hacia la puerta, pero se
detuvo allí.

—¿Todavía tienes la intención de visitar la escuela mañana?

—Sí —dijo Amelia.

Como si pudiera irse de Inglaterra sin decirle
adiós al señor Roberts y las niñas.

—¿Bajarás a tomar el té? Ha venido Valentin.

—Por supuesto.

Amelia agitó sus dedos hacia la puerta abierta, indicándole a Lila que debía irse.

Cuando se quedó a solas, se desplomó en una silla. Se sentía muy cansada.

Más tarde, bajó a tomar el té. Y, luego, a cenar. Habló, se rio, contó una o dos historias sobre su vida en Wesloria. No dejó de mirar por la ventana hacia el camino de entrada. Seguía esperando que él apareciera. ¿No tenía nada que decirle? ¿Ni siquiera iba a despedirse de ella? El jueves tomaría un tren para marcharse de Devonshire, seguramente, para siempre.

Al día siguiente, se quedó en su habitación para desayunar, pero se vistió para acompañar a las niñas a la escuela por última vez. Ellas la estaban esperando, prácticamente saltando por el vestíbulo. Maren la tomó de la mano cuando comenzaban a salir por la puerta.

—Tenemos una sorpresa hoy.

—Me encantan las sorpresas —dijo Amelia.

—¡Prometiste que no ibas a decir nada! —dijo Mathilda, regañando a su hermana—. Se lo voy a decir al señor Roberts.

—¡Me olvidé! —le gritó Maren.

Amelia ya conocía la sorpresa: las niñas habían estado practicando una canción los últimos días y sospechaba que era para ella.

De camino a la escuela pasaron por Hollyfield. Amelia no pudo evitar mirar la casa. No estaba segura, pero le pareció que habían limpiado y abierto muchas de las ventanas. Y había cuatro chimeneas humeantes aquella mañana.

Se le llenaron los ojos de lágrimas.

—¿Estás llorando? —le preguntó Maisie.

—No. Es que el viento me ha irritado los ojos.

Las chicas se miraron. Probablemente porque no hacía viento. Era una espléndida mañana de verano.

Cuando llegaron a la escuela, Mathilda se detuvo a varios metros de la puerta.

—Tienes que esperar aquí.

—¿Yo? —preguntó Amelia.

—El señor Roberts vendrá cuando estemos listas para la sorpresa.

—¡No se lo digas! —gritó Maisie.

—¡No se lo he dicho! —insistió Mathilda, y las tres chicas entraron, rebotando unas contra otras.

Se oía bastante alboroto dentro de la escuela. Anne Waverly llegó tarde y pasó corriendo junto a Amelia hacia la entrada. Después de unos minutos, sonó como si las niñas se estuvieran trasladando al jardín trasero. Hubo muchas risas y voces que les decían a las demás que se callaran. Finalmente, salió el señor Roberts con una expresión radiante.

—¿Se ha enterado de la noticia? —preguntó emocionado.

—¿Sobre la abadía?

Él se rio.

—¿No le parece maravilloso?

El director le tendió la mano, y ella la tomó.

—Señorita Ivanosen, o, su alteza real, como lady Mathilda me ha informado, no puedo agradecerle lo suficiente su ayuda. La vamos a echar mucho de menos. Las niñas han preparado una sorpresa para despedirla.

—Oh.

Ella esbozó una sonrió trémula. Las malditas lágrimas iban a caérsele por las mejillas.

—¿Le gustaría ver la sorpresa?

—Estoy impaciente.

—Entonces, debo pedirle que cierre los ojos. Yo la guiaré.

Ella cerró los ojos y se puso una mano sobre ellos. El señor Roberts la guio por la escuela, por el estrecho pasillo, y hacia el jardín trasero. Amelia notó que las niñas se reunían a su alrededor, oyó sus risitas y sus movimientos.

—De acuerdo. Abra los ojos.

Amelia abrió los ojos. Las niñas gritaron:

—¡Sorpresa!

El jardín trasero estaba lleno de flores. Docenas y docenas de hermosas flores. Amelia se quedó boquiabierta.

—¿Cómo...?

—Tuvimos un cómplice —dijo el señor Roberts, y señaló hacia la derecha.

A ella se subió el corazón a la garganta. Joshua acababa de aparecer. Estaba en medio de todas las niñas. Una de ellas lo tomó de la mano. Varias de ellas saltaron de emoción.

—¡Es un duque! —gritó una de ellas—. ¡Debes hacer una reverencia a un duque!

Amelia no podía pensar. No podía respirar. Hizo una reverencia. Él se acercó, pero las niñas se adelantaron con él y se interpusieron entre ellos.

—¿Tú has traído las flores?

—Tuve una gran ayuda por parte de *lady* Aleksander y del señor Puddlestone —dijo él, y miró a su alrededor, como si buscara algo. Luego la miró a ella—. Te vas.

—Sí, mañana.

—Antes de que te vayas, tengo algo para ti.

Le tendió un trozo de papel. Era un grueso papel vitela de color crema que ella reconoció de inmediato. El viejo gruñón le había escrito, finalmente. Pero

¿cómo...? Tomó la carta. Estaba dirigida a la Escuela Iddesleigh para Niñas Hermosas, Extraordinarias y Excepcionales.

Ella rompió el lacre y abrió la carta.

De un preocupado residente de Devonshire:

Espero que leas esta carta, pero si prefieres quemarla, lo entenderé. Te pido perdón por haber tardado tanto en responder, pero no estaba seguro de qué decir.

Amelia se sorprendió tanto que tuvo un escalofrío por la espalda. Levantó la mirada para observar el semblante de Joshua.

—¿Tú eres el viejo gruñón?

—¿Perdón?

Ella siguió leyendo.

Podría responder con la historia de un hombre que tenía el mundo a sus pies. Durante muchos años, no tuvo más preocupaciones que beber todo el vino y cortejar a todas las mujeres. Un día conoció a una dama que podría gustarle como esposa, pero su comportamiento en el pasado había sido tan reprensible que la familia no permitió el matrimonio. Ocurrió que, más tarde, inesperadamente, ese hombre llegó a ser duque. Necesitaba un heredero. Se casó con otra mujer a la que no amaba, y que no lo amaba a él. Habían llegado a un acuerdo: ella sería duquesa a cambio de tener hijos. No solo el obligado heredero, sino una casa llena de niños. El hombre tener una familia e hijos más que cualquier otra cosa en el mundo. No quería recorrer el continente, no quería jugar a las cartas. Quería estar con una familia en su hogar.

Amelia levantó la vista. Él le devolvió la mirada con firmeza. Ella continuó leyendo.

La duquesa intentó cumplir con su parte del trato. Dos de los niños se perdieron antes de nacer. El hombre la convenció para que lo intentaran de nuevo y, cuando ella mostró reticencia, él insistió y le recordó su acuerdo. En aquella ocasión, murieron la niña y ella. Y el hombre decidió que nunca podría volver a amar, como nunca podría arriesgar algo tan precioso como otra vida. Ni siquiera podía soportar escuchar el sonido de los niños, porque le recordaba su pérdida.

Pero entonces conoció a alguien que volvió su mundo del revés. Al principio, tenía miedo de admitir sus senti-mientos. Después tuvo miedo de actuar en función de sus sentimientos, por miedo a perderla también. Pero a medida que pasó el tiempo, se dio cuenta de que había permitido que su vida quedara en suspenso. No queda-ba nada en él. En el momento en que el amor lo tocó, su esperanza comenzó a crecer de nuevo, como el jardín que ves aquí.

Amelia miró a su alrededor y vio todas las flores. Sintió que la esperanza crecía en ella también.

Para responder a tu pregunta, tal vez la compatibi-lidad no lleve al amor. Tal vez la compatibilidad se convierta en amor cuando se hace más fuerte. ¿Cómo sabes que es amor? Cuando encuentras el valor necesario para enfrentarte a tus miedos porque ella es lo único que importa.

Tú eres lo único que importa, Amelia. Permíteme amarte. Permíteme llevarte a Wesloria, o a cualquier lugar de este mundo al que quieras ir. Permíteme escu-char tus historias y contarte las mías. No te esperaba en mi vida. Me has sorprendido. Te ganaste mi cariño en el momento en que nos conocimos en ese camino. Y no puedo soportar perderte también.

Permíteme estar contigo, siempre.
Un preocupado residente de Devonshire

Amelia tenía el corazón acelerado. Mientras doblaba la carta con calma, notaba las lágrimas llenándole los ojos. Estaba al borde de la risa histérica, de un grito o de un baile improvisado. Su corazón estaba tan lleno que apenas podía contenerlo. Miró a Joshua a los ojos y vio su amor allí reflejado.

Joshua se arrodilló lentamente y le preguntó—:

—¿Me lo permitirás?

—Sí —dijo ella—. Quédate conmigo para siempre.

Él sonrió con alivio.

—¿Vais a daros un beso? —preguntó una de las niñas.

—Señorita Frame, esa es una pregunta inapropiada —dijo el señor Roberts.

—Por supuesto que sí —dijo Joshua.

Se puso de pie de un salto, rodeó a Amelia con sus brazos y la besó en los labios, para gran sorpresa de todos y para deleite de las niñas. Amelia se rio cuando él levantó la cabeza.

—No puedo creer que seas el viejo gruñón —dijo con incredulidad.

—¿Qué? —preguntó él, de nuevo, confundido, pero el señor Roberts había dado un paso adelante para felicitarlos y las niñas estaban corriendo por el jardín, chillando de alegría, porque él la había besado.

Su alegría no era nada comparada con la de Amelia.

A su majestad la reina Justine:

Querida, querida Jussie, eres tan amable de haberme escrito para hablarme sobre los nuevos cachorros de Roo y Mig. Estaba muy ansiosa por verlos, ¡pero tengo noticias! Después de todo, no volveré a casa tan pronto como había planeado. Ha sucedido algo maravilloso, algo tan extraordinario que apenas puedo contenerme. ¡Lord M me ha confesado sus verdaderos sentimientos! He decidido quedarme en Iddesleigh House para que él pueda hacer un cortejo apropiado que cuente con la aprobación de mamá y el primer ministro. Pero no importa lo que piensen, porque he encontrado en este mundo a esa persona que puede darme la felicidad. Somos compatibles en todos los sentidos, excepto que él dice que a veces soy demasiado imprudente a caballo. Pero a Joshua no le importa que diga lo que pienso, no se ofende por las cosas que digo y piensa que soy hermosa. Sí, sé que lo soy, pero poco importa hasta que la persona que quieres que lo piense te encuentre así.

Lady I ha estado tratando desesperadamente de mantenerme bajo llave. Dijo que era importante que sus niñas vean un comportamiento de cortejo apropiado. Así que he empezado a pasear a altas horas de la noche y nadie se da cuenta. Excepto Lordonna, que me mira con gran decepción, tal como lo haría mamá si estuviera aquí. No puedo alejarme de él, y las reglas sociales para el cortejo aquí son opresivas.

Solo te confesaré que ahora entiendo la felicidad que encuentras con William en todos los aspectos. No le digas una palabra a mamá; ella me prohibiría ir a San Edys hasta que la hayan llevado a la tumba. Y tampoco pienses en regañarme. Tengo veintiséis años y no tengo tiempo que perder. No voy a esperar más.

Debo irme corriendo; hoy vamos todos a la abadía para comenzar a planificar los trabajos que hay que hacer. Ya he hablado con la hermana de lord *I,* lady *C, para organizar un evento de recaudación de fondos para la escuela. Tenemos la intención de ir a Londres para ello y, con suerte, poco después, estará terminada la rehabilitación y podré llevar a* lord *M a San Edys.*

Oh, querida, las niñas están saltando a mi alrededor, ansiosas por estar en camino. Mañana es el cumpleaños de Meg Pata de Palo y ha pedido un burro de regalo. Lord I está fuera de sí, ya que no puede imaginar de dónde sacó la idea. Pero tiene una sorpresa especial para ella: ¡su perro, Alice, tendrá una hermana! Oh, Jussie, ¿cómo puedo agradecerte que me desterraras a Inglaterra? Es lo mejor que me ha pasado en la vida. Estoy muy feliz. Escribiré tan pronto como pueda.

Con mucho cariño, A

Epílogo

Londres, 1862.

Era una tarde de invierno con una densa niebla, lo que significaba que todas las chimeneas estaban encendidas en Marley House, en Belgravia. *Lord* y *lady* Marley habían ido a Londres para buscar los servicios de un médico. No querían que sucediera, pero parecía que Amelia estaba embarazada. Otra vez.

Estaban encantados. No importaba que ya tuvieran dos niños gemelos y una niña. De hecho, Joshua insistió en que se quedaran en Londres para celebrar el primer cumpleaños de su hija, Annika. Estaban organizando un almuerzo para sus amigos para agasajarla. Pero John y Maksim, que tenían ya tres años y eran verdaderos pequeños terrores, pensaban que la fiesta era para ellos. Con el objetivo de mantener la paz y la felicidad, Joshua y Amelia decidieron que la fiesta podía ser para todos.

Donovan había llegado para ayudar a preparar la celebración y había traído a sus ayudantes, las damas Mathilda, Maren y Maisie. Meg Pata de Palo y Birdie irían con sus padres. Los gemelos estaban fascinados con Birdie, que los gobernaba de la

misma manera que sus hermanas la habían gober-
nado a ella. A los gemelos no parecía importarles.

Lady Annika aún no había hecho su aparición.
Amelia la había dejado al cuidado de su padre y había desaparecido con los niños, que habían comenzado a gritar de emoción en el momento en que
escucharon la voz de Donovan.

Lord y lady Clarendon también habían acudido.
Miles había tenido éxito con su cortejo a la señorita Carhill, y Joshua y Amelia se maravillaron en
privado de que la pequeña lady Clarendon hubiera
dado a luz a un niño de casi cinco kilos. Lady Clarendon era realmente bastante hermosa y había
sido de particular ayuda para Amelia a la hora de
recaudar fondos para la Escuela Iddesleigh para
Niñas.

A pesar de que Lordonna había insistido en que
tenía que vestir a Annika, Joshua la había ahuyen-
tado. Después de todo, él le había comprado su vestido de cumpleaños. Iría vestida como una diosa
griega con una corona dorada de laurel. Mientras
intentaba abrocharle el vestido, el bebé estaba jugando con un pato de madera que él mismo le había
tallado. Ya casi nunca cortaba leña. Ahora, su modo
de tranquilizarse era tallar juguetes. John y Max tenían caballitos y un cañón cada uno.

Annika ignoró a su padre mientras jugaba con el
pato. Cuando él abrochó el disfraz, la levantó y la
sostuvo para que lo mirara. El bebé le sonrió. Él le
devolvió la sonrisa.

—Sé que tu madre es una princesa, Ani, pero tú
eres la verdadera princesa aquí.

Le guiñó el ojo.

—Agáchate —dijo ella.

Él la bajó al suelo y le puso la corona de hojas de
oro en la cabeza. Inmediatamente, ella se estiró y se

la quitó. Él se la puso de nuevo. Ella se la quitó y se la tendió a él.

Él suspiró.

—Te das cuenta, ¿no?, de que sin la corona, nuestros invitados pueden no entender que eres una diosa griega y van a pensar que te envolví en una sábana.

—Agáchate.

—Eres muy parecida a tu madre en el sentido de que no puedo negarte nada, ¿verdad?

Él se puso la pequeña corona de hojas de oro en la cabeza.

Así que, cuando llevó a la niña al salón principal, tenía una pequeña corona de hojas de oro en la cabeza. Anikka fue recibida con tantos vítores y aplausos que comenzó a llorar y enterró su cara en el cuello de Joshua. Él no podía calmarla, no como su madre. Le besó la cabeza y se la entregó. Amelia le sonrió con tanta calidez y ternura que se sintió un poco mareado.

Miró a su alrededor por el salón. A sus amigos, que eran como familia. A sus hijos, todos ellos rubios, todos ellos con un poco de blanco en el pelo, al igual que su madre. Miró a su esposa, el amor de su vida. Miró su cálido hogar y a sus perezosos perros, desparramados frente a las llamas, sin tener en cuenta la actividad a su alrededor. Bueno, supuso que Bethan era consciente de que Birdie estaba sobre él como si fuera una alfombra, pero no se inmutaba.

E incluso allí, encima de los paquetes de los regalos de Ani, estaba su gato Artemis. Había pensado en dejarlo en Hollyfield, pero los chicos no quisieron ni oír hablar de ello. El gato movía la cola mientras miraba críticamente a todos ellos.

Cuando los invitados se acercaron para arrullar a Anikka, Joshua pensó que en momentos como aquel no podía creer que aquella fuera su vida.

Tenía lo que siempre había querido, lo que había temido no tener nunca. Y, al pensarlo, se conmovió tanto que se le cayeron las lágrimas.

Amelia le puso la mano en la espalda.

—Tranquilo, cariño —susurró, y le sonrió—. Es solo una fiesta de cumpleaños.

Él le sonrió agradecido. Ella era la luz de su vida y él era el hombre más afortunado del mundo.

Noviembre de 1862

A su majestad la reina Justine:

Querida Jussie, espero que esta carta te encuentre bien. Todavía estoy aturdida por la noticia de que Robuchard ha sido despachado y Fedoro es tu nuevo primer ministro. Siempre pensé que a Robuchard le faltaba sentido del humor. A mí no me gustaría tener un primer ministro al que le faltara sentido del humor.

¿Cómo le va a nuestro futuro rey? William ha escrito que el pequeño Rolli es bastante impresionante a caballo, ¡y solo tiene cuatro años! No necesito advertiros que su hermano menor, Vincent, se esforzará algún día por ser mejor jinete que él, puesto que esa es la única diversión que tiene un príncipe de repuesto que trata de superar al heredero.

Aquí todos estamos emocionados porque Ani ya dice tres palabras: mamá, papá y agáchate. Joshua está empeñado en que también dice «por favor», pero creo que está demasiado orgulloso de sus hijos.

Les anunciamos a nuestros amigos e hijos la feliz noticia de que estoy esperando otro hijo para finales de verano. Todos están encantados, por supuesto. Maksim insiste en que le demos un hermanito y afirma que su hermana llora demasiado. John dijo que le gustaría tener otra hermana, ya que Ani piensa que es un niño y no lo es.

El sábado pasado celebramos el primer cumpleaños de Ani. Estuvieron presentes Carhill, su encantadora esposa y su hijo. Naturalmente, lord y lady I, sus hijos y Donovan no quisieron perderse la ocasión. Nos lo pasamos muy bien. Incluso lady I fue tolerante conmigo y no hizo ni un solo comentario sobre mi comportamiento maternal hasta que encontramos a Ani en el suelo, profundamente dormida con los perros otra vez.

Lo más curioso sucedió justo cuando estaban sirviendo la tarta. Butler anunció que la señorita Harriet Woodchurch había venido de visita. Nadie sabía quién era ella, excepto lord I, que dijo que no podía imaginarse cuál sería la razón por la que visitaba a mi esposo. Todos estábamos muertos de curiosidad y pedimos que la hicieran pasar.

Esperaba una mujer adulta, ¡pero era una niña! Se apretaba las manos firmemente para evitar que le temblaran y, cuando Joshua le preguntó cómo podía ayudarla, ella dijo que estaba en busca de empleo. Todos quedamos atónitos por esto. Joshua le dijo que teníamos todo el personal doméstico que necesitábamos, y ella le dio las gracias, pero dijo que tenía algo muy diferente en mente y le preguntó si él necesitaba una secretaria o, tal vez, un asistente de abogado. ¿Te lo imaginas?

Joshua fue muy amable con la niña y le dijo que tenía un abogado y una secretaria, le deseó suerte y la envió de regreso. Fue divertido para todos, excepto para lady I, que dijo que esperaba no ver nunca a sus hijas en la situación de tener que mendigar trabajo. Yo pensé inmediatamente que la niña debería estar en la Escuela Iddesleigh para Niñas Excepcionales. Me gusta ver la ambición en una mujer, ¿a ti no?

Beck dijo que debería ir a hablar con él si esa era mi idea, ya que tenía información sobre la joven señorita Woodchurch que me gustaría conocer. Hizo que pareciera muy siniestro, y, después, Blythe le preguntó si la niña no era la hija de ese hombre odioso. Beck estuvo de acuerdo en que lo era. Naturalmente, eso despertó todo mi interés, e iré mañana mismo con los niños.

Mi esposo me está llamando, cariño, y también mis hijos. Creo que sus voces deben ser el mejor sonido del mundo. Te quiero a ti, a William, a los niños, a mamá y, por supuesto, a los perros.

A

ÚLTIMOS TÍTULOS PUBLICADOS EN HQN

Lamer las heridas de Leticia Castro

Orgullo y perdón de Diana Palmer

La mejor jugada de Ana Mencey

Un secreto en las Highlands de Andrea López

El hijo de las hadas de Paula Molero

Un asunto de familia de Robyn Carr

El cactus de Sarah Haywood

Rompiendo el hielo: un amor inesperado de Elle Kennedy

Amor y Kimchi de María José Tirado

Una librería junto al mar de Susan Mallery

Amor y Soju de María José Tirado

Una invitada inesperada de Sarah Morgan

La mujer que nunca fui de Marisa Ayesta

Bienvenido a Beach Town de Susan Wiggs

La criadora de malvas de Laura Macías Pérez

Una villa en Grecia de Sarah Morgan

El palacio secreto de Dinah Jefferies

El señor de la guerra de Gena Showalter